AQUARIUS

AQUARIUS

AQUARIUS

AQUARIUS

每個人心中都有一座島嶼，
藉文字呼息而靜謐，
Island，我們心靈的岸。

樂透
THE LOTTERY AND OTHER STORIES
雪莉・傑克森
經典短篇小說選集
雪莉・傑克森◎著（Shirley Jackson）
余國芳◎譯

國內外文學名家，一致盛讚！

「故事每每從看似平凡的日常展開，藉由人物的言行舉止及內心呢喃逐步播下不尋常的種子，等待其抽芽、增長，閱讀者始感受到某種奇妙詭譎的不安如煙霧般黏附上來，頓時陷入不見方向的迷惘，卻又在文字細節中覓得絲絲線索，直到不經意遇見那令人豎直汗毛、面目猙獰的殘忍真相……。雪莉．傑克森擅用喻意，讓每個短篇故事有其獨立意涵，串接起來又有另一層整體性——藏在恐懼驚悚背後的，是複雜深沉的人性。」——**冬陽**（推理評論人）

「有好一段時間，沒有思考短篇小說了。這次閱讀雪莉．傑克森的過程，又引起我想要寫就短篇小說的企圖。《樂透》是一本會引誘另一位寫作者想要創作的短篇小說集。我甚至覺得，對比福克納讚譽『我們這一代的美國作家之父』舍伍德・安德森的文學源頭位置；雪莉・傑克森的書寫風格與座標，則是奠基現代美國式心理懸疑與恐怖驚悚類型小說的重要上游。」

——**高翊峰**（小說家、《FHM》總編輯）

「如果有間哥德式的大屋會長出咬人的牙，那必定是雪莉傑克森寫的小說。」

——**黃崇凱**（小說家）

「雪莉・傑克森，她從不需要提高嗓門。」——**史蒂芬・金**（驚悚小說大師）

「也許不是每個人都能記住雪莉・傑克森的名字，但所有人都會記得〈樂透〉。」

——**強納森・列瑟**（《布魯克林孤兒》作者，美國國家書評獎得主）

「雪莉・傑克森是個令人驚嘆的作家，我已經談論過她好幾次了。如果你沒讀過她的作品，那你就錯過了一些很棒的東西。」——**尼爾・蓋曼**（奇幻文學名家）

「雪莉・傑克森的小說是所有被寫出來的恐怖故事裡最恐怖的。」——**唐娜・塔特**（2014普立茲小說獎得主）

「雪莉・傑克森筆下的世界令人毛骨悚然，難以忘懷。在她的小說裡，事情總是不像表面看起來的那個樣子；即使是陽光明媚、清朗的一日（如她在〈樂透〉裡所說的「晴空朗朗，有著夏天的溫暖氣息」），背後仍有黑暗的威脅隱約逼近，威脅著我們：事情終將被逆轉到更加惡劣的地步。她有一雙始終觀察入微的眼睛，那是心靈之眼，是真相的目擊證人。故事裡浮現了一個夢遊者的神奇世界——看完她的小說之後，讀者被留在那裡，永遠被改變了，再也無法回到原來的自己，因為故事的印記已經刻在想像裡，在靈魂裡，難以磨滅。

……雪莉・傑克森的小說具有絕佳的簡潔風格；她的文章有種優雅的節制，彷彿每個最微小的一舉一動、包括感知的變化，都被她精準地計算好了——在她的小說裡，不會出現錦上添花的多餘形容。

……該怎麼介紹雪莉・傑克森的小說，當它們實際上根本無須被介紹的時候？這些故事是如此令人震驚、不因時間的流逝而被抹滅——現在讀起來，依然跟剛出版的時候同樣意義重大、驚嚇人心。她的作品，對每個想要寫作、想了解二十世紀美國文學的人來說，絕對是不可或缺的必讀之作。雪莉傑克森是一位真正的大師。」——A・M・**荷姆絲**（英國女性小說獎〔原柑橘文學獎〕得主）

譯者前言

余國芳

交稿以後主編希望我寫一篇譯序或後記，經過考慮，決定不寫譯序，因為在沒有看這本書之前，任何一個說法都嫌太主觀，看山看水的感覺需要自己體會。至於後記，其實也不適合，因為當你讀完這本書，任何一個人的說法都嫌太多餘。因為它已經在你的血液裡，甩不掉，趕不走。

唯獨有一件事我不能不說，或許只能算是一個註記，但是它卻跟翻譯大有關係。就是書中不時出現的一個人名，James Harris，有時候是暱稱Jim或Jimmy或Jamie，有時候只有姓Harris，有時候是男Mr. Harris，有時候是女Mrs. Harris。這個人物是一個核心，摘一句名導演的話，「每個人的心中都有一個James Harris。」所以修改再三，我決定不管它在哪裡出現，我都用同一個（組）譯名，傑姆，傑米，傑姆士・哈瑞斯，哈瑞斯，哈瑞斯先生，哈瑞斯太太。為什麼？重點來了，因為每次一有這號人物出現，某些事故就會跟著出現。而這正是我從一開始不知如何走進作者的世界，到突然闖入之後所產生的那種無以名狀的驚怖。是的，絕對的驚怖，在我的血液裡，甩不掉，趕不走。

這就是這本書的魔性，當你讀它的時候，你不僅用眼睛在看，你更不自覺的會用耳朵聆聽，詭異的是，你聽見的是自己的聲音，自己的恐懼，那一種自己嚇自己的感覺才是恐懼的極致。

現在，請允許我再套用目前最in的發燒句，「魔鬼藏在細節裡」。請注意，這句話用在這本書中，絕對沒有任何引申的含意，它的意思簡單明瞭：魔鬼真的就藏在你我之間的這裡和那裡。

（在此溫柔的提醒：第五部「尾聲」末了的傑姆士・哈瑞斯就是魔鬼情人的本尊，前後呼應，魔由心生。）

雪莉・傑克森
經典短篇小說選集
——樂透

目錄

第四部

第五部

第一部

醉了

他醉得差不多了，好在他對這間屋子夠熟悉，一個人走到廚房還可以，明著是去拿冰塊，實際上是讓自己清醒一點；他跟這家人的交情還沒好到可以隨便醉倒在客廳沙發上的程度。稍微離開一下派對倒是沒什麼不妥，聚在鋼琴邊上的一群人正唱著〈星塵傳奇〉，宴會的女主人正起勁的在跟一個戴著薄鏡片眼鏡、垮著嘴的年輕人說話；餐廳那邊有四五個人坐在椅子上談論著什麼大事，他謹慎的穿過了餐廳，廚房門一碰就開，他傍著餐桌坐下，白色的琺瑯材質在手底下清清冷冷的。他靠在綠色的裝飾圖案上，抬起頭發現桌子對面有個年輕女孩若有所思的打量著他。

「哈囉，」他說：「妳是，他們的女兒？」

「我叫艾琳，」她說：「是的。」

他覺得她的樣子有點怪，是穿著吧，現在的女孩子，他帶著醉意想著；她的頭髮綁成辮子垂在臉蛋兩旁，看上去年輕又有精神，只是穿得不對，毛衣紫色，頭髮黑色。「妳看起來很清醒啊。」他馬上發現對年輕女孩說錯話了。

「我在喝咖啡，」她說：「給你倒一杯吧？」

他幾乎放聲大笑，她居然自以為很懂得怎麼跟醉漢打交道呢。「謝謝，」他說：「我確實需要。」他努力讓兩隻眼睛聚焦。咖啡很燙，她把咖啡杯擱在他前面，說：「我看你大概要喝黑的。」他把臉湊近咖啡，讓熱氣進到眼睛裡，希望藉此清醒一下腦袋。

「好像是個不錯的派對，」她的口氣沒半點嚮往，「大家玩得挺開心的。」

「確實不錯。」他開始喝咖啡，超燙，他很想讓她知道她真的幫了他一個大忙。他的頭不昏了，他露出笑容。「好多了，」他說：「真要謝謝妳。」

「那個房間一定太暖和了。」她帶著慰問的口氣。

這下他真的放聲大笑了，她蹙起眉頭，不過還好，在她繼續往下說的時候，他看得出她已原諒他了，「樓上太熱，我想下來在這裡坐一會兒。」

「妳在睡覺？」他問。「我們把妳吵醒了？」

「我在做功課，」她說。

他再看她一眼，似乎看到她後方的背景有一堆作業簿，舊教科書和課桌之間的歡笑聲。

「妳是高中生？」

「高三。」她似乎在等他接話，頓了一下又說：「我因為肺炎休學了一年。」

他發現很難找話題來說（跟她談男孩子嗎？談籃球嗎？），所以他假裝在聽前面屋子裡傳過來的喧鬧聲。「很不錯的一個派對。」他含糊的又說一次。

「我看你挺喜歡派對的。」她說。

他一怔，坐在那裡呆呆的盯著空咖啡杯。他想他確實挺喜歡派對的；她的語氣帶著淡淡的詫異，彷彿接下來他應該大聲宣告勇士們即將在競技場上跟野獸大戰，或是宣稱某位女士即將在花園中獨舞華爾滋。我的年紀幾乎大妳兩倍，小姑娘，他想著，不過我也做過功課，那個時間離現在也不算太久。「打籃球嗎？」他問。

「不打。」她說。

他忽然很生氣，他氣她先占了這個廚房，氣她住在這個屋子裡，害得他必須繼續不斷的跟她說話。「妳在做什麼功課？」他問。

「我在寫一篇關於世界未來的論文，」她說著微微一笑。「挺蠢的，是嗎？我覺得挺蠢的。」

「他們在前面談的就這個話題。這也是我溜出來的一個原因。」他看得出她根本不相信這是他溜出來的原因，他立刻又說：「妳對世界未來怎麼看法？」

「我看不出有什麼未來可言，」她說：「至少現在還算過得去。」

「能活在當下就好。」他覺得自己好像還是在派對當中。

「其實，」她說：「我們也不是完全沒有遠見。」

他對她注視了一會兒。她心不在焉的盯著自己的馬鞍鞋尖，視線追隨著那隻前後輕緩移動的腳。「一個十六歲的女孩會有這些想法真令人吃驚。」在我那個時代——他想要嘲弄一番——女孩們想到的只是雞尾酒和摟摟抱抱之類的事。

「我十七歲。」她抬起頭再對他微微一笑。「差別很大。」她說。

「在我那個時代，」他特別強調的說：「女孩子想的只有喝雞尾酒和跟人親熱這檔事。」

「問題一部分就出在這裡，」她認真的回答他。「如果當初在你們年輕的時候，大家心中真真實實的有害怕的意識，我們今天就不會這麼糟了。」

他聲音變了，想不變都不行（當初我年輕的時候！），他有意無意的離開她遠一些，彷彿是要表現出一個長者在某種程度上對待一個孩子的包容。「我想當時的我們也有害怕的意識。我想現在所有的十六——十七歲——的孩子也都認為他們有害怕的意識。這是一種過程，一個必經的階段，就像瘋男生那樣。」

「我一直在推想將來會怎樣。」她說得非常柔軟，非常清楚，不費吹灰之力就把他逼退了。「我想教堂應該先處理，其次是帝國大廈。再來就是河邊的大公寓房子，帶著裡面住的人一起慢慢的滑進河水裡。還有學校，就在上拉丁文的課堂上，大家正讀著凱撒大帝的時候。」她把視線定在他的臉上，眼神裡有一種莫名的興奮。「每次我們開始上凱撒的一個新章節的時候，我都在想這會不會就是永遠沒辦法上完的一個章節了。也許我們這一堂拉丁文課就是最後一批讀凱撒的人了。」

「這可是好消息，」他輕快的說。「我向來討厭凱撒。」

「我想你們年輕時候人人都討厭凱撒。」她酷酷的說。

他頓了一會兒才說：「我覺得妳腦子裡裝滿這類病態的東西好像有點蠢。不如去買本電影雜誌來看看吧。」

「到時候電影雜誌我要多少有多少，」她鍥而不捨的說。「因為地鐵爆了，那些小書報攤全部壓垮了。到時候所有的糖果巧克力棒隨便你拿，還有雜誌、口紅、小店裡賣的假花，大店裡賣的高檔服飾也全部躺在大街上，統統隨便你拿，包括皮草大衣。」

「我希望酒吧的門全部大開，」他說，他的心裡已經開始對她很不耐煩，「我只要走進去，不客氣的抱走一箱子白蘭地，那就什麼煩惱都免了。」

「所有的辦公大樓都只剩下一堆碎石子，」她說，她那對刻意瞪大的眼睛仍舊盯著他。「只要你能夠精確的知道那一刻會在哪時候降臨。」

「我明白，」他說。「我就會跟著其他人一起完蛋。我明白。」

「過後一切的事物都會變得不同，」她說。「到時候世界上現有的一切全部都沒有了。我們就會有新的規則，新的生活方式。也許會有一條法律規定人不得住在房子裡，於是誰也避不開誰，誰也躲不開誰了，明白吧。」

「也許會有一條法律規定十七歲的女生全部都得待在學校裡學習做人的道理。」他站了起來。

「那時候再也不會有學校了，」她淡定的說。「誰也不想要學什麼了。免得又回到我們現在這副樣子。」

「呵，」他哈哈一笑。「妳說得很有趣。可惜那時候我已經不在了，也看不見了。」他停下來，他的肩膀已經頂在通往餐廳的旋轉門上。他很想趕緊說幾句屬於大人的、比較尖酸刻薄的話，卻又怕她看出實際上他把她的話全都聽進去了，因為在他年輕的時候他們真的都不會談到這些。「妳如果對拉丁文有什麼問題，」他最終說：「我很樂意助妳一臂之力。」

她吱吱咯咯的笑起來，他嚇一大跳。「每天晚上我還是做功課的。」她說。

回到客廳，賓客們歡樂的在他身旁移動，鋼琴邊上的人群正唱著〈牧場是我家〉，派對的女主人起勁的在跟一個穿著藍色西裝，高大優雅的男士交談。他找到了女孩的父親，說：「我剛剛跟令嬡聊得很愉快。」

男主人的眼睛飛快的朝屋子裡一掃。「艾琳？她在哪裡？」

「在廚房。她在讀拉丁文。」

「『gallia est omnia divisa in partes tres』，高盧一分為三①，」男主人面無表情的說。「我知道。」

「非常特別的一個女孩。」

男主人無奈的搖搖頭。「現在這些孩子……」他說。

①拉丁文，這是《高盧戰記》中的凱撒說的一句話，英譯：The whole of Gaul is divided into three parts。

魔鬼情人②

她睡得不好；從一點半，傑米離開，她拖拖拉拉的上了床，到七點，最後她決定起來泡咖啡為止，她睡得斷斷續續，不時驚醒睜開眼睛盯著昏暗，一遍又一遍的回想，再溜回興奮又激動的夢境裡。她喝了將近一個小時的咖啡——他們本來就打算在路上吃早餐——這會兒除非她想早點梳妝打扮，其實根本無事可做。她洗了咖啡杯，鋪了床，仔細挑選待會兒要穿的衣服，沒來由的擔心窗外是不是好天氣。她坐下看書，又覺得不如給她姊姊寫封信，於是她開始用那手漂亮的字體寫著：「最親愛的安妮，妳收到這封信的時候，我已經結婚了。聽起來是不是怪可笑的？連我自己也不敢相信，等我把事情的來龍去脈告訴妳之後，妳會覺得更加的離奇……」

她坐在那裡，握著筆，猶豫著下一句該怎麼寫，她讀著寫好的那幾行，把信撕了。她走到窗口，外面毫無爭議的是一個好天氣。她忽然覺得不該穿那件藍色絲洋裝，太樸素了，幾乎有些老氣，她應該穿一些嬌柔的、女性化的衣裳。她焦躁的翻著衣櫥，對著去年夏天穿過的一件印花洋裝猶豫了一會兒；好像稍嫌太年輕了，而且還有一個皺褶式的領口，現在穿印花洋裝似乎過早，可還是……

她把兩件洋裝並排掛在櫥門上，打開小置物櫃上方密閉的玻璃門，那是她的小廚房。她在咖啡壺底下點著爐火，再走到窗口；陽光普照。咖啡壺響了，她轉回來把咖啡倒進一只乾淨的杯子裡。再不趕快吃一些「實在的東西」我會頭痛，她想著。又是咖啡又是香菸，根本不是正式的早餐。結婚的大日子頭痛；她去浴室的鏡櫥裡拿了一盒阿斯匹靈，把藥盒塞進藍色的包包裡。如果要穿那件印花洋裝，她應該換褐色的包包，可是她唯一的褐色包包太破舊了。她無所適從的站在那裡，對著藍色包包和印花洋裝，看過來又看過去，她放下包包，端著咖啡走到窗戶邊坐下，一面喝咖啡，一面朝著這個只有一間房的公寓仔細的看了一圈。今天晚上他們預定要回來這裡，所有的一切必須正確無誤。她忽然一驚，想起忘了換上乾淨的床單。洗好的衣物剛送回來，她從衣櫥頂的架子上取下乾淨的被單和枕套，她的動作很快，也不去多想為什麼要換床單。床是簡單的沙發床，加了罩子看起來就像一張長沙發，所以誰也看不出她換過了乾淨的床單。她把原來的舊床單和枕套帶進浴室，塞進洗衣籃裡，順手連浴巾也一併塞進去，再把乾淨的浴巾掛上架子。等她忙完，咖啡冷掉了，她照喝不誤。

她看鐘，發現已經過了九點，她開始加快速度。洗完澡，用了一條乾淨的浴巾，她把這條浴巾放進洗衣籃，再換上一條乾淨的。她對穿著很講究，她的內衣都很乾淨，而且大部

②The Daemon Lover，又稱James Harris或The House Carpenter，蘇格蘭童謠。描述突然消失的男子（即魔鬼）在很久以後回來引誘前女友拋夫棄子隨他而去。

分是新的。她把前一天穿過的衣物，包括睡袍在內，統統放進洗衣籃裡。準備裝扮的時候，她站在櫥門前面猶豫了。藍色的洋裝很得體，很清新，合身又好看，只是她跟傑米在一起穿過好幾次了，婚禮這天再穿它簡直毫無新鮮感。印花的洋裝非常漂亮，對傑米來說也很有新鮮感，只是這個季節穿它似乎太早了。最後她想，這是我結婚的日子，我高興怎麼穿就怎麼穿，她從衣架取下了那件印花洋裝。洋裝一套上身，感覺新鮮又明亮，對著鏡子，她才注意到頸圈上的皺褶把脖子包得太緊，超寬的裙襬更無疑是為小女孩而設計，專門給一個走起路來扭腰擺臀，又跳又轉的女孩穿的。她照著鏡子嫌惡的想，就好像我是為了他才把自己打扮得更漂亮；他會以為因為他要娶我，我才拚命的想讓自己顯得更年輕。她一把扯下印花洋裝，扯得太急，腋下一條縫線綳了開來。穿上舊的藍色洋裝，她覺得舒服又自在，只是毫無興奮感。這跟妳穿什麼沒太大關係，她堅定的告訴自己。轉個身她又沮喪的對著衣櫥，看看是否還有別的替換。沒一件適合她跟傑米結婚穿的，連稍微合適一點的都沒有，一時間她真想衝到附近小店去買一件衣服。這時她發現已經接近十點，她只剩下梳頭化妝的時間了。頭髮很簡單，只要挽到後面，在脖子上打個髮髻，但是化妝可是一項精緻的平衡藝術，要有點假又不能太假才行。她不想掩飾自己蠟黃的皮膚，或是眼睛周圍的細紋，給人感覺好像只是為了今天的婚禮，然而想到傑米帶了一個憔悴蒼老的人進禮堂結婚的樣子又令她無法忍受。終究妳已經三十四歲了，她對著浴室的鏡子無情的告訴自己。三十歲，這是身分證上說的。

十點過兩分；她對自己的服裝不滿意，對自己的臉不滿意，對自己的小公寓不滿意。她把咖啡再加熱，坐到窗口的椅子上。現在做什麼都來不及了，她想，她也沒有意願在最後一分鐘做任何改善。

心情慢慢的平復了，她試著想傑米的樣子，她竟然看不清他的臉，也聽不見他的聲音了。對於一個自己深愛的人，出現這種情形也是常有的事，她想著，於是她讓自己的心思溜過今天和明天，溜進更遠的未來，溜進他們規劃了整整一個星期，有著金色鄉間小屋的未來，到那個時候，傑米的寫作有了名氣，她也不再去上班。「我以前是個很棒的廚子，」她曾經向傑米掛過保證，「只要花點時間練習一下，我就會做出好吃的天使蛋糕。還有炸雞，」她說，她知道這些話多多少少都留在了傑米的心坎裡。「還有蛋黃醬。」

十點半。她站起來毫不猶豫的走到電話機前面。她撥了號碼，等待，那個刺耳的女聲播報著：「……現在時間十點二十九分。」她迷迷糊糊的把時間調回一分鐘，她想起昨天晚上自己說話的聲音，就在門口：「那就十點。我會準備好的。這一切真的是真的嗎？」

傑米的笑聲一路延伸到走廊。

十一點，她把印花洋裝上的裂縫縫好了，將針線盒仔細的放進櫥裡。穿上印花洋裝，她再坐回窗口喝第二杯咖啡。我大可以從從容容的修補衣服，她想；不過現在太晚了，他隨時就要到了，她不敢再做任何的修整，擔心一發不可收拾。屋子裡沒半點吃的東西，唯一的存糧，是她為了他倆開始共同生活而精心準備著的：一包沒有開封的培根，十二個盒裝的雞蛋，沒開封的麵包和沒開封的奶油，這些都是為明天的早餐而準備的。她想衝下樓到雜貨店買些吃的，就在門上留張字條。最後決定還是再等會兒。

十一點半，她餓到發暈，全身無力，她非下樓不可。如果傑米有電話她早就打給他了。現在，她只能拉開書桌，寫了張字條：「傑米，我下樓去雜貨店。五分鐘回來。」鋼筆墨水滲到指頭上，她進浴室清洗，用了一條剛換上的新毛巾。她把字條貼在門上，再看了一遍屋子，確定一切都沒問題，關上門，沒上鎖，怕萬一他剛好進來。

進了藥妝店，她發現沒一樣東西想吃的，除了再一杯咖啡，咖啡也只喝了一半，因為她突然覺得傑米可能已經在樓上等得不耐煩了。

樓上一切如舊，安靜無聲，跟她離開時候一個樣，她的字條原封不動的貼在門上，屋子裡因為抽了太多菸有些霉味。她打開窗戶，坐下來，後來才發覺自己睡著了，現在時間十二點四十分。

忽然，她害怕起來。毫無預警的醒來，醒在這一個隨時待命的房間裡，這裡的每樣東西從十點鐘開始就一直乾乾淨淨，沒人碰過，她害怕了，她覺得有一股莫名的急迫感。她離開座位幾乎用衝的從房間奔進浴室，往臉上潑冷水，用乾淨的毛巾擦乾；這次她把毛巾隨便往架子上一放，不再更換，以後有的是時間。沒戴帽子，身上仍舊穿著印花洋裝，只在外頭罩了件大衣，手裡拿著那只不相襯的，放了阿斯匹靈的藍包包，她鎖上公寓的房門，這次不留字條了，衝下樓，在街角招了輛計程車，她把傑米的住址給了司機。

其實一點也不遠，如果不是全身虛脫，她走走就到了。坐上計程車，她忽然驚覺這樣大刺刺坐著車去找傑米，一副登門問罪的樣子實在太魯莽。所以，她叫司機在鄰近傑米家的一個轉角停下來，付過車資，等到計程車開走，她才慢慢的走過去。之前她從來沒到過這裡；建築老得賞心悅目，大門信箱上並沒有傑米的名字，門鈴上也沒有。她核對住址；沒錯，最後她按了標著「管理員」的門鈴。過一兩分鐘蜂鳴器響了，她推開門走進暗黑的前廳，正猶豫著，盡頭一扇門開了，有個人說：「什麼事？」

就在這同一時間她才發覺自己根本不知道該問什麼，她慢慢移向等在亮光裡的那個身影。等到很接近的時候，「什麼事？」那個身影又說了一遍，她看見那是一個穿著襯衫的男人，除此之外，他們兩個誰也看不清楚誰。

她鼓起勇氣說：「我想找這棟樓裡的一位住戶，大門外找不到名字。」

「妳要找的人叫什麼名字？」男人問，她知道她非回答不可了。

「傑姆士．哈瑞斯，」她說。「哈瑞斯。」

男人靜默了一會兒，說：「哈瑞斯。」他轉過身，向著裡面亮著燈光的房間說：「瑪琪，過來一下。」

「怎麼了？」裡面一個聲音說，等了好長一會兒，長到即使動作再慢的人也能從安樂椅上起來了，一個女人走到了門口，跟男人站在一起，朝暗黑的前廳張望。「有位女士，」男人說。「女士要找一個姓哈瑞斯的人，住這裡的。這棟樓裡有這人嗎？」

「沒有，」女人說。她的口氣帶些消遣的味道。「這裡沒有什麼姓哈瑞斯的男人。」

「對不起，」男人說。他準備關門。「妳找錯地方了，女士，」他說，忽然又壓低聲音補上一句，「再不然就是找錯人了。」他和女人同時哈哈大笑。

眼看著門就要關上，只剩她一個人站在黑暗的前廳，她衝著只剩下一線的門縫說：「可是他的確住在這裡，我知道的。」

「聽著，」女人稍微再把門縫拉開一些，「這種事常會有的。」

「請你們再想想，別弄錯了，」她說，她的口氣十分莊重，口氣裡累積了三十四年的尊嚴和傲氣。「恐怕你們不是很了解。」

「他長什麼樣子？」女人不耐煩的說，那門仍舊不肯開大。

「他很高，很好看。他經常穿一套藍西裝。他是個作家。」

「沒有，」女人說，停一會兒又說：「他是不是住在三樓？」

「我不太清楚。」

「三樓是有這麼一個人，」女人邊想邊說。「他確實經常穿一套藍西裝，在三樓住過一陣子。勞埃斯特他們家北上探親的時候把公寓租給他住過。」

「可能就是吧，雖然……」

「這個人經常穿一套藍西裝，不過我倒不記得他有多高，」女人說。「他在這裡住了大概一個月左右。」

「一個月以前是──」

「妳去問勞埃斯特，」女人說。「他們今天早上回來，住在３Ｂ。」

門關上了，徹底的關上。廳堂非常暗，樓梯更暗。

上到二樓，從頂上的天窗透進一點微光。公寓各戶的大門排成一排，這一樓共有四戶，靜靜悄悄，無聲無息。２Ｃ門口擺著一瓶牛奶。

上到三樓，她停了一會兒。３Ｂ的門裡有音樂聲，也聽得見說話聲。她鼓起勇氣敲門，再敲。門開了，音樂聲迎面衝上來，是下午播送的交響樂時間。「妳好，」她禮貌的對著站在門口的女人說。「勞埃斯特太太？」

「對。」女人穿著家常服，臉上帶著隔夜的妝。

「可不可以打擾妳一兩分鐘？」

「可以。」勞埃斯特太太文風不動的說。

「是關於哈瑞斯先生。」

「什麼哈瑞斯先生？」勞埃斯特太太直截了當的說。

「傑姆士．哈瑞斯先生。之前向你們租房子的那位先生。」

「喔天哪，」勞埃斯特太太說。她總算睜開了眼睛。「他怎麼了？」

「沒什麼。我只是想跟他聯絡。」

「喔天哪，」勞埃斯特太太又重複一遍。這次她把門開大了些，說：「進來吧。」接著，「洛夫！」

屋子裡，整間公寓仍舊充滿了樂聲，沙發上，椅子上，地板上，攤著還沒整理完的手提箱。角落餐桌上散著吃剩的餐點，年輕男人坐在那裡，有那麼一會兒感覺上很像傑米，他站起身走過來。

「什麼事？」他說。

「勞埃斯特先生，」她說。樂聲太大，談話有些困難。「樓下管理員告訴我說，傑姆士・哈瑞斯先生曾經在這裡住過。」

「沒錯，」他說。「如果他是叫這個名字的話。」

「你們不是把公寓租給他住嗎？」她吃驚的說。

「我對他一無所知，」勞埃斯特先生說。「他是桃蒂的一個朋友。」

「不是我的朋友，」勞埃斯特太太說。「根本不是我的朋友。」她走到餐桌旁，拿花生醬抹在一片麵包上。她咬了一大口，揮著那片抹了花生醬的麵包對她先生含混的說。「不是我的朋友。」

「是妳在上次那個什麼聚會把他帶回來的，」勞埃斯特先生說。他把收音機旁一張椅子上的手提箱撥開，一屁股坐下來，再從地板上撿起一本雜誌。「我跟他從頭到尾沒說過十句話。」

「是你說租給他沒關係的，」勞埃斯特太太說完又咬了一大口麵包。「你從頭到尾也沒反對過啊。」

「對妳那些朋友我從來就不說什麼。」勞埃斯特先生說。

「如果他真是我的朋友，那你的話可多了，絕對，」勞埃斯特太太沒好氣的說。她再咬一口麵包，說：「相信我，他的話可多了。」

「我聽夠啦，」勞埃斯特先生越過那本雜誌說。「夠啦。」

「看到沒。」勞埃斯特太太拿抹了花生醬的麵包指著她丈夫。「就這副樣子，一天到晚就這副樣子。」

一片靜默，只剩下勞埃斯特先生身旁的收音機裡繼續狂吼的音樂聲，她開口說話了，她懷疑樂聲這麼大，究竟能不能聽到她說話的聲音，「他走了嗎？」

「誰？」勞埃斯特太太從花生醬的罐子上抬起頭來。

「傑姆士．哈瑞斯先生。」

「他？應該是今天早上走了吧，在我們回來之前。沒留下任何東西。」

「走了？」

「所有的一切都是原來的樣子。我早告訴過你了，」她對勞埃斯特先生說：「我早告訴過你說他會把一切都照管得很好的。我就說嘛。」

「算妳走運。」勞埃斯特先生說。

「每樣東西都在原來的位置上，」勞埃斯特太太說。她揮著手裡的花生醬和麵包。「跟我們走的時候一模一樣，沒動過。」她說。

「妳知道他現在在哪裡嗎？」

「完全不知道，」勞埃斯特太太開心的說。「不過，就像我說的，他把所有的東西都顧得好好的。怎麼？」她忽然發問。「妳在找他？」

「非常重要的事。」

「很抱歉他不在這兒。」勞埃斯特太太說。見訪客轉身要走，她禮貌性的上前一步。

「說不定管理員見過他。」勞埃斯特先生對著那本雜誌說。

門在她身後關上，走廊又一片黑暗，只是收音機的音量削弱了。她快要走到最後一階樓梯的時候，勞埃斯特太太衝著樓梯井嚷著：「我要是見到他，會跟他說妳在找他。」

我該怎麼辦呢？她想著，現在她又回到街上。回家是不可能了，少了傑米，不知道他在哪裡。她站在人行道上站得實在太久，引得對面窗口的一個女人轉身叫屋裡的某個人過來看看究竟。最後，憑著一股衝動，她走進公寓大樓隔壁的簡餐店，店的位置跟她住的公寓位在同一邊。有個矮小的男人靠著櫃台，在看報。她走進店裡，他抬起頭，走到櫃台前招呼她。

隔著放冷盤肉和起司的玻璃櫃，她膽怯的說：「我想要找住在隔壁公寓裡的一位先生，不知道你認不認識他。」

「妳怎麼不問那裡的人呢？」男人瞇著眼睛打量她。

一定是因為我沒有買任何東西的緣故，她心裡想著，嘴裡說：「不好意思。我問過他們了，可是他們都不知道。他們說他好像今天早上離開了。」

「我不知道妳要我做什麼，」他說著，稍微退回到看報的位置。「我在這裡不是專門監看隔壁那些進進出出的人。」

她立刻說：「我只是以為你或許會注意到罷了。他應該有經過這裡，差不多快十點的時候。他很高，經常穿一套藍色西裝。」

「穿藍色西裝經過這裡的人每天有多少，妳知道嗎，女士？」男人問她。「妳以為我整天沒事幹——」

「對不起，」她說。走出店門的時候，她聽見他說：「搞什麼東西。」

她走到轉角，心想，他一定是走這條路，去我家就得走這條路，只有這一條路可走。她試著想像，傑米會在哪裡過馬路呢？他屬於哪一類的人呢——他會不會直接從他的公寓前面走過去，隨意從人行道穿過去，在這個轉角？

轉角有個書報攤，說不定他們見過他。她趕緊走上去，等候一個男的買完報紙，一個女的問了路。等到書報攤的男人看她，她才說：「不知道你在今天早上十點左右有沒有看到一個很高的，穿藍西裝的年輕人走過這裡？」男人只是看著她，瞪大了眼睛微微張著嘴，她想，他八成以為這是開玩笑，要不就是在耍什麼花招。她急切的說：「是很重要的大事，請你相信我。我不是在開玩笑。」

「我說，這位女士，」男人開口了，她急著說：「他是個作家。他很可能在這裡買過什麼雜誌。」

「你找他幹嘛？」男人問。他看著她，含著笑，她發覺又來了一個男的等在她後面，攤商的笑臉也包含這個男的在內。「算了，」她說，可是攤商卻說：「妳聽著，也許他有經過這裡。」他的笑裡有「我知道怎麼回事」的意思，他兩眼越過她的肩膀，望著她身後的那個男人。她猛然驚覺自己身上這套太過年輕的印花洋裝，立刻把大衣外套拉攏起來。攤商說話了，似乎經過了一番深思熟慮，「現在我也搞不太清楚了，不過，好像吧，今天早上或許是有那麼一個很像妳那位朋友的先生走過。」

「十點左右？」

「十點左右，」攤商贊同。「高高的，穿藍西裝。很平常啊。」

「他往哪個方向？」她急切的問。「住宅區？」

「住宅區，」攤商點點頭。「他往住宅區走。沒錯。你需要什麼，先生？」

她退後，手攏著大衣。站在她後面的男人側過頭看她一眼，再跟那個攤商對望著。她正在遲疑要不要給攤商一點小費，這時兩個男人開始大笑，她頭也不回的衝過了馬路。

住宅區，她想，好吧，她開始往這條大路上走，邊走邊想：他大可不必走這條大路，往住宅區，他只要走過六個街口，轉個彎就到我住的那條街了。走了大約一個街口，她經過一間花店，櫥窗裡擺著婚禮的花飾，她想著，今天畢竟是我結婚的大日子，或許他會買些花給我吧，於是她走了進去。店主從裡面迎上來，滿面笑容，不等他開口，也不給時間思考她是不是來買花，她就說：「非常重要的事，我必須跟今天早上可能在這裡買過花的一位先生聯絡，非常非常重要。」

她停下來喘氣。店主說：「是的，不知道買的是些什麼花？」

「我不知道，」她吃了一驚。「他從來沒有——」她停住，接著說：「他是一位個子很高的年輕人，穿藍色西裝。大約十點鐘的時候。」

「我明白，」店主說。「呃，這，我恐怕……」

「這非常重要，」她說。「當時他可能很趕，」她補上一句，希望有所幫助。

「好，」店主說。他笑得很親切，一整排的小牙齒全部展現出來。「給一位女士，」他說。他走到櫃台打開一本大本子。「送去的地點是？」他問。

「啊，」她說：「我想他不會叫人送去。你知道，他是要來——反正就是，由他自己帶走的。」

「這位女士，」店主說——很明顯的他被惹火了，他的笑容變得很勉強，繼續說：「不瞞妳說，我一定要有一些『東西』才能夠推測……」

「請你無論如何再回想一下，」她在懇求。「他很高，穿一套藍西裝，就在今天早上十點鐘左右。」

店主閉起眼睛，一根指頭按在嘴上，用心的想，然後搖搖頭。「沒辦法，」他說。

「謝謝你。」她失望的說，開始往門口走，這時候店主忽然用尖銳興奮的語氣說：「等等！等一下，這位女士。」她轉身，店主又想了一會兒，說：「是不是菊花？」他帶著疑問的眼神看著她。

「喔不是，」她說，聲音有些發抖，停了半晌才繼續。「不適合這樣一個場合，絕對不適合。」

店主抿起嘴唇，冷冷地別開視線。「我哪會知道那是什麼場合，」他說：「不過我幾乎可以肯定，妳問起的那位男士今天早上來過，而且買了一打的菊花，直接取貨。」

「你確定？」她問。

「很確定，」店主加強語氣。「絕對就是這個人。」他笑得燦爛，她也笑了笑說：「好，非常感謝。」

他陪她走向門口。「需要漂亮的胸花嗎？」他們穿過店面的時候，他說。「紅玫瑰？梔子花？」

「謝謝你的幫忙。」她在門口說。

「戴上花的女士都特別的漂亮，」他低下頭對她說。「要不，蘭花？」

「不必了，謝謝你。」她說。「希望妳找到妳那位年輕的男人。」他說，同時還附帶一聲很下流的怪聲。

她走在街上想，每個人都覺得這身打扮很怪；她下意識的把大衣外套拉得更緊，那身印花洋裝露出來的只剩下裙襬磨蹭的聲音。

轉角有個警察，她想，怎麼不去問警察呢——人失蹤了就該去找警察。接著又想，我怎麼那麼笨哪。她腦子裡立刻出現一個畫面，她站在警局裡，說：「是的，今天我們要結婚，可是他沒來。」那些警員，大約三四個人站在那裡聽她說，看著她，看著她的印花洋裝，看著她的大濃妝，彼此看來看去的笑著。她再也說不下去了，她沒辦法說：「沒錯，看起來很蠢，對不對？我梳妝打扮，在這裡找尋那個答應來娶我的年輕男人，可是你們知道什麼呢？我並不是你們現在看到的這副樣子。我有才華，我風趣幽默，我是一位淑女，我有尊嚴，我有愛，我有女人味，而且我有清楚的人生觀，我可以讓一個男人心滿意足，幸福快樂；我絕對不是，絕對不只是你們現在看著我的這副樣子。」

找警察這招顯然行不通，如果傑米聽到她竟然叫警察追查他的行蹤，他會怎麼想，那就更別提了。「不行，不行。」她大聲說著加快了腳步，有個人經過，停下來回頭看她一眼。

到下一個轉角——離她住的那條街還有三個路口——是個擦鞋攤，一個老頭坐在一把椅子上幾乎睡著了。她停在他前面，等著，過一會兒他張開眼，笑笑的看著她。

「是這樣的，」她想也不想的衝口而出，「很抱歉打擾到你，我在找一個年輕人，今天早上十點左右曾經走過這裡，你有沒有看見他？」接著她又把他的樣貌形容了一遍，「很高，穿藍色西裝，帶著一束花的？」

她還沒說完，老頭就開始點頭。「我看見過他，」他說。「是妳的朋友？」

「是。」她毫無意識的笑了笑。

老頭眨眨眼說：「我記得當時我在想，你八成要去看你的妞兒啦，小伙子。他們全是一個樣，都是去找妞兒的。」他莫可奈何的搖搖頭。

「他往哪個方向走的？順著大路筆直走嗎？」

「對，」老頭說。「擦了鞋，帶著花，穿得整整齊齊，一副急匆匆的樣子。你準是有個妞兒啦，我當時就這麼想的。」

「謝謝你。」她一面說，一面在口袋裡摸索零錢。

「她一定很想跟他見面，從他的表情看得出來。」老頭說。

「謝謝你。」她再說一遍，那隻手空空的離開了口袋。

終於，她首度可以肯定他確實在等著她，她急急忙忙往前走，印花洋裝的裙襬在大衣底下晃著，走過三條街，轉進她住的街口。她從街角看不見自己的窗戶，看不見傑米望著窗外，等著她，接近公寓大樓的時候她幾乎用跑的。開樓下大門的時候，鑰匙在她手裡抖個不停，她朝藥妝店裡瞥了一眼，想起今天早上曾經在店裡慌張的喝著咖啡的樣子，幾乎哈哈大笑起來。一走到自己的門口，她再也忍不住，「傑米，我來了，我擔心死了。」房門還沒打開她就衝口而出。

她的小公寓房間等著她，沉默，荒涼，午後的陰影順著窗子拉得好長。猛然間，她只看到那只空的咖啡杯，心想，他果然在這裡等她，接著發現空杯是她自己的，是她今天早上，留在那兒的。她找遍了整個房間，包括衣櫥，包括浴室。

「我絕對沒有看見他，」藥妝店的店員說。「我知道，因為我會注意到那些花。根本沒有這樣一個人進來過。」

擦鞋攤的老頭醒過來又看見她站在面前。「哈囉，又來啦。」他笑著說。

「你確定嗎？」她問。「他是不是走這條路？」

「我看著他走過去的，」老頭的語氣跟著硬起來。「我心想，年輕小伙子去找小妞了，我眼看著他走進那棟屋子裡。」

「什麼屋子？」她不置可否的說。

「就在那兒，」老頭說，他傾過身體指著。「就在第二個路口。手上拿著花，腳上穿著擦亮的鞋，去看他的小妞啦。就這麼走進了她的屋子。」

「哪一棟？」她說。

「就在第二條街中間一半的地方，」老頭懷疑的看她一眼，說：「妳究竟想要幹嘛？」

她幾乎用跑的，連一聲「謝謝」都沒停下來說。她飛快的走到下一條街，從那些屋子外面一戶戶的看一戶戶的找，看傑米會不會正巧在看窗外，注意聽哪間屋裡會不會有他的笑聲。

有個女人坐在一棟屋子前面，就著手臂的長度，一來一回的推著一輛嬰兒車，很單調的動作。小車裡的嬰兒睡著了，身體隨著嬰兒車一來一回的動著。

現在，她的問話愈來愈順暢了。「對不起，今天早上十點左右，妳有沒有看見一個年輕人走進這裡的一棟屋子？」

有個十二歲大的男孩停了下來用心聽著，很認真的輪流看著她們兩個，偶爾瞥一眼小車裡的嬰兒。

「我說，」那女人厭煩的說：「這孩子十點鐘洗的澡。我有沒有看見什麼陌生的男人走過？妳說呢？」

「一大束花嗎？」男孩拽了拽她的大衣問她。「很大一束花？我看見過他，太太。」

她低下頭，男孩大剌剌的對她咧著嘴笑。「他走進哪棟屋子？」她疲累的說。

「妳是不是要跟他離婚？」男孩盯著問。

「這樣問人家很不禮貌喔。」推著嬰兒車的女人說。

「妳聽我的沒錯，」男孩說：「我看見他了。他走進去那裡。」他指著隔壁的一棟房子。「我跟著他，」男孩說。「他給我兩毛五。」男孩裝出低沉的吼聲，「『小鬼，今天可是我的大日子啊。』他說。他給了我兩毛五。」

她給他一張一塊錢的紙鈔。「在哪裡？」她說。

「頂樓，」男孩說。「他給我兩毛五之後我就不跟了。直上頂樓。」他拿著那一塊錢鈔票退回到人行道上，隔得遠遠的，伸手逮不到的距離。「妳是不是要跟他離婚？」他再問一次。

「他拿著花嗎？」

「對啊。」男孩說。他開始尖著聲音喊。「妳是不是要跟他離婚，太太？妳抓住他的小辮子了？」他歪著身體邊跑邊吼，「她抓住那傢伙的小辮子了！」推嬰兒車的女人哈哈大笑。

那棟公寓房子的大門沒有上鎖；外面的走廊沒有門鈴，也沒有住戶的姓名。樓梯很窄很髒，頂樓有兩扇門。前面一扇應該就是了，門外的地板上有一張皺皺的包裝花紙，和一條紙彩帶，就像一條線索，就像檔案追蹤遊戲的最後一條線索。

她敲門，似乎聽見裡面有人聲，她忽然心生恐懼起來，要是傑米在裡面，要是他來應門，我該說什麼呢？剎那間人聲好像停止了。她再敲，一片靜默，只有些微的笑聲彷彿從很遠很遠的地方傳過來。很可能他在窗口就已經看見我了，她想，這是面向大街的前棟公寓，剛剛那小男孩又叫得那麼大聲。她等著，再敲，但是靜默無聲。

最後她走到同層樓的另外那扇門，敲了一下。門順著她的手勢晃了開來，她看見空蕩蕩的一間閣樓，牆上釘著光禿禿的木條，地板也沒有上漆。她走進去，四下看了一圈；屋子裡到處都是塑膠袋、舊報紙，還有一只破爛的皮箱。有個聲音，她猛地發現那是老鼠的聲音，忽然她就看到了牠，離她非常近，靠著牆壁，邪惡的面孔上一臉的警戒，明亮的眼睛死盯著她。她慌張的逃出來，關上門印花裙襬勾住了，扯破了。

她知道有個人就在另外那間公寓裡，因為她確定她聽見了低低的說話聲，還有時不時出現的笑聲。她回來過許多次，第一個星期她每天都來。早上，在她上班的路上；晚上，在她一個人去吃飯的路上，只是無論她敲了多少次，敲得多用力，從來沒有人出來應門。

就像媽媽做的

大衛·透納，做每件事都很輕巧俐落。他從公車站匆匆的走上他住的那條街。到了轉角的雜貨店他猶豫著，明明好像要買什麼東西。奶油，他終於想起來；今天早上，走去公車站的時候，他就一直叮嚀自己要記得買奶油，晚上回家，經過雜貨店，千萬別忘了買奶油。他走進雜貨店，一面排隊等候，一面查看貨架上的罐頭。罐裝的豬肉香腸又進貨了，還有鹹的牛肉丁。一大盤麵包捲吸引了他的注意力，這時排在他前面的女人走開了，店員轉過來招呼他。

「奶油多少錢？」大衛慎重的問。

「八十九。」店員隨意的答。

「八十九？」大衛眉頭一皺。

「就這個價錢，」店員說。他的視線越過大衛落到下一位顧客身上。

「請給我四分之一磅，」大衛說。「還有六個麵包捲。」

拎著包裹回家的路上，他想著，下次我再也不要來這裡採買。好歹他也算是他們的熟客，最起碼的禮貌總該有吧。

信箱裡有一封媽媽的來信。他把信往麵包捲的袋子上一塞，就往三樓走。瑪西亞的公寓沒有半點燈光，這是這層樓唯一的另外一戶住家。大衛轉到自己的門口，開了鎖，進門先把燈拍亮。今晚，就像每一個他回家的夜晚，公寓裡溫暖，友善，美好；小小的玄關，整潔的小餐桌，四把輕便的椅子，一碗金盞花靠牆擺著，淺綠色的牆壁是大衛自己粉刷的；再遠一些，是小廚房，更遠一些，是大衛看書睡覺的大房間，這裡的天花板一直令他很頭痛，有個角落，灰泥整片整片的往下落，想不出任何補救的辦法。大衛總是安慰自己，都怪自己要選擇這棟高級住宅所以會掉漆，反過來說，以他這一點點錢想要在別的地方弄到這麼一間有玄關、有大房間、有小廚房的屋子，簡直連門都沒有。

他把袋子擱在餐桌上，把奶油放進冰箱，麵包捲放進麵包盒裡。他把空袋子摺好，收進小廚房的抽屜。然後把大衣外套掛到壁櫥裡，再走進他自認為是客廳的那個大房間，開亮了檯燈。這間房在他的心目中是「可愛又迷人」。他向來偏好黃色和褐色，書桌、書架和茶几，全部由他親自上漆，連牆壁都由他自己動手，甚至為了找尋心目中黃褐色花呢料的窗簾，不惜跑遍整個市區。這個房間令他太滿意了：深褐色的地毯搭配暗色的簾子，家具幾乎清一色的黃，沙發罩和燈罩都是橘色。窗檻上的一排盆栽給房間點綴了需要的綠色。現在大衛正在為小茶几找一樣合適的擺飾，他心裡中意的是一只半透明的淺口綠碗，再放上更多的金盞花，只是眼前，在買了那套銀器之後，他實在負擔不起了。

他只要走進這間房，就覺得這是他有史以來最最舒服的一個家。今晚，像往常一樣，他讓自己的視線慢慢的掃過整個房間，從沙發到窗簾到書架，腦子裡幻想著那只綠碗就擺在小茶几上，他嘆口氣，轉向書桌。他從筆筒抽出一支筆，從文件格取出一張整齊的便條紙，開始仔細的寫著：「親愛的瑪西亞，別忘了今晚前來晚餐。六點整恭候大駕。」他在紙條上簽了一個大寫的「D」，再從書桌的筆盤上拿起瑪西亞公寓的鑰匙。他有瑪西亞公寓的鑰匙，因為每次洗衣工來，或是修理冰箱、電話和窗子的人來的時候，她永遠不在家，總得有人讓這些人進來，房東不願意為了那支萬能鑰匙爬上三樓。瑪西亞從來沒提過要大衛家的鑰匙，大衛也從來沒主動給過她；他喜歡只有一支鑰匙進得了自己的家門，這支鑰匙安全可靠的待在自己的口袋裡，這讓他有一種很愉悅的感覺，微小的實在感，是唯一進入他溫馨小窩的方法。

他讓大門敞著，走過暗暗的走廊到達另一間公寓，用鑰匙打開門，開亮燈。他不大喜歡走進這間公寓房；這裡跟他那裡的格局其實完全一樣：玄關，小廚房，客廳，這裡常常讓他想起第一天走進自己那間公寓的感覺，當時一想到有那麼多的家務事需要打理，幾乎令他瀕臨絕望。瑪西亞的屋裡荒涼散漫：一架鋼琴，是一個朋友最近給她的，突兀的立在那兒，把玄關占掉了一半，因為小房間太窄，擺在大房間又很不搭調；瑪西亞的床鋪沒整理，一大堆的髒衣服攤在地板上。窗戶整天開著，報紙文件吹得一地都是。大衛關上窗子，遲疑不決的踩過地上的各種紙張，然後迅速的離開。他把字條放在鋼琴鍵上，隨手把房門鎖好。

進了自己的公寓，他幸福滿滿的開始做晚餐。他在前一天晚上就先做好了一小鍋烤肉；

大部分還冰在冰箱裡，他把它切成薄片，排在綴了香菜的盤子上。餐盤是橘色的，幾乎和沙發罩是同一個顏色，他做了一份賞心悅目的沙拉，橘色的盤子上放了萵苣和薄片的黃瓜。他煮上咖啡，切好洋芋片，晚餐準備好了，開著窗子讓炸洋芋片的香氣也散了出去，他開始擺餐桌。首先，鋪桌布，當然是淺綠色。再來是兩條乾淨的綠色餐巾。橘色的餐盤、精緻的杯子和托盤都擺在恰當的位置。裝麵包捲的大盤擱在正中央，還有鹽和胡椒罐，長相特別，像兩隻綠色的青蛙。兩只玻璃杯——雖然來自「廉價商店」，可是很細緻，杯子周圍有一圈綠色的鑲邊——最後，非常仔細、非常小心放上的，就是那套銀餐具了。一點一滴，很溫柔的，大衛買齊了一整套的銀餐具；起初只買了夠兩個人使用的，現在他已經增加到四人份了，雖然還不足六人份，缺了沙拉專用的叉子和湯匙。他選擇的是一種很寧靜很漂亮的圖案，隨便哪種餐桌都能搭配，每天吃早餐時，他得意的用一把閃亮的銀湯匙吃他的葡萄柚，一把細巧的奶油抹刀抹他的吐司麵包，一把厚實的小刀敲開他的水煮蛋殼，還有一支為了他的咖啡而準備的銀湯匙，這支湯匙是專門用來加糖的。這套銀器有防塵的盒子保護著，擺在專屬的高架上，大衛小心翼翼的取下來，拿出兩個人適用的份量。擺在餐桌上，看來真是無與倫比的華麗——舀糖的小湯匙，吃洋芋和沙拉專用的大湯匙，叉肉的叉子，還有吃派餅的小叉子。擺齊了足夠兩人份的餐具之後，他把盒子放回到高架上，人往後站，仔細的檢視著桌上的每一樣東西，他對餐桌的擺設太滿意了，閃亮乾淨。現在他走進客廳開始看他母親的來信，一面等待瑪西亞。

瑪西亞到來之前，洋芋已經做好了，這時公寓的門砰的推開，瑪西亞像陣風似的呼嘯著闖了進來。她是個高大帥氣的女孩，大嗓門，身上穿著一件髒兮兮的雨衣。她說：「我沒忘記，大衛，我只是跟平常一樣遲到。今天晚餐吃什麼？你沒生氣吧？」

大衛站起來，趕過去接下她的外套。「我留了張字條給妳。」他說。

「沒看見，」瑪西亞說。「還沒回家呢。什麼東西，好香。」

「炸洋芋片，」大衛說。「一切都準備好了。」

「天哪，」瑪西亞一屁股坐上椅子，兩腳往前撐，手臂往下垂。「我累壞了，」她說。「外面好冷。」

「我回來的時候天變冷了。」大衛說。他把晚餐端上桌，一盤肉，沙拉，一碗炸洋芋片。他靜悄悄的在小廚房和餐桌之間來回走動，小心避開瑪西亞撐開的腳。「我買了這些銀餐具之後相信妳還沒來過呢。」他說。

瑪西亞旋風似的轉向桌子，拿起一把湯匙。「好漂亮，」她說，手指沿著湯匙上花紋摸著。「用這個吃飯心情超好的。」

「可以吃飯了。」大衛說。他為她拉開椅子，等候她入座。

瑪西亞隨時都很餓，她把肉、洋芋片和沙拉盛到盤子上，也不讚嘆那些銀器，就開始熱情有勁的大吃起來。「每樣東西都好漂亮，」中間她只說了一次。「飯菜都好棒，大衛。」

「我很高興妳喜歡。」大衛說。他喜歡銀叉拿在手裡的感覺，甚至連看著瑪西亞把叉子送進嘴裡的樣子他都喜歡。

瑪西亞大動作的揮著手。「我指的是所有的東西，」她說：「這些家具，你住的這個地方，晚餐，所有的一切。」

「這是我喜歡的方式。」大衛說。

「我知道，」瑪西亞的口氣有些無奈。「應該有人來教教我。」

「妳應該把家保持得稍微整齊一點，」大衛說。「起碼應該弄個窗簾，把窗子關上。」

「我從來不記得，」她說。「大衛，你真是最最棒的廚子。」她把餐盤推開，滿足的嘆口氣。

大衛開心的紅了臉。「我很高興妳喜歡，」他又說一遍，忽然笑起來。「我昨晚做了一個派。」

「一個派。」瑪西亞對他看了一分鐘，說：「蘋果的？」

大衛搖搖頭。她說：「鳳梨？」他再搖頭，他已經等不及了，直接告訴她說：「櫻桃。」

「天哪！」瑪西亞站起來跟著他進了廚房，在他背後看著他從麵包盒裡小心仔細的取出了櫻桃派。「這是你有史以來做的第一個派嗎？」

「以前做過兩個，」大衛老實的承認，「不過這是做得最好的一個。」

她快樂的看著他切下兩大塊派餅，分別放在橘色的盤子上，她端著自己的一份回到餐桌，品嘗著派餅，比了一個滿意到無話可說的手勢。大衛一面吃著派，一面還挑剔的說：「我覺得稍微酸了一點。糖不夠了。」

「好得不得了，」瑪西亞說。「我喜歡吃很酸很酸的櫻桃派。這個其實還不夠酸呢。」

大衛收拾好餐桌，再斟上咖啡，他把咖啡壺擱回爐子上的時候，瑪西亞說：「我家的門鈴響了。」她打開公寓房門，仔細聽，他們兩個都聽見了她的門鈴在響。她按了大衛家的對講機，開了樓下的門，遠遠的，他們聽見沉重的腳步聲一步步的往樓上走。瑪西亞讓門開著，回來繼續喝她的咖啡。「八成是房東，」她說。「我又忘記繳房租了。」腳步聲到達最後一層樓梯的時候，瑪西亞開口嚷：「哈囉？」她靠著椅背從門口望向走廊。她忽然說：「啊，哈瑞斯先生。」她起身走到門口，伸出手。「進來吧，」她說。

「我只是路過，」哈瑞斯先生說。他是個體型超大的男人，兩隻眼睛好奇的停留在餐桌上的咖啡杯和空盤子上。「我不想打擾兩位用餐。」

「沒關係啦，」瑪西亞一把拉他進了屋裡。「只是大衛而已。大衛，這是哈瑞斯先生，他是我辦公室的同事。這是透納先生。」

「你好。」大衛禮貌的說。那人謹慎的看著他說：「你好？」

「坐下，坐下，」瑪西亞說著，拖了張椅子過來。「大衛，也給哈瑞斯先生來杯咖啡好不好？」

「不要麻煩了，」哈瑞斯先生趕緊說：「我只是路過。」

就在大衛拿咖啡杯和碟子，再從銀器盒裡取出一支銀茶匙的當口，瑪西亞說：「你喜歡吃自家做的派嗎？」

「啊，」哈瑞斯先生羨慕不已的說：「我都已經忘了自家做的派是長什麼樣子的了。」

「大衛，」瑪西亞雀躍的說：「也給哈瑞斯先生切一塊派如何？」

二話不說的，大衛從銀器盒子裡拿出餐刀，再拿出一只橘色的盤子，放上一塊派。他對這個晚上的規劃其實也不大明確；要是外頭不太冷，兩個人或許就去看場電影，或者至少可以跟瑪西亞聊聊她家裡的情況。哈瑞斯先生穩穩當當的坐了下來，大衛默默的把派放在他前面，他在品嘗之前，對著那塊派看了好一會。

「啊，」他最後說：「這才叫做派。」他看著瑪西亞。「這才是真正好吃的派啊。」他說。

「你喜歡嗎？」瑪西亞謙虛的說。她抬起頭，隔著哈瑞斯先生的腦袋對大衛笑著。「我以前總共只做過兩三個派。」她說。

大衛舉起手正想要抗議，哈瑞斯先生轉過頭問他：「你這輩子有沒有吃過比這更好的派？」

「我看大衛並不怎麼喜歡，」瑪西亞使壞的說：「他覺得它太酸了。」

「我喜歡味道酸酸的派，」哈瑞斯先生說。他帶著懷疑的眼神看著大衛。「櫻桃派本來就該是酸的。」

「無論如何，我很高興你喜歡，」瑪西亞說。哈瑞斯先生吃完最後一口派，喝光了咖啡，往後一靠。「我這次路過真是來對了。」他對瑪西亞說。

大衛原本想要趕走哈瑞斯先生的欲望，現在漸漸的變成了同時想要趕走他們兩個人；他乾淨的家，他美好的銀器，絕對不是什麼交通工具，提供給像瑪西亞和哈瑞斯先生這樣的兩個蠢蛋在這裡互相調笑。幾乎很粗魯的，他把瑪西亞準備伸手去拿的咖啡杯一把奪走，拿進小廚房，再走回來，一手搭上哈瑞斯先生的咖啡杯。

「不要麻煩了，大衛，真的，」瑪西亞說。她抬起頭，再露出微笑，彷彿她和大衛合謀在對付這個哈瑞斯先生。「等明天我再來處理吧，親愛的。」她說。

「對，」哈瑞斯先生說。他站起來。「先別管它們。我們進去換個舒服的地方坐坐吧。」

瑪西亞站起來，帶領他走進客廳，他們倆就坐在那張坐臥兩用的沙發上。「來啊，大衛。」瑪西亞叫喚著。

那張漂亮的餐桌上布滿了骯髒的碟子和菸灰，這景象令大衛驚呆了。他把盤子、碟子、咖啡杯、銀器、全部端進小廚房，堆放在水槽裡，另一方面，他也無法忍受想像他們兩個繼續坐在那裡的畫面，而且黏在盤子杯子上的污垢也漸漸變得更硬了，他繫上圍裙開始仔細的清洗起來。在他忙著清洗、擦乾、存放的這段時間裡，瑪西亞三不五時的會叫喚他：「大衛，你在做什麼呀？」或是：「大衛，別忙了，過來坐吧？」有一回她還說：「大衛，用不著把所有的盤子都拿來自己洗嘛。」而那位哈瑞斯先生說：「讓他去吧，他忙得很開心。」

大衛把洗乾淨的黃色杯子碟子放回到架子上——現在，哈瑞斯先生喝過的杯子已經認不出來了；從那一排乾淨的杯子裡，根本看不出哪一只是他用過，或者哪一只曾經沾到過瑪西亞的口紅印，或者哪一只是大衛在廚房裡喝過咖啡的——最後，他把防塵盒取下來，把銀器收好。他先把叉子放進小小的凹槽裡，每個凹槽各收納兩支叉子——日後，等到整組買齊的時候，每個凹槽就可收納四支叉子；接下來是湯匙，放進專門放湯匙的凹槽裡，一支接一支整整齊齊的疊上去；餐刀按照偶數排列，面向同一邊，卡在防塵盒蓋上特別設計的帶子裡。切奶油的小刀，大湯杓和切派餅的刀子也都各就各位，最後大衛終於把這一盒子的華麗蓋上，再把盒子放回到架子上。擰乾抹布，掛好擦盤子的毛巾，摘下圍裙，他收工了，慢慢的走進客廳。瑪西亞和哈瑞斯先生親密的坐在長沙發上，起勁的聊著。

「我爸爸的名字就叫傑姆士，」大衛走進來的時候，瑪西亞說，聽口氣似乎剛好在討論某個話題。見大衛進來了，她就轉過頭說：「大衛，你真是太好了，一個人把所有的碗盤都洗完了。」

「沒關係。」大衛尷尬的說。哈瑞斯先生一臉不耐煩的看著他。

「我應該過去幫忙的。」瑪西亞說。一陣沉默，瑪西亞接著又說：「坐下來吧，大衛？」

大衛聽得懂這個口氣：這是女主人在不知道該對你說什麼，或者你來得不是時候、來得太早或逗留得太晚的時候，常用的一種口氣。這也是他一直想用在哈瑞斯先生身上的口氣。

「我跟傑姆士剛好談到……」瑪西亞說到一半忽然停下來大笑。「我們在談什麼呀？」她轉過身問哈瑞斯先生。

「沒談什麼。」哈瑞斯說。他仍舊盯著大衛。

「是呃。」瑪西亞不置可否的拖著聲音說。他轉向大衛，笑容燦爛，然後又說了一聲「是呃」。

哈瑞斯先生從茶几上拿起菸灰缸放到沙發上，擱在他和瑪西亞中間。他從口袋掏出一根雪茄，對瑪西亞說：「介意我抽雪茄嗎？」瑪西亞搖了搖頭，他慢條斯理的打開雪茄的包裝紙，咬掉蒂頭。「雪茄的菸味對植物很有好處的。」他邊點雪茄邊說，聲音濃濃糊糊的，瑪西亞哈哈大笑。

大衛站起來，一時間他以為自己會開口說：「哈瑞斯先生，很謝謝你的光……」但是，最終，在瑪西亞和哈瑞斯先生的注視下，他說出口的卻是：「我看我得走了，瑪西亞。」

哈瑞斯先生站起來由衷的說：「真是幸會，幸會。」他伸出手，大衛有氣無力的握著。

「我看我該走了，」他再對瑪西亞說一次，她站起來說：「你這麼早就要走真可惜。」

「還有很多事要做。」大衛說，語氣真誠到超乎他的預期，瑪西亞再次向他微笑，彷彿他們倆是合謀的同黨，她走向桌子說：「別忘了拿鑰匙。」

教人吃驚的是，大衛從她手上拿了她公寓的房門鑰匙，對哈瑞斯先生道過晚安，走向門口。

「晚安，大衛親愛的。」瑪西亞大聲喚著，大衛說完：「感謝這一頓奇妙的晚餐，瑪西亞。」之後便隨手帶上了門。

他走上走廊，進入瑪西亞的公寓；那架鋼琴還是很突兀，紙張文件還是散在地板上，髒衣服還是到處都是，床鋪還是沒整理。大衛坐到床上，環顧四周。很冷，很髒，他痛苦的想起自己那個溫暖的家，模模糊糊的，他似乎聽見走廊那頭的笑聲，還有一把椅子移動的刮擦聲。還有，仍舊是模模糊糊的，他聽見了他那台收音機的聲音。疲倦又無奈的，大衛彎下身子，從地上撿起一張紙，然後，他開始一張接一張的把它們撿起來。

決鬥審判③

有天晚上艾蜜莉・強生回到她這間帶家具的租房，發現放在梳妝台抽屜裡三條最好的手帕不見了，她很確定是誰拿的，也知道該怎麼做。她住進這間帶家具的屋子大約有六個星期，過去的兩個禮拜裡，時不時的總會不見幾樣小東西。有幾條手帕，與艾蜜莉很少戴的一枚廉價的字母別針，在一元商店買的。還有一次，少了一小瓶香水，整組的瓷器小狗也少了一隻。艾蜜莉其實早就知道這些東西是誰拿的，只是今晚她才下定決心該怎麼做。她一直遲疑著不去向房東太太抱怨，一方面因為她的損失只是些微不足道的小東西，另一方面她總覺得自己遲早會想出對付的辦法。從一開始她就合理的認為，一個成天待在小公寓裡的人最有可能是嫌犯，後來，一個星期天的早上，艾蜜莉曬完太陽，從屋頂下樓來，瞧見有個人從她房間走出來下了樓，她一眼就認出是誰。今晚，她覺得，她知道該怎麼做了。她脫下外套和帽子，放下包裹，趁著把一罐墨西哥玉米捲放在電磁爐上加熱的時候，她在腦子裡複習了一遍準備要說的話。

晚餐後，她鎖上房門下樓。她輕輕敲了敲在她正下方那間公寓的門，聽見有人說：「進來。」她問一聲：「艾倫太太？」便小心的推開門走了進去。

這間房，艾蜜莉一進去就發現，幾乎跟她的房間一模一樣——同樣狹窄的床，同樣深褐色的床罩，同樣淺褐色的楓木梳妝台和扶手椅；衣櫥位在房間的斜對面。艾倫太太坐在扶手椅上，大約六十歲。至少比我大上兩倍的年紀，艾蜜莉站在門口想著，仍舊是一位優雅的淑女。在開口之前，她猶豫了幾秒鐘，看著艾倫太太乾淨清爽的白髮，整潔的深藍色家居服。「艾倫太太，」她說：「我是艾蜜莉．強生。」

艾倫太太放下手邊的《婦女居家良伴》，慢慢的站起來。「很高興見到妳，」她很有風度的說。「我見過妳，當然，好幾次了，我覺得妳長得真好看。現在人與人見面的機會太少了，真的。」——艾倫太太遲疑著——「真的太好了，」她接著往下說：「在這樣的地方。」

「我也一直都想來看妳。」艾蜜莉說。

艾倫太太指指她剛才坐著的那張椅子。「妳坐吧？」

「謝謝，」艾蜜莉說。「妳坐。我坐床上。」她微微笑著。「我覺得這些家具好熟悉，跟我家裡完全相同。」

「真是不好，」艾倫太太說著再坐回原來的椅子上。「我跟房東太太不知道說過多少遍

---

③trial by combat，或稱trial by battle，judicial duel。日耳曼律法，在沒有目擊證人的情況下以比武決鬥的方式解決紛爭。中世紀歐洲風行一時。

了，妳把每個房間裡的家具全弄成一個樣子，人家怎麼會覺得自在呢。可是她堅持說這種楓木家具看起來乾淨而且便宜。」

「已經很不錯了，」艾蜜莉說。「妳把家具保養得比我的好太多了。」

「我在這裡已經三年了，」艾倫太太說。「妳才來一個多月吧？」

「六個星期。」艾蜜莉說。

「房東太太跟我談起過妳。妳先生在服役。」

「對。我在紐約有一份工作。」

「我先生是軍人，」艾倫太太說。她朝梳妝台上的一堆照片指了指。「很久很久以前了，當然。他去世快五年了。」艾蜜莉站起來走向那些照片。其中一張是一個穿著軍裝，相貌堂堂的高個子男士。另外幾張是小孩子的照片。

「他的樣子好神氣，」艾蜜莉說。「這些是你們的孩子？」

「我沒有小孩，挺遺憾的，」老太太說。「這些是我先生的姪子和外甥。」

艾蜜莉站到梳妝台前面，四處看了看。「妳也有種花，」她說。她走向窗台，看著那一排盆栽。「我愛花，」她說。「今晚我給自己買了一大束紫菀點綴一下我的屋子。可惜很快就會謝了。」

「就是為了這個原因我喜歡盆栽，」艾倫太太說。「妳怎麼不在水裡放一片阿斯匹靈呢？那可以讓花保持得更久一些。」

「我對花實在不太懂，」艾蜜莉說。「比方說，我就不知道在水裡放阿斯匹靈這回事。」

「凡是切花，我都是這麼做的，」艾倫太太說。「我覺得花可以讓房間顯得比較親切。」

艾蜜莉在窗口站了一會兒，望著艾倫太太每天望出去的風景：對面的防火梯，樓下一小段的街道。她做了一次深呼吸，轉過身子。「呃，艾倫太太，」她說：「我今天來是有原因的。」

「不只是為了認識我嗎？」艾倫太太笑笑的說。

「我真的不知道該怎麼辦，」艾蜜莉說。「我不想去跟房東太太多說什麼。」

「房東太太確實幫不了什麼大事。」艾倫太太說。

艾蜜莉轉身坐回床上，誠懇的望著艾倫太太，她看到的是一位親切和氣的老太太。「很小的小事，」她說：「有人常常進出我的房間。」

艾倫太太抬起頭。

「我掉了一些東西，」艾蜜莉繼續，「像是手帕、不值錢的小首飾。都不是什麼要緊的東西。只是有人常常不請自來的進我的房間帶走一些東西。」

「怎麼會這樣？」艾倫太太說。

「妳知道，我不想惹事生非，」艾蜜莉說。「只是有人隨便進來我的房間。我也沒有不見什麼太值錢的東西。」

「我明白。」艾倫太太說。

「只是幾天前我發現了。上個星期天，就在我從屋頂下來的時候，我看見有個人從我房間裡出來。」

「妳知道是誰了嗎？」艾倫太太問。

「我想我知道。」艾蜜莉說。

艾倫太太靜默了好一會兒。「我看妳並不想去跟房東太太說這件事。」她終於開口。

「當然不要，」艾蜜莉說。「我只是想制止這件事。」

「我不怪妳。」艾倫太太說。

「妳知道，這事表示有人有我門上的鑰匙。」艾蜜莉語帶懇求的說。

「這棟屋子裡的鑰匙不管誰的房門都能打開，」艾倫太太說。「這裡全都是老式的門鎖。」

「這件事一定要停止，」艾蜜莉說。「如果不能，我就必須做一些處置了。」

「可想而知，」艾倫太太說。「這整件事太不好了。」她站起來。「我得說聲抱歉了，」她接著說。「我現在很容易疲倦，我必須早睡。很高興妳下來看我。」

「我也很高興終於能見到妳，」艾蜜莉說。她走向門口。「希望以後我不會再來打擾了，」她說。「晚安。」

「晚安。」艾倫太太說。

第二天晚上，艾蜜莉下班回來，一對廉價的耳環不見了，外加梳妝台抽屜裡的兩包香菸。這晚她一個人在屋子裡坐了好久好久，思考著。之後她寫了封信給她先生，就上床睡了。隔天早上她起床，裝扮好了，走到轉角的藥妝店，她在公用電話亭撥了通電話到辦公室，說她病了，要請一天假。她回到家裡，在房裡坐了將近一個小時，讓房門虛掩著，不久她聽見艾倫太太的門開了，艾倫太太走出來，慢慢的往樓下走。等到艾倫太太慢吞吞的走到了大街上，艾蜜莉鎖上房門，手裡握著自己的鑰匙，下到艾倫太太的房間。

她想著，我就假裝把它當成是自己的屋子吧，萬一有人過來，我可以說我走錯門了。她開了門之後，有那麼一會兒，她彷彿真的是在自己的屋裡。床鋪收拾得整整齊齊，窗簾垂著。艾蜜莉不鎖門，她走過去把窗簾拉上去。現在房間明亮了，她環顧四周。她忽然對艾倫太太興起一種無可言喻的親密感，她想著，她在我的屋子裡一定也是這種感覺。每樣東西都樸實整齊。她先看衣櫥，衣櫥裡空蕩蕩的，只有艾倫太太的藍色家居服，和一兩件樸素的洋裝。艾蜜莉走向梳妝台。她對著艾倫太太先生的照片看了一會兒，再拉開最上層的抽屜看了看。她的手帕就在那裡，整齊的疊著，手帕邊上是香菸和耳環。一個角落裡，瓷器小狗穩穩的坐著。每樣東西都在這裡，艾蜜莉想著，全部放得好好的，排列得一絲不苟。她關上這只抽屜，拉開另外兩只抽屜。兩只都是空的。她再拉開最上層的抽屜。除了她的東西之外，抽屜裡還有一雙黑色的棉布手套，在她那一小疊手帕底卜是一副白色的手套。有一盒舒潔面紙，一小罐阿斯匹靈。給她的盆栽植物用的，艾蜜莉想著。

艾蜜莉正在數著她的手帕，忽然一些動靜引得她轉過身來。艾倫太太站在門口安靜的看著她。艾蜜莉握著的手帕掉了下來，她往後退，覺得自己滿臉通紅，兩手發抖。現在，她想，現在她應該把話說清楚了。「妳聽著，艾倫太太。」她才開始說了一句，停住了。

「是？」艾倫太太溫和的說。

艾蜜莉發現自己猛盯著艾倫太太先生的照片在看；長相這樣穩重的一個男人，她想著。他們倆必定有過一段幸福的生活，現在她跟我住同樣的房間，抽屜裡只有我的幾條手帕。

「是？」艾倫太太再說。

她要我說什麼呢，艾蜜莉想著。面對著這一個氣質優雅的人，她能怎麼樣呢？「我下樓來，」艾蜜莉猶豫著。我的口氣也很優雅吧，她想著。「我頭痛得厲害，我下樓來想向妳借兩片阿斯匹靈，」她說得很快。「我的頭實在太痛了，發現妳不在家，我想妳一定不會介意我進來借拿兩片阿斯匹靈。」

「真教人難過，」艾倫太太說。「不過我很高興妳覺得已經跟我很熟了。」

「我連作夢也沒想過會這樣進來，」艾蜜莉說：「只是這頭實在太痛了。」

「當然，」艾倫太太說。「我們別再說這些了。」她走到梳妝台前，拉開抽屜。艾蜜莉，就站在她旁邊，看著她的手經過那幾條手帕，拿起那罐阿斯匹靈。「妳只要吃兩顆，上床睡一個小時就行了。」艾倫太太說。

間。

「謝謝妳。」艾蜜莉朝著門口走去。「妳太好了。」

「有什麼需要幫忙的儘管告訴我。」

「謝謝妳。」艾蜜莉又再說一次，開了門。她稍停了一會兒，隨即轉身上樓回自己的房

「今天晚一點我會上來，」艾倫太太說：「來看看妳好些沒。」

村民

克萊倫斯小姐停在第六街和第八街的路口，看著手錶。兩點十五分，比她想像的來得早。她走進「惠而廉」，在櫃台邊坐下，把一本《村民》放在櫃台上她的皮夾和《巴馬修道院》④上面。這書她一鼓作氣的看了五十頁，現在帶進帶出的只是為了裝門面而已。她點了一杯巧克力冰沙，趁店員在準備的時候，她走到吸菸區，買了包涼菸，再坐回飲料櫃台，她拆開菸包，點上一支菸。

克萊倫斯小姐大約三十五歲，已經在格林威治村住了十二年。二十三歲的時候她從北部一個小鎮來到紐約，因為她想成為一個舞者，因為每一個想要學舞、學雕塑、學書籍裝幀的人都會來到格林威治村，通常都是取得了家人的允許，先到梅西百貨公司或是某家書店打工，賺夠了錢之後再開始追求他們的藝術之路。克萊倫斯小姐，很幸運的，因為修過速記和打字的課程，在一家焦煤公司擔任速記員。現在，經過十二年之後，她在這家公司升格成了私人祕書，賺的錢不但夠她住進公園附近一棟相當不錯的公寓，還可以給自己買一些漂亮的衣服。她偶爾仍會跟公司裡的一個女孩一起去參加舞蹈表演，有時候她給家鄉的老朋友寫信時喜歡自詡為「打不死的村民」。每當克萊倫斯小姐回想起這一切，她十分慶幸自己在職場上明智的抉擇，而且在生活上也比在家鄉的時候好太多。

穿著一身灰色花呢的套裝，領子上別著在村裡一家珠寶店買的黃銅飾品，整個人顯得好看又自信，克萊倫斯小姐喝完了冰沙，再看一次手錶。她付完帳走出來，走到第六街，步履輕快的朝著住宅區走去。她估計得非常正確，要找的房子就在第六街的西邊，她得意的站在房子前面，拿這棟建築跟她現在住的公寓相互比較著。克萊倫斯小姐現在住的是一棟現代化的花磚灰泥洋房；這棟房子是木頭的，很老舊，大門看起來非常的新，這是唬人的，只要往上看，就看得出這是一棟二十世紀初的老建築了。克萊倫斯小姐再看一次《村民》雜誌上的廣告，對照上面的地址，推開大門，走進昏暗的門廳。她找到了勞勃茲的名字和門牌號碼，四樓B。克萊倫斯小姐吁口氣，開始上樓。

她在三樓樓梯間停下來歇了一會兒，再點一支菸，準備卯足精神進入公寓。上到四樓找到4B的門牌，門上釘著一張打字的字條。克萊倫斯小姐從大頭釘上扯下字條，把它拿到有亮光的地方。「克萊倫斯小姐——」她讀著，「臨時有事出去一下，三點半回來。請進來參觀，不必等我——所有的家具都標了價錢。非常抱歉。南西・勞勃茲。」

克萊倫斯小姐試了試門，沒上鎖。她手裡握著字條，走了進去，帶上房門。房間裡亂七八糟：裝到半滿的書籍和文件盒子攤得一地，窗簾垂著，家具上堆滿了收拾到一半的手提

④英譯書名：*The Charterhouse of Parma*，法國經典小說，作者司湯達爾一八三九年的作品。

箱和衣物。克萊倫斯小姐做的第一件事就是走到窗口；位在四樓，她想，應該看得見景觀。但她看到的只有骯髒的屋頂，左邊很遠的地方，有一棟加蓋了屋頂花園的高樓。將來有一天我會住在「那裡」，她邊想邊轉身面對這間房。

她走進廚房，只是一小塊壁凹，擱著一台有兩個爐心的爐子，爐子底下是一個冰箱，一邊是小水槽。大概很少烹飪吧，克萊倫斯小姐想，爐子好像從來沒清洗過。冰箱裡有一瓶牛奶，三瓶可口可樂，還有一罐吃剩一半的花生醬。都是外食族，克萊倫斯小姐想。她打開碗櫃：一只玻璃杯，一個開瓶器。另外一只玻璃杯一定在浴室裡，克萊倫斯小姐想。沒有咖啡杯：她連早上都不泡咖啡啊。碗櫃的門上還有一隻蟑螂，克萊倫斯小姐趕緊把櫃門關上，走回大房間。她開了浴室的門往裡探：一座有腳架的老式浴缸，沒有蓮蓬頭。浴室很髒，克萊倫斯小姐相信浴室裡肯定也有蟑螂。

最後克萊倫斯轉到那個堆滿東西的房間。她把椅子上一只手提箱和打字機移開，摘下帽子和外套，坐下來，再點起一支菸。她已經做了決定，這裡的家具她一樣也用不上——兩張椅子和坐臥兩用的床鋪是楓紅色，克萊倫斯小姐覺得還有一些格林威治村式的現代感。兼作書櫃的小茶几很不錯，可惜桌面上有好長一道刮痕，還有好幾個玻璃杯的水印子。標價十元，克萊倫斯小姐私下認為，要是這個價錢，她大可以買上一打的新品。或許因為對焦煤公司有那麼一點點的厭惡，克萊倫斯小姐自己的公寓全部以米白和淺灰色系為主，一想到屋子裡冒出這種發亮的楓紅色實在很令她驚嚇。她腦子裡出現一個畫面：一票年輕的村民，逛書店的常客，閒散的靠在楓紅色的家具上，喝著蘭姆可樂，玻璃杯隨處亂放。

克萊倫斯小姐想了想，不如就買幾本書吧，可是堆在盒子裡的書大多是美術畫冊之類的。有些書的內頁還寫了「阿瑟．勞勃茲」的名字；阿瑟和南西．勞勃茲，克萊倫斯小姐想著，一對年輕夫妻。阿瑟是畫家，南西……克萊倫斯小姐挪開幾本書，看到一本有著現代舞照片的書——南西，她心儀的想著，會不會是個舞者？

電話響了，待在房間另一頭的克萊倫斯小姐遲疑了一會兒才走過去接聽。她喂了一聲，一個男人的聲音說：「南西？」

「不是，抱歉，她不在家。」克萊倫斯小姐說。

「妳哪位？」男聲問。

「我在等勞勃茲太太。」克萊倫斯小姐說。

「喔，」男聲說：「我是阿瑟．勞勃茲，是她先生。等她回來的時候請她回話好嗎？」

「勞勃茲先生，」克萊倫斯小姐說。「或許你能幫我一個忙。我正在看你們的家具。」

「妳是誰？」

「我姓克萊倫斯，希妲．克萊倫斯。我有興趣買幾樣家具。」

「喔，希妲，」阿瑟．勞勃茲說：「妳覺得如何？東西都保持得很不錯。」

「我拿不定主意。」克萊倫斯小姐說。

「坐臥兩用的沙發床跟新的一樣，」阿瑟．勞勃茲繼續，「我剛好有個機會要去巴黎。

所以我們才會賣掉這些東西。」

「太好了。」克萊倫斯小姐說。

「南西要回她芝加哥的老家。我們不得不趕在這麼短的時間裡就得把所有的東西出清整理。」

「我明白，」克萊倫斯小姐說。「真的很麻煩。」

「喔，希妲，」阿瑟・勞勃茲說：「南西回來的時候，妳跟她談談，她會很樂意把詳情告訴妳的。妳絕對不會吃虧上當。我保證這裡真的很舒服。」

「我相信。」克萊倫斯小姐說。

「請妳轉告她回我電話，好嗎？」

「沒問題。」克萊倫斯小姐說。

她說完再見就掛斷了。

她回到座椅上，看看手錶。三點十分。我等到三點半就要走人，克萊倫斯小姐想著。她拿起一本有舞蹈照片的書，隨意的翻著，一張照片吸引了她的注意，她再翻回到這一頁。我已經好多年沒看到了，克萊倫斯小姐想著——瑪莎・葛蘭姆⑤。立刻，一幅二十歲的自己正在練舞的畫面出現在克萊倫斯小姐眼前，當時她還沒來到紐約。克萊倫斯小姐把書放回到地板上，站起來，抬起手臂。不像從前那麼容易了，她想著，肩膀好緊。她橫過肩膀低頭看那本書，試著調整自己的肩膀，房門有人輕輕敲了一下就打開了。一個年輕的男人——大約就是阿瑟的年紀，克萊倫斯小姐想著——只見他走進來，站在門裡，一臉的抱歉。

「門半開著，」他說：「所以我就進來了。」

「是？」克萊倫斯小姐垂下手臂說。

「妳是勞勃茲太太？」年輕男子問。

克萊倫斯小姐儘量表現出很自然的樣子走到椅子那邊，一時並沒有答話。

「我是來買家具的，」年輕男子說。「我想看看這些椅子。」

「當然可以，」克萊倫斯小姐說。「每件東西上面都標了價錢。」

「我叫哈瑞斯。我剛剛搬到這裡，想要添一些家具。」

「這年頭要找合適的東西真不容易。」

「這已經是我看過的第十個地方了。我想要一個檔案櫃和一張大的皮椅。」

「這恐怕……」克萊倫斯小姐朝著室內比了個手勢。

「我知道，」哈瑞斯說。「這年頭，誰要是有這種東西，任何人都不肯放手的。我寫作，」他加了一句。

「真的？」

⑤Martha Graham，1894-1991，美國著名舞蹈家。

「呃，應該說，我很想寫作，」哈瑞斯說。他有一張討喜的圓臉，說話的時候笑得很開朗。「準備找份工作，晚上寫寫東西。」他說。

「我相信你不會有問題的。」克萊倫斯小姐說。

「這裡有人是畫家嗎？」

「勞勃茲先生。」克萊倫斯小姐說。

「幸運兒，」哈瑞斯說。他走到窗口。「畫畫多半比寫作來得方便。這地方比我那裡好多了，」他看著窗口，話鋒一轉。「我那裡牆上只有個小孔。」

克萊倫斯小姐想不出什麼話來說，他回轉身好奇的看著她。「妳也是畫家？」

「不是，」克萊倫斯小姐說。她吸一口氣。「是舞者。」她說。

他又露出討喜的笑容。「我早就該想到了，」他說。「在我進來的時候。」

克萊倫斯小姐謙虛的笑一笑。

「太美妙了。」他說。

「很不容易。」克萊倫斯小姐說。

「那是當然。到目前都很順利嗎？」

「不見得。」克萊倫斯小姐說。

「不如意事常居八九。」他說。他四處轉了轉，打開浴室的門；他往裡探的時候，克萊倫斯小姐退縮了一下。他關上門沒有說話，再推開廚房的門。

克萊倫斯小姐站起來走到他身邊，跟他一起看著廚房。「我不大煮東西。」她說。

「不怪妳，有那麼多餐館。」他再關上門，克萊倫斯小姐回到座椅上。「不過早餐我不會在外面吃，沒有這個習慣。」他說。

「你自己做早餐嗎？」

「我儘量，」他說。「我是史上最差的廚子，不過總好過外食。我最需要的是一個老婆。」他又笑了，開始往門口走。「對這些家具我感到抱歉了，」他說。「我本來希望找到一兩樣合適的。」

「沒關係。」

「你們都不愛做家事？」

「我們要把所有的東西全部出清，」克萊倫斯小姐說。她遲疑著。「阿瑟要去巴黎了。」她最後說。

「但願我也能。」他嘆息。「好吧，祝兩位好運。」

「你也一樣。」克萊倫斯小姐說著，慢慢的關上了門。她聽著他下樓的腳步聲，再看了看手錶。三點二十五分。

急匆匆的，她找出南西．勞勃茲留給她的字條，從一只盒子裡拿了支鉛筆，在字條背後寫著：「親愛的勞勃茲太太——我一直等到三點半。我覺得這裡的家具對我都不大合適。希妲．克萊倫斯。」握著筆，她想了一會兒，又加上一句：「又，妳先生來電話，請妳回話。」

她收拾起包包，以及《巴馬的修道院》和《村民》，關上了房門。門上的圖釘還在，她把它撬起來，再把她寫的字條釘上去。她轉身下樓，走回自己原來的公寓。她的肩膀好痛。

我與R．H．梅西⑥

他們做的第一件事就是孤立我。他們把我在這裡唯一講過兩句話的人隔離開來，那是我走到大廳時，主動跟我說話的一個女孩：「妳是不是跟我一樣很害怕？」我說：「是的。」她說：「我在女用內衣部，妳在哪個部門？」我想了一會兒說：「玻璃纖維，」這是我所能想到的最好的一個答案。她說：「喔。好，待會兒這裡見。」她走開了，被隔開了，我從此再沒見過她。

之後他們不斷叫我的名字，我不斷朝著他們叫我的地點趕過去，到了那裡他們就說（「他們」這次全部換成了穿著套裝、剪了短髮的年輕美女）：「來，跟庫柏小姐一起走吧，她會告訴妳該怎麼做。」那天所有我遇到的女人都叫做庫柏小姐。庫柏小姐就對我說：「妳在哪個部門？」這時我已經知道應該說：「書籍。」她就說：「喔，好，那妳是屬於這裡的庫柏小姐。」接著她就叫：「庫柏小姐！」於是另外一個年輕美女過來了，前一個美女就說：「13-3138跟妳一起。」這個庫柏小姐就說：「她在哪個部門？」那個庫柏小姐就說：

⑥R.H.Macy，Rowland Hussey Macy，1822-1877，美國梅西百貨公司的創辦人。

「書籍。」我就離開，再度被隔開。

他們要我上課。最後把我隔在一間教室裡，就我一個人在教室裡坐著（我被隔離到這種程度），過了好一會又進來了幾個女孩，全部穿著套裝（我穿的是紅色絲絨小禮服），大家坐下來，他們開始授課。他們給我們每人一本梅西在上面題了字的大書，裡面都是便箋形式，上面寫著（從左到右）「本公司。供參考用。客資編號。或客戶編號。銷售帳目編號。發票編號。承辦人編號。部門。日期M。」並在M後面畫了一道長長的線，供填寫先生或太太和姓名，然後再開始「編號。項目。類別。價格。總計」，最底下寫著「正本」，然後又再開始「公司。供參考用」，以及「在此貼黃色禮品標籤」。我非常仔細的全部看完。不久一位庫柏小姐來了，她先跟我們說了一些在梅西工作的好處，再談到銷售帳冊，那有點像複製的街道地圖一類的東西。我用心聽了一會，庫柏小姐要大家寫在小紙片上，我全部是抄鄰座那個女孩的。這是工作訓練。

最後有人說我們要去一樓，大家就從十六樓下到一樓。我們六人一組，亦步亦趨的跟著庫柏小姐，每個人身上都戴了寫著「書籍資料」的小牌子。我始終不明白那代表什麼意思。庫柏小姐說我負責的是特別折價櫃台，她給我看一本小書，書名叫做《愛表演的海豹》，似乎是要我銷售這本書。我把書看到快一半的時候她回來找我，她說我必須待在我所屬的單位。

我對打卡鐘非常感興趣，耗了半小時站在那裡打著不同的卡片，很開心，有人進來說我戴著帽子不可以打卡⑦。所以我必須離開，我誠惶誠恐的對打卡鐘和它的發言人鞠了個躬，就去查我的置物櫃號碼，是1773，我的卡鐘號碼是712，我的保險箱號碼是1336，我的現金支付號碼是253，我的收銀機代號是k，我的收銀機鑰匙號碼是872，還有我的部門號碼是13。我把所有的號碼都記下來。這是我的第一天。

我的第二天情況比較好。我正式待在一樓。我站在櫃台的一個角落，一手巴著《愛表演的海豹》，等候著顧客。櫃台領班叫做13-2246，她對我非常好。她放我出去吃了三次午餐，因為她把我的13-6454和13-3141搞混了。午餐後有個顧客上門，她走過來拿起其中一本《愛表演的海豹》，說：「這本多少錢？」我張開嘴，顧客說：「我有折價券，我要把這本書送給我在俄亥俄州的姑媽。折價券的一部分拿來抵這本書的折扣，三毛二，其餘的當然算在我的帳戶。就是這個定價嗎？」她一大堆話裡只有這一句我記得最清楚。我帶著自信的微笑，說：「當然。請妳稍候一會兒好嗎？」我從櫃台底下的抽屜找出一小張紙：紙上印著大大的字體「一式三份」。我記錄下顧客的姓名住址，她姑媽的姓名住址，很小心的在印著一式三份的位置寫下「一本《愛表演的海豹》」。我再露出笑容，謹慎的說：「一共七毛五分。」她說：「我有折價券啊。」我告訴她在聖誕假期所有的折價券暫時停用，她給我七毛五分，我收下。我在收銀機上按了「停售」，把那張一式三份撕掉，因為我不知道該拿它怎麼辦。

⑦戴著帽子，代表還在上班。因此她才被告知不可以打卡。

過不久又一位顧客上門說：「有一本安妮・羅瑟福・葛威恩的《他如迅雷般的來》，在哪裡？」我說：「在醫藥類，就在對面，」可是13-2246過來說：「那應該是哲學，是不是？」顧客說是，13-2246又說：「就在這條走道，辭典類。」顧客走開了，我對13-2246說她跟我一樣，猜得很不錯，她瞪著我說，哲學、社會科學和羅素⑧都歸在辭典類。

到目前為止我去了兩天，第三天就沒去了，因為那晚我下班的時候，從樓梯摔下來，襪子勾破了，門房說我只要去找我那個部門的領班，梅西公司就會給我一雙新的襪子。我回公司，找了庫柏小姐，她說：「上七樓理賠部，把這個交給他。」她遞給我一小張粉色的便條紙，紙頭最下方印著「本公司。供參考用。顧客資料。編號。或顧客編號。承辦人。編號。日期M。」在M後面，她沒寫名字，而是13-3138。我接過這張粉色的便條紙，隨手就扔了。然後我找到四樓，花六毛五給自己買了一雙襪子，接著下樓，從顧客出入的門口走出去。

我給梅西公司寫了一封很長的信，我把我所有的號碼加總在一起，再除以11,700，這個數字是梅西公司所有員工的數目。我不知道他們會不會想念我。

⑧ Bertrand Arthur William Russell，1872-1970，英國哲學家。

第二部

無知的旁觀者無法想像畫匠繪畫中粗細線條所代表的意涵，有一說，他是以此來表現畫作的意象和精準的圖形，這在一個對數字毫無概念的人來說只是無稽之談，是廢話。對於另外一個人的目的和意圖，我們是看不清的；就算再小的事其中也有千變萬化，這些東西不會在畫作中輕易顯現，即便是睿智的審問者也無從得知。

——**約瑟夫・格蘭威爾**⑨《巫與妖魔的實證》

⑨約瑟夫・格蘭威爾（Joseph Glanvill，1636-1680），英國作家、哲學家、牧師。《巫與妖魔的實證》（*Saducismus Triumphatus*）是一本探討巫術的書，一六八一年英國出版。

巫婆

車廂幾乎是空的，小男孩獨占了一個大位子，他的母親坐在通道對面的座位上，跟小男孩的妹妹坐一起，小女孩一手拿著一片吐司，一手拿著一只鈴鼓。

她箍著布帶，很牢靠的固定在座位上，所以能夠直直的坐著看東看西，只要她稍微有些歪斜，那條布帶就會先托住她，等母親轉過身來再把她豎直。小男孩望著窗外，吃著餅乾，母親安靜的看書，頭也不抬的輕聲回答著小男孩的各種問題。

「我們在河上，」小男孩說。「這是一條河，我們在這條河上面。」

「很好。」他的母親說。

「我們在過河的橋上。」小男孩對著自己說。

車廂裡還有幾個人坐在車子的另一頭；只要有誰偶爾走過通道，小男孩就會轉過頭來說：「嗨。」陌生客通常也會回一句：「嗨。」有時候還會問小男孩喜不喜歡坐火車，甚至會說他是個好小子。這些「評語」令小男孩很不耐煩，他會生氣的轉過頭去看窗外。

「有一隻牛，」他會說，或者，還會嘆一口氣，「我們還要坐多久啊？」

「就快到了。」他母親每次都說相同的話。

小女孩一直乖乖的在玩手裡的鈴鼓，吃著母親幫她不斷換新的吐司，有一回，她的身體歪得實在太偏了，撞到了頭。她開始大哭，母親的位子上掀起了一陣騷動。小男孩滑下座位，跑過通道，趕來拍著妹妹的腳，哄她不要哭，最後小女孩笑了，又吃起了吐司，小男孩從母親手裡拿了一支棒棒糖，走回到他的窗口。

「我看見一個巫婆，」過了一會兒他對母親說。「外面有一個又大又老又醜又壞又老的老巫婆。」

「很好。」他母親說。

「一個好大好醜的老巫婆，我叫她走開，她走開了，」小男孩繼續，以一種說故事的口吻沉著的自言自語著，「她走過來說：『我要吃掉你。』我說：『不行，妳不可以。』我就把她趕跑了，那個又大又老的壞巫婆。」

車廂的門打開了，一個男人走進來，男孩住了嘴，抬頭看。他是一個老人，白頭髮底下是一張和氣的臉；他的藍色西裝因為長途搭車的關係有些微不整。他拿著一支雪茄，小男孩說：「嗨。」老人用雪茄對他指一下，說：「哈囉，孩子。」他就停在小男孩身旁的一個座位，靠著椅背，低下頭看著伸長脖子往上看的小男孩。「你在看什麼？」老人說。

「巫婆們，」小男孩飛快的說。「又老又壞的巫婆們。」

「喔，」老人說。「很多嗎？」

「我爸爸抽雪茄。」小男孩說。

「男人都抽雪茄，」老人說。「將來你也會抽雪茄。」

「我已經是個男人了。」小男孩說。

「你幾歲？」老人問。

一聽到這個世紀大難題，小男孩猜疑的對著老人看足了一分鐘，說：「二十六歲。八百四十八歲。」

他母親從書本上抬起頭。「四歲。」她疼愛的對小男孩笑著說。

「真的嗎？」老人很恭敬的對小男孩說。「二十六歲。」他向通道對面的母親點一點頭。「那是你媽媽嗎？」

小男孩趴過來看了看說：「對，她就是。」

「你叫什麼名字？」老人問。

小男孩又露出猜疑的眼神。「耶穌先生。」他說。

「強尼。」小男孩的母親說。她鎖著眉頭瞪了小男孩一眼。

「那邊那個是我的妹妹，」小男孩對老人說。「她十二歲半。」

「你愛你的妹妹嗎？」老人問。小男孩看著他，老人轉過來坐到小男孩身邊。

「這樣吧，」老人說：「我來跟你說我的妹妹好嗎？」

老人坐到小男孩身邊的時候，那母親有些在意的看了看，再低下頭安詳的繼續看她的書。

「跟我說你的妹妹吧？」小男孩說。「她是不是巫婆？」

「也許。」老人說。

小男孩興奮得哈哈大笑，老人往後一靠，抽了一口雪茄。「從前，」他開始了，「我有個妹妹，就像你的妹妹一樣。」小男孩抬著頭，老人說一句，他就點一下頭。「我的妹妹，」老人繼續，「非常漂亮，人又非常的好，我愛她超過世界上任何一樣東西。所以你想知道我做了什麼嗎？」

小男孩頭點得更起勁了，那母親也抬起了眼光，微笑傾聽。

「我給她買了一隻搖搖木馬、一個洋娃娃和一大堆的棒棒糖，」老人說：「然後我抓住她，我把兩隻手繞在她脖子上，我掐她，掐她，一直掐到她死掉為止。」

小男孩驚喘，那母親轉過身，笑容沒了。她張開了嘴，又閉緊。老人繼續往下說：「然後我割下她的頭，我抓著她的頭——」

「你有沒有把她切成一小塊一小塊？」小男孩上氣不接下氣的問。

「我割下她的頭，她的手，她的腳，她的頭髮，她的鼻子，」老人說：「我再拿棍子打她，我殺死了她。」

「停一下。」那母親說，可是就在這時候小女孩歪倒了，等到母親把她拉拔好，老人又繼續再往下說了。

「我抓著她的頭，把她的頭髮全部拔掉——」

「你的妹妹？」小男孩突然冒出一句。

「我的妹妹，」老人篤定的說。「我把她的頭丟進一隻大熊的籠子裡，大熊就把它吃光了。」

「把她的頭全部吃光了？」小男孩問。

那母親放下書本，穿過通道。她站在老人的身邊說：「你到底想幹什麼？」老人彬彬有禮的抬頭望，她說：「滾出去。」

「我嚇到妳了嗎？」老人說。他低頭看著小男孩，用手肘輕輕撞了撞他，他和小男孩一起哈哈大笑。

「這個人把他的妹妹切碎了。」小男孩對他的母親說。

「我馬上就去叫列車長過來。」那母親對老人說。

「列車長會吃掉我的媽咪，」小男孩說。「我們要砍掉她的頭。」

「還有小妹妹的頭，」老人說。他站起來，那母親退開讓他離開座位。「不准再回這節車廂。」她說。

「我媽咪會吃掉你，」小男孩對老人說。

老人大笑，小男孩大笑，老人對那母親說了聲「對不起」，就從她面前走出了車廂。車廂門一關上，小男孩說：「我們還要在這個破火車上待多久啊？」

「不會太久，」那母親說。她站在那裡看著小男孩，想要說什麼，最後說：「你乖乖的坐著，做個聽話的好孩子，就可以再吃一支棒棒糖。」

小男孩猴急的爬下來，跟著母親回到她的座位。她從皮夾的一個小包裹裡拿出一支棒棒糖遞給他。「你要說什麼？」她問。

「謝謝，」小男孩說。「剛才那個人真的把他妹妹切碎了嗎？」

「他只是說著玩的，」那母親說，說完又強調一次，「只是說著玩的。」

「大概吧，」小男孩說。他拿著棒棒糖回到自己的座位坐好，再度望著窗外。「大概他就是一個巫婆。」

叛

早上八點二十。雙胞胎划動著他們的麥片粥，沃爾普太太一隻眼睛盯著鐘，一隻眼睛瞄著廚房窗口，過幾分鐘校車就要來了，她在生悶氣，為了這個要上學的早上起晚了，全身不對勁，想催促兩個孩子又懶得開口。

「你們得走路了，」她有預感的說了不下三次。「校車不等人的。」

「我很快，」裘蒂說。她得意的看著那滿滿一杯的牛奶。「我比傑克快，我快喝完了。」

傑克把他的杯子推過去，兩個人仔細的比對。「不對，」他說。「妳看妳的比我的還多。」

「沒有關係，」沃爾普太太說：「沒有關係。傑克，快吃你的麥片。」

「她那碗麥片比我少，」傑克說。「她是不是比我少，媽媽？」

七點鐘鬧鐘該響沒響。沃爾普太太聽見樓上沖澡的聲音，立刻驚覺；今天早上連咖啡也比平常時間慢，水煮蛋又嫌太軟。她給自己倒了一杯果汁，卻連喝的時間都沒有。總有一個人——不是裘蒂就是傑克或者沃爾普先生——一定會遲到。

「裘蒂，」沃爾普太太機械化的說：「傑克。」

裘蒂的辮子還沒編好。傑克沒拿手帕。沃爾普先生肯定在發脾氣。

紅黃兩色的校車占上了廚房窗外的馬路，裘蒂和傑克衝出門，麥片粥沒吃完，書本大概也忘了帶。沃爾普太太跟著他們衝出廚房門，一路大喊著：「傑克，你的牛奶錢。中午快回家。」她看著他們上了校車，再回頭收拾桌上的碗盤，清出一個位子給沃爾普先生。她自己晚一些再吃，大約九點以後才會有空檔。這表示洗衣服的事就得順延，萬一下午下雨——看起來一定會——那就什麼東西都乾不了。丈夫走進廚房，沃爾普太太打起精神，說：「早啊，親愛的。」他眼也不抬的說：「早。」沃爾普太太有一肚子的話要說，劈頭第一句會是「你難道不覺得別人也有情緒——」，結果，她只是很有耐心的把早餐放在他面前。盤子裡盛著半熟的水煮蛋，吐司，咖啡。沃爾普先生專心一意的把自己奉獻給了報紙，沃爾普太太現在也有話要說，她最想說的另外一句話是「我看你根本沒注意到我還沒時間吃——」，結果，她只是極其溫柔的把餐盤輕輕放下。

一切都進行得流暢順利，只是比平常晚了半個鐘頭。電話響了。沃爾普家的電話是共用線路，通常沃爾普太太都讓電話響過兩次，確定是他們家的號碼之後才去接。今天早上，九點不到，沃爾普先生還沒吃完早餐，電話鈴聲就成了無法忍受的侵犯，沃爾普太太心不甘情不願的趕去接聽。「哈囉。」她沒好氣的說。

「沃爾普太太，」那聲音說。沃爾普太太說：「是？」那聲音——是個女的——說：

「很抱歉打擾妳，我是——」對方給了一個不認得的名字。「是？」沃爾普太太又說一次。她聽見沃爾普先生從爐子上拿起咖啡壺給自己倒了第二杯。

「妳有沒有一隻狗？黑棕色的獵狗？」那聲音繼續著。一提到狗這個字，沃爾普太太在回答「是」的那一剎那，馬上想到在鄉下地方養一隻狗的各種考量（花費六塊錢做結紮，深夜裡沒道理的狂吠，像個守護神似的睡在兩個孩子雙層床旁邊的地毯上，狗是不可或缺的，狗在一個家裡就跟爐灶、前門廊，或者，訂報紙一樣的重要；還有，最最重要的一點是，這隻狗本身，在鄰里之間，「淑女沃爾普」的地位簡直跟傑克・沃爾普，裘蒂・沃爾普不相上下；乖巧、能幹、包容力超強），現在，她實在想不出任何理由，在這麼早的時間，來了這麼一個聽起來跟她自己一樣心煩氣躁的聲音。

「是，」沃爾普太太簡單的說：「我有一隻狗。怎麼了？」

「黑棕色的大獵狗？」

這是淑女最漂亮的標誌，她那張古怪有趣的臉。「是，」沃爾普太太說，她的聲音有些許的不耐煩，「是，那就是我的狗。怎麼了？」

「牠把我的幾隻雞咬死了。」現在那聲音聽起來似乎很得意；這下沃爾普太太吃癟了。

沃爾普太太安靜了好幾秒，那聲音說：「哈囉？」

「這簡直荒謬。」沃爾普太太說。

「今天早上，」那聲音愈發帶勁，「妳的狗追我們家的雞。早上八點左右我們聽見雞在叫，我先生出去看怎麼回事，發現兩隻雞死了，他看見一隻黑棕色的大獵狗跟那些小雞在一起，他拿手杖把狗趕跑了，接著就發現又死了兩隻小雞。他說，」那聲音絲毫不帶感情的繼續著，「好在他沒有帶獵槍出去，否則妳就沒有狗了。那場面真是觸目驚心啊，」那聲音說：「鮮血雞毛到處都是。」

「妳憑什麼認為是我的狗？」沃爾普太太虛弱的說。

「喬．懷特——他是妳的鄰居——剛好經過，看見我先生在追那隻狗。他說那是你們家的狗。」

老懷特確實住在沃爾普家的隔壁。沃爾普太太對他一直很客氣，每次走過，只要看見他在前門廊，她都會噓寒問暖的問候他，而且也很關心他在阿爾巴尼的幾個孫子。

「我明白了，」沃爾普太太口氣轉變了。「好吧，既然你們這麼肯定。只是我不能相信會是我們家的淑女，牠那麼溫柔。」

那個聲音，回應沃爾普太太的改變，也變得軟和了。「真的很遺憾，」那女的說。「發生這種事我心裡有說不出的難過。不過……」她刻意的拖長了尾音。

「那些損失我們一定會負責的。」沃爾普太太立刻說。

「不不，」那女的急著說，幾乎是抱歉的口氣。「別提那個。」

「可是當然——」沃爾普太太困惑了。

「那隻狗，」那聲音說。「妳必須對那隻狗處置一下。」

一陣突如其來的驚恐抓牢了沃爾普太太。她這個早上真是糟糕透了，到現在她還沒喝咖啡，又碰上這樣一個從未遇上過的惡劣情況，現在那聲音、那口氣、那腔調，令沃爾普太太最害怕的是「處置」兩個字。

「怎麼說？」沃爾普太太終於說。「我的意思是，妳要我怎麼做？」

電話線那頭短暫的沉默，接著，那聲音爽快的說：「其實我真的不知道，沃爾普太太。我常聽人家說一隻喜歡咬死雞仔的狗根本沒辦法阻止的。我說了，用不著提什麼損失。事實上，被狗咬死的那幾隻雞，現在已經拔了毛擱在爐子上了。」

沃爾普太太的喉嚨一緊，她閉了一會兒眼，那聲音卻頑強的繼續著。「我們不會要求你們做什麼，只要你們管好那隻狗就行了。妳一定明白，我們總不能有這麼一隻老愛咬死雞仔的狗吧？」

發現對方正在等著她回話，沃爾普太太說：「當然。」

「所以……」那聲音說。

沃爾普太太隔著電話往上看，沃爾普先生經過她走向門口。他朝她簡單的揮個手，她朝他點了點頭。他遲到了。她本來想叫他到圖書館彎一下，現在她得等一會再給他撥電話。沃爾普太太斬釘截鐵的對著話筒說：「首先，當然，我必須確定那是我的狗。如果是我的狗，我保證妳以後絕對不會再有這種麻煩。」

「是妳的狗沒錯。」那聲音十分決絕。如果沃爾普太太想打架，那聲音似乎就在暗示，她可是選對了人。

「再見。」沃爾普太太說，她知道用生氣作為結束是錯的；她知道她應該繼續耗下去，用一種抱歉的口吻延長對話的時間，為了這隻狗的性命盡力跟這個只知道關心那幾隻死雞的蠢女人懇求，周旋。

沃爾普太太放下電話，走進廚房。她給自己倒一杯咖啡，做一份吐司。天塌下來也得等我喝完這杯咖啡再說，沃爾普太太堅決的告訴自己。她在吐司上抹了超多的奶油，試著放鬆，靠著椅背，垮下肩膀。現在是上午九點半，她想，這種感覺應該屬於夜裡十一點才對。外面的太陽似乎也不像平常那麼開心；沃爾普太太忽然決定把衣物留到明天再洗。他們在鄉下住的時間不夠長，沃爾普太太還沒有所謂星期二洗衣服是不得了的恥辱這種想法；他們還是城裡人，永永遠遠的城裡人，城裡人會養一隻咬死小雞的狗，城裡人會在星期二洗衣服，城裡人沒辦法像鄉下人對於有限的土地、食物甚至天氣那樣認命。眼前這個情況，就像其他所有的那些情況——處理垃圾，裝置門窗防水條，烘焙天使蛋糕——沃爾普太太還是非得去向人討教不可。在鄉下，「叫一個男人為妳做事」，簡直難如登天，沃爾普先生和沃爾普太太早就養成向街坊鄰居「取經」的習慣，在城市裡，這些消息來源都來自大樓管理員、門房，或是送瓦斯的小弟。沃爾普太太的眼光落到水槽底下淑女的水碟子上，這才意識到自己的心情壞到了極點，她站起來，穿上夾克，包起頭巾，走向隔壁。

她隔壁的鄰居納許太太正在炸甜甜圈，開著門，她朝站在門口的沃爾普太太揮揮叉子招呼：「進來吧，我離不開爐子。」沃爾普太太一踏進納許太太的廚房，就痛苦的想起了廚房水槽裡那一堆骯髒的碗盤。納許太太穿著一件乾淨到驚人的家居服，廚房裡乾乾淨淨；納許太太真有本事，連炸甜甜圈都不會把廚房弄得一團亂。

「這些男人吃午餐的時候就喜歡配上現炸的甜甜圈，」納許太太只點個頭，毫不客套的說著。「我每次都想事先多炸一點，可就是做不到。」

「我真希望我也會做甜甜圈。」沃爾普太太說。納許太太大方的把叉子往桌上那堆還熱呼呼的甜甜圈一揮，沃爾普太太隨手拿起一個，心想著：這下又要消化不良了。

「我炸完這些剛好趕上他們吃完午餐，」納許太太說。她測了測鍋裡的甜甜圈，確定可以稍微分一下心，於是自己拿起一個，就著爐子邊上吃起來。「妳怎麼了？」她問。「今天早上氣色好像不大好。」

「老實說，」沃爾普太太說：「是我們家的狗。有人今天早上打電話來說牠咬死了幾隻雞。」

納許太太點點頭。「是啊，」她說。「我知道。」

到這時候也該知道了，沃爾普太太心想。

「妳要知道，」納許太太又轉向鍋子裡的甜甜圈，「人家說狗咬死雞的事情最沒轍了。我哥哥養的狗有一次咬死了羊，我不知道他們後來怎麼處理的，總之一點辦法也沒有。牠們只要嘗過一次血的味道就沒辦法了。」納許太太從炸鍋裡盛起一個金黃可口的甜甜圈，放在一張褐色的紙上吸油。「其實，牠們這麼做，不是真的會去吃，只是喜歡咬。」

「那我該怎麼辦？」沃爾普太太問。「真的沒有一點辦法了嗎？」

「妳可以試試，當然，」納許太太說。「最要緊的就是先把牠綁起來。拿一條結實的鍊條把牠綁住。這樣至少短時間裡牠沒辦法再去追殺那些小雞了，也讓妳省點事。」

沃爾普太太勉強的站了起來，重新圍上頭巾。「我看我就先去店裡買條狗鍊吧。」她說。

「妳要去市區？」

「我得趕在孩子們回來吃午飯之前去採買一些東西。」

「千萬別買店裡的甜甜圈，」納許太太說。「待會兒我給妳做一盤。妳快去替那隻狗買條結實的狗鍊要緊。」

「謝謝妳。」沃爾普太太說。燦爛的陽光照著納許太太的廚房門口，擺著一盤盤甜甜圈的餐桌，香氣襲人的油炸味，這一切都象徵著納許太太的安全感，對生活的自信，在她的生活中絕對沒有狗咬死雞的麻煩，絕對沒有對城市的恐懼，那一份篤定到極致的安定和滿足，讓她能有餘力去關照沃爾普的家人，願意給他們甜甜圈，也不在意沃爾普太太家髒兮兮的廚房。「謝謝妳。」沃爾普太太不知所云的再說一次。

「妳替我跟湯姆．柯奇說一聲，待會兒我會過去買一份烤豬肉，」納許太太說。「叫他幫我留著。」

「好的。」沃爾普太太在門口猶豫著，納許太太向她揮了揮叉子。

「待會兒見。」納許太太說。

老懷特坐在前門廊曬太陽。看見了沃爾普太太開心的咧著嘴，對著她大聲嚷嚷：「這下妳不會再養狗啦。」

我還是對他好一點吧，沃爾普太太心想，以鄉下人的標準來說，他不是叛徒也不是壞人；任何人都會告發一隻會咬死雞的狗；可是他沒必要這麼開心啊，她想。她儘量和顏悅色的說：「早，懷特先生。」

「要開槍斃了她嗎？」懷特先生問。「妳先生有槍嗎？」

「我正為這件事煩著。」沃爾普太太說。她站在門廊前面的人行道上，努力不讓恨意現在臉上，她抬頭看著懷特先生。

「有這麼一隻狗真是糟糕。」懷特先生說。

還好他沒怪到我身上，沃爾普太太心想。「還有什麼別的辦法嗎？」

懷特先生想了想。「有一個辦法或許可以治好這種殺雞狗，」他說。「妳綁一隻死雞在狗脖子上，牠想甩也甩不掉，明白嗎？」

「綁在牠脖子上？」沃爾普太太問。懷特先生點點頭，咧著無牙的嘴笑。

「哪，一開始牠發現沒法子把脖子上的東西甩掉，牠會試著跟它玩，玩到煩了，哪，牠就會試著去搓它，搓不掉，牠就試著去咬它，咬不掉，牠發現連咬也咬不掉的時候，牠就以為永遠都沒辦法擺脫了，哪，牠就會害怕了。到那時候，不管妳帶牠到哪裡，牠都會夾著尾巴，脖子上掛著那玩意，情況會愈來愈糟，愈來愈糟。」

沃爾普太太把一隻手支著門廊的欄杆，穩住自己。「那然後怎麼辦？」

「這，」懷特先生說：「我聽人家說，漸漸的，那隻雞變得愈來愈熟，愈來愈爛，那狗看得見，觸得著，聞得到，吶，牠愈是看得見，聞得到，牠就愈討厭那些雞。牠怎樣都甩不掉，明白吧？」

「可是那狗，」沃爾普太太說。「淑女，我指的是。我們要把那隻雞在牠脖子上掛多久呢？」

「這，」懷特先生十分帶勁的說：「我看妳最好讓它一直掛著，掛到它爛透了，自動脫落為止。明白吧，那個頭……」

「我明白，」沃爾普太太說。「這個法子有用嗎？」

「很難說，」懷特先生說。「我自己從來沒試過。」他的口氣就是他從來沒有養過一隻會咬死雞的狗。

沃爾普太太倉促的離開了他。她心中揮不去的是，要不是懷特先生，淑女就不會被人家認定是一隻會咬死雞的狗。她甚至閃過一個念頭，會不會是懷特先生惡意栽贓淑女，因為他們是城裡人，接著又想說，不會不會，怎麼可能有人衝著一隻狗來作偽證。

她走進雜貨店，店裡幾乎沒人了。五金櫃台邊有個男的，另外一個男的靠著肉攤在跟老闆柯奇先生說話。柯奇先生一瞧見沃爾普太太進來，立刻大聲招呼，「早啊，沃爾普太太。今天天氣好。」

「是啊，真好，」沃爾普太太說。老闆說：「那隻狗真倒楣。」

「我不知道該怎麼辦才好。」沃爾普太太說。跟老闆說話的那個男人自然而然的看她一眼，又轉向老闆。

「今天早上連著咬死了哈瑞家的三隻雞。」老闆對那人說。那人嚴肅的點點頭說：「聽說了。」

沃爾普太太走向肉攤說。「納許太太說請你替她留一份烤豬肉。她待會兒就來拿。」

「出這種事，」跟老闆站在一起的那人說。「該做個了斷。」

「對。」老闆說。

那人看著沃爾普太太說：「恐怕得把牠射殺了吧？」

「希望不要，」沃爾普太太認真的說。「我們全家都好喜歡這隻狗。」

那人和老闆互相對看了一分鐘，老闆相當理性的說：「讓一隻會咬死雞的狗到處趴趴走是不行的，沃爾普太太。」

「妳要放明白，」那人說：「到時候人家把一堆火藥塞進牠肚子裡，牠一樣回不來啊。」他和老闆同時爆笑。

「沒有其他辦法治得了這隻狗嗎？」沃爾普太太問。

「當然有，」那人說。「一槍斃命。」

「在牠脖子上綁隻死雞，」老闆建議。「或許有用。」

「聽說有人試過。」另外那人說。

「有用嗎？」沃爾普太太急切的問。

那人慢慢的，很堅決的搖了搖頭。

「妳知道吧，」老闆說。他把手肘支在肉攤上，像一個標準的演說家。「妳知道吧，」他再說一遍，「我父親養過一隻狗，有一陣子老是喜歡吃雞蛋。總是溜進雞舍，把雞蛋咬破，舔得一乾二淨。那些蛋起碼被牠吃掉一半以上。」

「太不道德了，」另外那人說。「狗吃雞蛋。」

「不道德，」老闆肯定的說。沃爾普太太發覺自己也在點頭。「最後，我父親忍無可忍。他的雞蛋被吃了一大半。」老闆說。「有一天他拿了一枚雞蛋，把它放在爐子背後，放了兩三天，那枚蛋整個熟透了，又熟又燙，那蛋的味道難聞透了。然後——我當時在場，才十二、三歲的一個孩子——那天他叫狗過來，那狗飛奔過來。我抓著狗，我老爸掰開那狗的嘴巴，把蛋放進去，那顆又紅又燙、臭氣沖天的雞蛋，然後他立刻把那狗的嘴合攏起來，那狗根本沒法吐出來，只好把蛋吞了下去。」老闆哈哈一笑搖了搖頭，像是在懷舊。

「那狗肯定不敢再吃雞蛋了。」那人說。

「連碰都不敢碰了，」老闆理所當然的說。「就算把雞蛋放到那狗面前，牠也立刻跑開，就像有魔鬼在後頭追牠似的。」

「可是牠對你們的感覺呢？」沃爾普太太問。「以後牠還會不會靠近你們？」

老闆和那人同時看著她。「妳的意思是？」老闆說。

「牠以後還喜不喜歡你們？」

「呃，」老闆想了想。「不了，」他終於說：「老實說確實不會了。不再像原來的狗了。」

「有個辦法妳可以試試，」另外那人突然對著沃爾普太太說：「妳要是真想治好那狗，有個辦法妳可以試試。」

「什麼辦法？」沃爾普太太說。

「妳得帶著那狗，」那人湊近了，比著手勢說：「帶牠進一隻裡面有母雞護著小雞的籠子裡。經過她的一番修理，往後牠就再也不敢追殺任何一隻雞了。」

老闆開始大笑，沃爾普太太困惑的看看老闆，再看看另外那人，那人沒有一絲笑容的看著她，他那雙眼睛又大又黃，像貓眼。

「會發生什麼事呢？」她疑惑的問。

「把牠兩隻眼睛挖掉，」老闆簡單明瞭的說。「從此以後牠再也看不見雞了。」

沃爾普太太只覺得一陣暈眩。她側過頭笑了笑，為了不想失態，她迅速離開肉攤走向店鋪的另一頭。老闆跟肉攤後面的那個男人繼續聊著，過一會兒沃爾普太太走出店外，吸到了空氣。她決定趕快回家躺下，一直躺到吃午飯的時候，採買的事晚一點再說吧。

回到家她發現她沒辦法躺下，她得先把早餐桌清乾淨，把碗盤洗好，等她忙完這些事，也差不多就該是吃午飯的時候了。她站在食物架邊上忖著時，一個黑影穿過陽光到了門口，她知道淑女回來了。一時間她定定的站著，一動不動的看著淑女。大狗靜靜的、無害的走進來，彷彿牠只是和幾個朋友在草地上打滾嬉鬧了一個早上，但是牠四條腿上都有著斑斑的血漬，牠起勁的喝著水。沃爾普太太第一個衝動是罵牠，抓住牠狠狠的打牠，為了牠做出那些蓄意的，傷天害理的事情，一隻這麼漂亮的狗，一隻在家裡養得那麼好的狗；沃爾普太太看著淑女安靜的走過去，窩在爐子旁邊的老地方，她無可奈何的轉過身，從食物架上拿下一些罐頭放到餐桌上。

淑女安靜的待在爐子旁邊，一直待到兩個孩子嘰嘰喳喳的回家來吃午飯，牠跳起來衝上前去迎接，就好像他們是外來客，而牠是這棟屋子的原住民。裘蒂扯著淑女的耳朵，說：「媽，妳知道淑女做了什麼事嗎？你是一隻壞狗狗，」她對淑女說：「你要被槍斃了。」

沃爾普太太又一陣暈眩，她趕緊把餐盤擺上桌子。「裘蒂．沃爾普。」她說。

「牠是壞啊，媽，」裘蒂說。「牠是要被槍斃了啊。」

孩子們不懂，沃爾普太太告訴自己，死亡在他們眼裡並不真實。要理智，她告訴自己。

「坐下來吃飯，你們。」她平靜的說。

「可是，媽，」裘蒂說，傑克也跟著說：「是真的，媽。」

孩子們鬧哄哄的坐下來，打開餐巾，看也不看的叉著飯菜，只顧著說話。

「妳知道薛佛先生怎麼說的嗎，媽？」傑克塞了滿嘴的食物問。

「妳聽啊，」裘蒂說：「我們來告訴妳他說了什麼。」

薛佛先生住在沃爾普家附近，很親切的一個人，經常會給孩子們一些零錢，還會帶男孩子們去釣魚。「他說淑女要被槍斃了。」傑克說。

「還有鐵刺。」裘蒂說。

「對，鐵刺。」傑克說。「妳聽啊，媽咪。他說妳應該給淑女買一條項圈……」

「一條非常堅固結實的項圈。」裘蒂說。

「妳再買很多很粗的大鐵釘，像鐵刺一樣，妳要把這些釘子釘在項圈上。」

「釘一圈，」裘蒂說。「讓我來說啦，傑克。妳把這些釘子全部釘上去，就變成項圈上面的鐵刺了。」

「可是項圈會鬆動，」傑克說。「這裡讓我來說。它會鬆動，妳就把項圈圍在淑女的脖子上……」

「然後——」裘蒂把一隻手按住自己的喉嚨，裝出被勒住的聲音。

「還沒完，」傑克說：「還沒完啦，笨。首先妳要準備一根很長很長很長的繩子。」

「一根超級長的繩子。」裘蒂強調。

「妳把繩子綁緊在項圈上，再把項圈圍在淑女的脖子上，」傑克說。淑女就坐在他身旁，他湊近牠，說：「我們就要把這個釘了超級尖刺的項圈圍上你的脖子囉。」他親了親牠的腦門，淑女深情的看著他。

「然後我們把牠帶去小雞那邊，」裘蒂說：「給牠看那些雞，我們把手放鬆。」

「讓牠去追那些雞，」傑克說。「然後，然後，等牠一靠近那些雞，我們就用力的拽住那根繩子——」

「然後——」裘蒂又再裝出被勒住的聲音。

「那一圈尖刺就把牠的頭割掉了。」傑克戲劇化的作了結尾。

他們倆開始大笑，淑女看看這個看看那個，喘著大氣，就好像也在大笑。

沃爾普太太看著他們，看著她的兩個孩子，看著他們那雙殘酷的小手，看著他們曬得紅通通的笑臉，這隻腿上還沾有血印的狗兒跟他們一起開懷大笑著。她走到廚房門口，望著陰涼的綠色山丘，望著搖曳在午後微風中的蘋果樹。

「把你的頭割掉，」傑克在說。

所有的一切在陽光中如此安逸可愛，寧靜的天空，起伏的山林。沃爾普太太閉上眼睛，突然覺得有一雙冷酷的手將她摺倒，銳利的尖刺緊箍在她的喉嚨上。

您先請，我親愛的阿方斯⑩

威爾森太太正要從烤箱裡拿出薑餅的時候，聽見強尼在外面跟一個人說話。

「強尼，」她叫喚著，「你要遲到啦。快進來吃午飯。」

「等一下，媽媽，」強尼說。「您先請，我親愛的阿方斯。」

「您先請，我親愛的阿方斯。」另外那個聲音說。

「不，您先請，我親愛的阿方斯。」強尼說。

威爾森太太開了門。「強尼，」她說：「你馬上進來吃飯，等吃完了再玩。」

強尼跟在她後面慢吞吞地走進來。「媽媽，」他說：「我帶波埃德回來跟我一起吃午飯。」

「波埃德？」威爾森太太想了一會兒。「我好像沒見過。既然請人家來了，親愛的，就進來吧。吃飯了。」

「波埃德！」強尼大吼。「嘿，波埃德，快進來啊！」

「我來了。我要先把東西放下來。」

「快啦，不然我媽要發火了。」

「強尼，你這樣對你朋友或是媽媽都很沒禮貌啊，」威爾森太太說。「來坐下吧，波埃德。」

她轉身招呼波埃德坐下的時候，看見他是個黑人小孩，個頭比強尼瘦小，年紀相仿。他肩膀上扛著一堆劈好的木柴。「這些東西放哪兒，強尼？」他問。

威爾森太太轉向強尼。「強尼，」她說：「你讓波埃德做了什麼？這些木柴怎麼回事？」

「死掉的日本人，」強尼溫和的說。「我們把他們固定在地上，然後用坦克車輾過去。」

「妳好，威爾森太太。」波埃德說。

「你好，波埃德，你不該讓強尼叫你扛那麼多木柴的。坐下來吃飯吧，你們兩個。」

「他為什麼不應該扛這些木柴，媽？這都是他的木柴，我們在他家拿的。」

「強尼，」威爾森太太說：「吃飯。」

「當然，」強尼說。他拿起一盤炒蛋。「您先請，我親愛的阿方斯。」

「您先請，我親愛的阿方斯。」波埃德說。

---

⑩ *Alphonse and Gaston*，美國漫畫，作者是Frederick Burr Opper，一九〇一年刊載在《紐約日報》上，內容描述兩個禮貌過分周到的朋友，結果反被禮貌困住。

「您先請，我親愛的阿方斯。」強尼說。兩個人吱吱咯咯的笑起來。

「你餓不餓，波埃德？」威爾森太太問。

「餓，威爾森太太。」

「那就別讓強尼鬧你。他總是不肯好好吃飯，你只管吃你的。飯菜多的是，你儘量吃。」

「謝謝，威爾森太太。」

「來，阿方斯。」強尼說。他把一大半的炒蛋都堆到波埃德的盤子上。波埃德看著威爾森太太把一碟燉番茄擺在他的餐盤旁邊。

「波埃德甭吃番茄的，對嗎，波埃德？」強尼說。

「要說不吃番茄的，強尼。還有，不要因為你自己不喜歡吃，就把波埃德也拖下去。波埃德什麼都吃。」

「打賭他不會吃。」強尼邊說邊搗著炒蛋。

「波埃德要長大成一個強壯的男子漢，才能吃苦耐勞的工作啊，」威爾森太太說。「我相信波埃德的爸爸一定愛吃燉番茄。」

「我爸爸想吃什麼就吃什麼。」波埃德說。

「我爸爸也是，」強尼說。「有時候他幾乎什麼都不吃。他是個小矮個兒，連一隻跳蚤都不肯傷害。」

「我爸爸也是一個小矮個兒。」波埃德說。

「我相信他一定很強壯，」威爾森太太說。她有些猶豫。「他……在工作？」

「當然，」強尼說。「波埃德的爸爸在工廠做事。」

「看，是不是？」威爾森太太說。「他一定要有體力才行——工廠裡那些工作，又抬又扛的。」

「波埃德的爸爸不需要做那些事，」強尼說。「他是領班。」

威爾森太太有被打敗的感覺。「你媽媽做什麼呢，波埃德？」

「我媽媽？」波埃德顯得很吃驚。「她就照顧我們小孩啊。」

「喔。那，她沒有工作？」

「她幹嘛工作，」強尼含著滿口的炒蛋說。「妳也沒有啊。」

「你真的不吃一點燉番茄嗎，波埃德？」

「不用了，謝謝，威爾森太太。」波埃德說。

「不用了，謝謝，威爾森太太，不用了，謝謝，威爾森太太，不用了，謝謝，威爾森太太，」強尼說。「波埃德的姊姊要去工作了，她去當老師。」

「真是太好了，波埃德，」威爾森太太衝動的想要去拍拍波埃德的頭。「我相信你們都為她感到很驕傲吧？」

「應該是吧。」波埃德說。

「那你其他的兄弟姊妹呢？我猜你們大家都很能自食其力的照顧自己吧？」

「家裡只有我和琴恩，」波埃德說。「我現在還不知道我將來要做什麼。」

「我們要做開坦克車的駕駛，我和坡埃德，」強尼說。「轟隆。」威爾森太太趕緊抓住波埃德的那杯牛奶，強尼的餐巾扣環這時候突然就變身成了一輛坦克，重重的犁過整張餐桌。

「看著，強尼，」波埃德說。「這裡有個散兵坑，我在對你掃射。」

威爾森太太經驗老到的迅速從架子上拿下薑餅，小心的把它放在坦克和散兵坑中間。

「儘量多吃點，波埃德，」她說。「我想看你吃得飽飽的。」

「波埃德吃很多，只是比我少一點點，」強尼說。「我的個子比他大。」

「你的個子沒有多大，」波埃德說。「我可以把你打跑。」

威爾森太太深深的吸了一口氣。「波埃德，」她說。兩個孩子一起轉頭。「波埃德，強尼有幾套衣服他穿起來嫌小了，不過還很新很耐穿。我也有幾件衣服，對你媽媽和姊姊或許還有些用處。你媽媽只要把它們改一改，你們都能穿得上，我很高興送給你。在你走之前我會幫你打包，你和強尼就可以馬上帶回去給你媽媽……」她的聲音愈變愈小了，她看見波埃德面有難色。

「可是我的衣服很多，謝謝妳，」他說。「而且我媽媽好像不大會縫紉，反正需要什麼我們就會去買。真的非常謝謝妳。」

「我們沒有時間帶著這些舊東西四處走啦，媽媽，」強尼說。「今天我們要去跟同學玩坦克車。」

波埃德正想再拿一塊薑餅的時候，威爾森太太把盤子拿走了。「有很多像你這樣的孩子，波埃德，對於別人好心送衣服給他們都感激不盡呢。」

「假如妳一定要他拿，波埃德會拿的，媽媽。」強尼說。

「我不是故意要惹妳生氣，威爾森太太。」波埃德說。

「我沒有生氣，波埃德，我只是對你感到很失望。好了，不必再多說了。」

她開始收拾餐桌上的碗盤，強尼拉起波埃德的手往門口走。「拜啦，媽媽。」強尼說。

波埃德站定一會兒，注視著威爾森太太的後背。

「您先請，我親愛的阿方斯。」強尼撐著門說。

「你媽媽還在生氣嗎？」威爾森太太聽見波埃德小小聲的問。

「我不知道，」強尼說。「她有時候怪怪的。」

「我媽也是。」波埃德說。他遲疑著。「您先請，我親愛的阿方斯。」

查爾士

我兒子羅力上幼稚園的那天，他不再穿有圍兜的燈芯絨工裝褲，改穿上繫腰帶的藍色牛仔褲；眼看著他跟隔壁的大女孩一起走出去的那個早上，我清楚的看見我生命中的一個時代宣告結束，我那愛撒嬌的，待在托兒所裡的小小孩已經換成了一個穿起長褲，大搖大擺，走到轉角也忘記回頭向我揮手再見的傢伙了。

他回家同樣是那副樣子，前門砰的推開，帽子往地板上一扔，聲音也突然變成了粗嗓門，他嚷著，「這裡有人在嗎？」

午餐時候他很囂張的跟他爸爸說話，把牛奶潑到他妹妹身上，大談他老師說我們不可以隨便亂叫上帝的名字。

「今天上學好不好啊？」我刻意漫不經心的問。

「好。」他說。

「你有沒有學到什麼啊？」他爸爸問。

羅力冷冷的看他一眼。「我什麼也沒學到。」他說。

「隨便什麼，」我說，「一點都沒學到？」

「老師打一個男生的屁股，」羅力對著他的牛油麵包說。「因為他太壞。」他滿口麵包的補上一句。

「他做了什麼呢？」我問：「他叫什麼名字？」

羅力想了想。「叫查爾士，」他說。「他很壞。老師打了他，罰他站角落。他真的太壞了。」

「他做了什麼？」我再問，可是羅力滑下椅子，抓了一塊餅乾，走開了，他爸爸還在說著：「嗨，兒子啊。」

第二天午餐時候，羅力一坐下來就說：「今天查爾士又做壞事了。」他咧開嘴笑著說，「今天查爾士打了老師。」

「天哪，」我說，我特別留意不得隨便叫上帝的名字，「我猜他一定又被打屁股了？」

「當然，」羅力說。「往上看。」他對他爸爸說。

「什麼？」他爸爸抬起頭往上看。

「往下看。」羅力說。「看我的大拇指。啊呀呀，你這個大傻子。」他開始發瘋似的狂笑。

「查爾士為什麼打老師？」我馬上問他。

「她要他用紅色的蠟筆著色。」羅力說。「查爾士要用綠色的蠟筆著色，所以他打老師，她就打他屁股，她說沒有人會跟查爾士玩，可是大家都跟他玩。」

第三天——開始上學的第一個星期三——查爾士故意彈蹺蹺板把一個女生的頭撞破流血，老師罰他下課留在教室裡不准出去玩。星期四查爾士在說故事課的時間在角落罰站，因為他不停的用腳蹬地板。星期五查爾士被罰擦黑板，因為他扔粉筆。

星期六我對我先生說：「你覺得羅力上幼稚園是不是不太對？那種蠻橫不講理的樣子，說話沒大沒小，那個叫查爾士的男孩尤其是個壞榜樣。」

「沒事的，」我先生篤定的說。「像查爾士這種人到處都有。倒不如現在就遇上來得好。」

星期一羅力回家晚了，帶回來一大堆消息。「查爾士，」他在上山坡的時候嚷著。我焦慮地等在前門口的台階上。「查爾士，」羅力一路吼著上來，「查爾士又做壞事了。」

「快進來吧，」等他一走近，我就說：「等著你吃午餐呢。」

「你知道查爾士做了什麼嗎？」他跟我走進門。「查爾士在學校一直吼一直吼，他們派一年級的一個男生去報告老師，老師叫查爾士閉嘴，所以放學以後查爾士被留在學校。所以所有的小朋友都留下來看著他。」

「他在做什麼呢？」我問。

「他只是坐著，」羅力說，他爬上餐桌的椅子。「嗨，爸，你這個老拖把。」

「查爾士今天在下課後被罰留在學校，」我跟我先生說。「大家陪著他。」

「這個查爾士長什麼樣子？」我先生問羅力。「他姓什麼？」

「他個子比我大，」羅力說。「他沒有雨鞋，他從來不穿夾克。」

星期一晚上是第一次的懇親會，只是孩子感冒了，我去不成，我真的好想去認識一下查爾士的母親。星期二羅力突然說：「今天我們老師有一個朋友來學校看她。」

「查爾士的媽媽？」我和我先生異口同聲的問。

「才不是，」羅力輕蔑的說。「是個男的，來教我們做體操，大家要碰到自己的腳趾頭才行。看。」他爬下椅子，彎下腰，手碰到他的腳趾頭。「像這樣，」他說。他嚴肅的回到座位上，拿起叉子，「查爾士沒做體操。」

「那還好，」我由衷的說。「查爾士不想做體操嗎？」

「才不是，」羅力說。「查爾士對老師的朋友太壞了，所以不准他做體操。」

「又怎樣啦？」我說。

「他踢了老師的朋友，」羅力說。「老師的朋友要查爾士像我剛才那樣碰腳趾頭，查爾士就踢他。」

「他們會怎麼處理查爾士呢，你覺得？」羅力的爸爸問他。

羅力煞有其事的聳聳肩膀。「叫他退學吧，我猜。」他說。

星期三星期四還是老套：查爾士在說故事課大吼大叫，打一個男生的肚子，男生哭了。星期五查爾士又被罰放學以後留下來，其他小朋友也跟著不能放學。

幼稚園上到第三個星期的時候，查爾士已經成了我們家裡的一個代號了。如果小寶寶一個下午都在哭，那她就是查爾士；羅力把他的小車裝滿泥巴，在廚房拖來拖去，那羅力就是查爾士；甚至我先生，他的手肘勾到了電話線，桌上的電話、菸灰缸和花瓶全部都被扯了下來的那一剎那，他就說：「好像查爾士。」

到了第三和第四個星期，查爾士好像有了徹底的轉變。第三個星期的星期二，羅力在午餐的時候臉色難看的說：「查爾士今天乖得不得了，老師給他一個蘋果。」

「什麼？」我說，我先生謹慎的加上一句，「你是說查爾士？」

「查爾士，」羅力說。「他分蠟筆、收拾課本，老師說他是她的小幫手。」

「怎麼會？」我不敢置信的問。

「他是她的小幫手，就這樣。」羅力聳了聳肩膀說。

「這會是真的嗎，這個查爾士？」那天夜裡，我問我先生。「真會發生這樣的事嗎？」

「等著瞧吧，」我先生帶著嘲弄的口氣。「碰上像查爾士這樣難搞的人，搞不好他又是在耍花樣吧。」

他好像錯了。整整一個星期，查爾士都是老師的小幫手，每天他都在分發東西，收拾東西，誰也不用在放學後留下來了。

「下星期又要開懇親會了，」一天晚上，我跟我先生說。「這次我一定要去看看查爾士的媽媽。」

「去問問她查爾士究竟怎麼回事，」我先生說。「我很想知道。」

「我也想知道。」我說。

在一切回歸正常的那一個星期的星期五。「你知道查爾士今天做了什麼？」羅力在午餐的時候問，那口氣有一點點怪。「他叫一個女生說一個字，她說了，老師就用肥皂洗她的嘴巴，查爾士哈哈大笑。」

「什麼字？」他爸爸蠢蠢的問，羅力說：「我必須小小聲的告訴你，這個字太難聽了。」他爬下椅子，轉到他爸爸那裡。他爸爸低下頭，羅力開心的湊在他耳朵邊小聲說。他爸爸兩眼瞪得好大。

「查爾士叫小女生說這個？」他一個字一個字的問。

「她說了兩次，」羅力說。「查爾士叫她要說兩次。」

「那查爾士後來呢？」我先生問。

「沒事，」羅力說。「他分蠟筆啊。」

星期一早上查爾士不找那女生了，由他自己來說那個難聽的字，而且說了三四次，每一次都被老師用肥皂洗嘴巴。他還扔粉筆。

我準備去幼稚園開懇親會了，我先生陪我走到門口。「開完會，請她來家裡喝杯茶吧，」他說。「我想看看她。」

「希望她在。」我誠心的說。

「她一定在，」我先生說。「我看沒有查爾士的媽媽這懇親會也不必開了。」

開會的時候我坐立難安，掃瞄著每一張安詳自在的臉孔，試著判讀哪一張臉孔暗藏著查爾士的祕密。在我眼裡沒有一個人有心慌意亂的樣子。會議上沒有一個人站起來為她兒子的種種行為道過歉，更沒有一個人提起過查爾士。

會後我找到羅力的幼保老師。她端著一個托盤，盤子上有一杯茶和一塊巧克力蛋糕，我的盤子上是一杯茶和一塊棉花糖蛋糕。我們一面小心的護著盤子，一面微笑。

「我一直很想見到妳，」我說。「我是羅力的媽媽。」

「我們大家對羅力都很感興趣。」她說。

「啊，他很喜歡上幼稚園，」我說。「他一天到晚都在說幼稚園的事。」

「剛開始在適應方面有些小麻煩，大概在第一第二個星期的時候，」她一本正經的說：「不過現在他已經是個很不錯的小幫手了，當然偶爾還會有些過失。」

「羅力通常適應得很快的，」我說。「我想這次是受了查爾士的影響吧。」

「查爾士？」

「是啊，」我笑著說：「妳一定忙壞了，幼稚園裡出了這麼個查爾士。」

「查爾士？」她說。「我們幼稚園裡根本沒有查爾士啊。」

穿著亞麻的午后

房間很長很陰涼，裝潢擺設舒適得體，大窗戶外面有繡球花叢，地板上有搖曳的花影。房間裡每一個人都穿著亞麻——小女孩穿著有藍色寬腰帶的粉紅色亞麻洋裝，凱托太太穿一身褐色的亞麻套裝，戴一頂黃色亞麻料的大帽子，小女孩的祖母藍儂太太，穿著白色的亞麻洋裝，凱托太太的小兒子霍華，穿著藍色亞麻襯衫和短褲。小女孩看著她的祖母，心裡想著，她好像《愛麗絲夢遊仙境》裡那個穿著白色紙衣的紳士喔。我就是書裡那個穿著粉紅色紙衣服的紳士，她想著。藍儂太太和凱托太太其實住同一條街，每天都見面，但今天是正式的拜訪，所以她們在喝茶。

長形房間的一頭是一扇很大的窗戶，窗前有一台鋼琴，霍華坐在那裡。他在彈〈詼諧曲〉，彈得很用心，拍子不疾也不徐。我去年就彈了，小女孩想著，G大調小詼諧曲。藍儂太太和凱托太太仍舊手握著茶杯，耳朵聽著霍華的彈奏，眼睛看著他，時不時的兩人互看一眼微微一笑。只要我願意，現在我還是會彈，小女孩想著。

霍華彈完了〈詼諧曲〉，溜下琴凳，走過來嚴肅的坐在小女孩身旁，等候他母親的下一個指示。他個子比我大，她想著，可是我年紀比他大。我十歲。如果他們現在叫我彈奏，我會說不。

「你彈得很好啊，霍華。」小女孩的祖母說。沉默了好幾分鐘，氣氛很凝重。然後，凱托太太說：「霍華，藍儂太太在跟你說話。」霍華看著他擱在膝蓋上的兩隻手，低聲的嘟囔著。

「我覺得他進步很多，」凱托太太對藍儂太太說。「他不大喜歡練習，不過進步滿多的。」

「海莉很愛練琴，」小女孩的祖母說。「她在鋼琴前面一坐就是好幾個鐘頭，編一些曲調，邊彈邊唱。」

「她在音樂方面大概真的有天分，」凱托太太說。「我常常懷疑霍華到底有沒有從音樂裡得到什麼效益。」

「海莉，」藍儂太太對小女孩說：「妳要不要為凱托太太彈一首曲子？彈一首妳自己編的小曲。」

「我一首也不會。」小女孩說。

「妳當然會的，親愛的。」她祖母說。

「我好想聽一首妳自己編的小曲，海莉。」凱托太太說。

「我一首也不會。」小女孩說。

藍儂太太看看凱托太太，聳了一下肩膀。凱托太太點點頭，現出一個誇張的嘴形，「害羞。」接著轉頭得意的看著霍華。

小女孩的祖母用力把嘴唇抿出一道甜甜的笑容。「海莉啊，」她說：「就算我們不想彈什麼小曲，我想我們也該讓凱托太太知道，音樂還稱不上是我們的最強項。我想我們應該表現另外一項最拿手的東西。海莉她，」她轉向凱托太太繼續往下說：「寫了一些詩。我想請她朗誦給妳聽聽，因為我覺得——也許是我的偏見吧，」她很謙虛的哈哈笑著，「就算那只是我的偏見吧，不過這些詩寫得真的好。」

「喔，真的！」凱托太太說。她看著海莉，興致勃勃。「哎呀，親愛的，我不知道妳還會這個！我可真的想聽一聽。」

「來，為凱托太太朗誦一首妳寫的詩吧，海莉。」

小女孩看著她的祖母，看著她臉上的甜笑，看著身體向前傾的凱托太太，看著坐在那裡張著嘴，眼睛發光的霍華。「我不會。」她說。

「海莉，」她祖母說：「就算妳背不出來，妳還是有寫下幾首啊。我相信凱托太太一定很樂意聽妳為她朗讀的。」

得意又好笑的感覺在霍華心中逐漸逐漸的增強，頃刻間排山倒海的衝了上來。「詩，」他在沙發上笑彎了腰。「海莉寫詩。」他肯定會把這件事告訴整條街上的小孩，小女孩心想。

「我相信霍華一定是妒忌。」凱托太太說。

「啊，」霍華說。「我才不要寫詩。妳再怎麼逼，我也不會去寫詩。」

「妳也沒辦法逼我，」小女孩說。「寫詩的事都是騙人的。」

好長的一陣靜默。然後——「海莉啊！」小女孩的祖母難過的說。「妳怎麼這樣跟妳祖母說話呢！」凱托太太說。「我覺得妳應該道歉，海莉。」小女孩的祖母說。凱托太太說：「是啊，應該要的。」

「我又沒做什麼，」小女孩嘀咕著。「對不起。」

祖母的語氣很嚴厲。「現在去把妳的詩拿出來唸給凱托太太聽。」

「我真的沒有，奶奶，」小女孩急切的說。「真的，我真的一首詩也沒有。」

「好，我有，」祖母說。「妳去書桌最上面那個抽屜裡拿來給我。」

小女孩盯著她祖母抿成一條線的嘴巴和陰沉的眼睛，猶豫著。

「霍華去幫妳拿吧，藍儂太太。」凱托太太說。

「沒問題，」霍華說。他跳起來奔到書桌前，拉開抽屜。「那是長什麼樣子的？」他大聲嚷著。

「在一只信封裡，」祖母肯定的說。「一只土黃色的信封，上面寫著『海莉的詩』。」

「有了。」霍華說。他從信封裡抽出幾張紙，仔細看了一會兒。「妳看，」他說：「海莉的詩——關於星星。」他拿著紙，笑呵呵的奔向他母親。「妳看，媽媽，這就是海莉寫的星星的詩！」

「拿過去給藍儂太太，親愛的，」霍華的母親說。「先拆開信封是非常不禮貌的行為。」

藍儂太太拿著信封和詩篇一併遞給海莉。「是妳來讀還是由我來？」她和藹的問。海莉搖搖頭。祖母對著凱托太太嘆了口氣，拿起第一張紙。凱托太太熱誠的傾著身，霍華挨在她的腳邊，抱著膝蓋，把臉抵著他的腿免得笑場。祖母清清嗓子，對海莉笑一笑，開始朗讀。

「〈黃昏的星星〉。」她讀著。

「當黃昏暮色降臨，
黑暗漸漸聚集，
夜間的怪物群起叫喚，
只有風吹著孤單的聲音，

我等待第一顆星星出現，
我尋找它銀色的微光，
當青綠色的薄暮開始籠罩，
一顆孤星華麗的閃亮。」

霍華再也忍不住了。「海莉居然寫星星的詩！」

「啊，太美了，海莉親愛的！」凱托太太說。「真的太美了，真的。我不明白妳為什麼要害羞不肯說。」

「對吧，海莉？」藍儂太太說。「凱托太太也認為妳的詩寫得很好。現在妳是不是覺得剛才那樣的表現很不應該？」

他一定會去告訴整條街上的小孩，海莉想著。「不是我寫的。」她說。

「哈呀，海莉！」她祖母大笑。「妳用不著這麼謙虛，孩子。妳寫的詩好得不得了。」

「我從書裡抄來的，」海莉說。「我在一本書裡看到，就把它抄下來給我的老奶奶，說是我寫的。」

「我不相信妳會做這種事，海莉。」凱托太太疑惑的說。

「我就做了，」海莉固執到底。「我就是從書裡抄來的。」

「海莉，我不相信。」她祖母說。

海莉看著霍華，他正以一種佩服的眼光看著她。「我從一本書裡抄來的，」她對他說。

「有一天我在圖書館裡找到的書。」

「我真不敢相信她說的，她怎麼會做這種事？」藍儂太太對凱托太太說。凱托太太搖了搖頭。

「那本書叫做——」海莉想了一會兒，「叫做《自修寫詩》，」她說。「就是這樣。我一個字一個字的把它抄下來。我根本不會寫詩。」

「海莉，真是這樣嗎？」她祖母說，接著轉向凱托太太。「我要替海莉向妳道歉，居然讀了一首抄襲的詩給妳聽。我作夢也沒想到她會欺騙我。」

「啊，他們會的，」凱托太太一副不以為然的樣子。「他們為了得到注意和讚美，有時候什麼花招都會使。我相信海莉絕對不是故意——呃，不誠實。」

「我真的這麼做了，」海莉說。「我要大家以為是我寫的。我說了我是故意的。」她走過去從祖母毫無反抗的手裡拿走了那張紙。「以後妳再也看不到這些詩了。」她說。她把紙藏到背後，藏到大家都看不見。

花園

在佛蒙特的大宅院裡一起住了將近十一年之後，兩位溫寧太太，母親和媳婦，就跟那些共同生活在一起的女人一樣，連長相都愈來愈像，在同一個廚房裡忙活，用同一種方式料理家務。儘管年輕的溫寧太太過去是隻塔爾波特獵犬⑪，把黑頭髮剪得短短的，現在卻是標準的溫寧太太，鎮上最古老家族裡的一個成員，她的黑髮開始變灰，甚至連變灰的位置也跟她婆婆最初長出灰髮的位置相同，都在兩邊的太陽穴；兩個人都有一張五官鮮明的瘦臉，一雙表情豐富的手，尤其在清洗碗盤、剝豌豆皮或是擦拭銀器的時候，那雙手的和諧度更遠遠超過了她們心靈上的契合。有時候，在早餐桌上，年輕的溫寧太太坐在她婆婆旁邊，她的小女兒坐在她身邊的幼兒座上，她會想著，她們現在的樣子一定很像新英格蘭壁紙上某種制式化的圖案：母親、女兒和祖母，背景應該是普利茅斯石或協和橋之類的。

在這個大冷天的早上，一如平常，她們慢慢的喝著咖啡，捨不得離開這個燒著煤爐，氣氛愉快，乾淨又有食物的大廚房。她們靜靜的坐著，小女兒早已吃完了她的早餐，一個人安靜的在她專屬的小角落裡玩著玩具，溫寧家的孩子玩的玩具幾乎千篇一律，都在同一只厚重的木頭箱子裡。

「春天好像永遠不來了，」年輕的溫寧太太說。「冷得煩了。」

「天氣就這樣，總會冷一陣子。」她婆婆說。她開始動作俐落的收拾碗盤，這表示閒坐的時間結束，幹活的時間到了。年輕的溫寧太太立刻站起來幫忙，心裡不下一千次的想著，婆婆永遠不會放棄在這個家裡的主導地位，除非實在老到動不了，沒辦法搶在別人前頭為止。

「我真希望有人住進那棟老別墅，」年輕的溫寧太太說。她拿著餐巾往餐具間走到一半停了下來，語帶渴切的說：「要是在春天之前有人搬進來就好了。」年輕的溫寧太太很久以前就想把別墅買下來，她希望丈夫能夠自食其力，跟自己的孩子一起生活在屬於自己的房子裡，可是現在，既然習慣了她夫家世代相傳的這棟位在山頂的老宅院，對於小別墅，她已經把渴望轉化成了善念，衷心的希望能看到一些幸福快樂的年輕人住進去。她聽說別墅賣掉了，在新屋難求的情況下，現在老房子變得很搶手，所以她每天都在注意著新屋主入住的跡象。每天早上她在後陽台張望，看看別墅的煙囪口有沒有煙氣出現；每天下山去採買的路上經過別墅，她總會放慢腳步，留意著屋子裡的動靜。別墅是一月賣掉的，現在，過了將近兩個月，外觀上似乎更漂亮了，沒有一點損傷，白雪輕柔的覆蓋著雜草叢生的花園，窗戶上垂

⑪talbot，白色獵犬，是米格魯與尋血獵犬的祖先，因為用處不大又需要照顧，現已絕種。這個字現在成為素行良好的獵犬代號。

掛著冰柱，屋子仍舊空空蕩蕩，溫寧太太已經不再抱任何希望會有誰在那兒入住了。

溫寧太太把餐巾收進儲物間，撕了一張日曆，再拿起洗碗巾走到水槽邊加入她婆婆。

「已經三月了。」她沒精打采的說。

「昨天小店裡的人很確定的告訴我，」她婆婆說：「這個星期，那棟別墅要開始粉刷了。」

「那表示真的有人要住進去了！」

「那麼小間的屋子頂多一兩個禮拜就刷完了。」老溫寧太太說。

然而，快到四月的時候新屋主才搬來。雪幾乎都化了，化成一條條帶著冰塊的小河在街道上奔流。地面泥濘難行，天空陰沉灰暗。再一個月或許第一批新綠就要在林間大地綻現，但四月裡多半還是冷雨和風雪的壞天氣。小別墅裡面已經粉刷過，新的壁紙也貼上了。前門台階修整過，破掉的窗子也鑲上了新的玻璃。不管天空多灰暗，雪水多骯髒，小別墅看上去整潔牢靠，天氣放晴的時候，油漆工再回來粉刷屋子的外牆。溫寧太太站在別墅步道的盡頭，試著把它現在的樣子跟她多年前想像中的樣貌對照，那時她還抱著自己能夠住進去的希望。當時她想在門廊旁邊種玫瑰；這個不難，她要好好的規劃一座色彩繽紛的花園。她要把屋子的外牆全部刷成白色，這也不難。因為別墅已經出售了，她沒辦法走進去，不過她仍記得那些小小的房間，那些向著花園的窗戶，配上了色澤鮮豔的窗簾和小小的花壇會顯得更加明亮，她還想著要把小小的廚房漆成黃色，樓上是兩間閣樓式的臥室，天花板順著屋簷向兩邊斜垂下來。溫寧太太站在潮濕的步道上，望著別墅看了好久，才依依不捨的走向山下的小店。

幾天後，她終於從雜貨店老闆那裡聽到了新住戶搬來的消息。他拿繩子綁著三磅重的漢堡肉——這是溫寧一家人一頓飯的數量——笑嘻嘻的問，「見到你們的新鄰居了嗎？」

「已經住進來了？」溫寧太太問。「別墅裡的人？」

「今天早上那位女士來過了，」老闆說。「那位女士和一個小男孩，看起來人很和氣。聽說她丈夫過世了。長得挺好看的一位女士。」

溫寧太太在鎮上出生，雜貨店老闆的父親常給她吃糖果和甘草片，當時現在的老闆還是個高中生。後來，她十二歲，老闆的兒子二十歲那年，溫寧太太還曾偷偷的希望他會跟她結婚呢。現在他胖了，一個胖胖的中年人，他仍舊叫她海倫，她也仍舊叫他湯姆，但是她現在是溫寧家的人，跟他說話的口氣也隨著改變，即便她心裡百般不願意，但如果肉質不好，牛油的價格太高，她還是會不客氣的說他幾句。她知道每當他稱呼新搬來的鄰居「女士」的時候，就有特別的意思了，這跟他把對方叫做「那女人」或者「那個人」是有所不同的。溫寧太太知道他在其他顧客面前提起兩位溫寧太太都以「女士」相稱。她遲疑了一會問：「他們真的搬來住了？」

「恐怕非得住上一陣子不可了，」老闆耍冷幽默地說。「她買了一整個禮拜吃的和用的東西。」

拎著包裹上山的路上，溫寧太太一直在用心的觀察別墅裡的動靜。走到別墅的步道時，她刻意放慢腳步，儘量不讓自己的窺探表現得太明顯。煙囪看不到一絲煙氣，屋子附近也看不見任何家具，不像一般人在搬新家的樣子，不過有一輛半新不舊的車停在別墅前的街上。透過窗戶，溫寧太太好像看見有幾個移動的身影。憑著一股衝動她轉回步道，走向別墅的前門廊，只有在踏上台階的時候稍稍掙扎了一下。她敲門，購物袋掛在手臂上，門開了，她低下頭看見一個小男孩，暗自高興，這孩子跟她的兒子年紀差不多。

「哈囉。」溫寧太太說。

「哈囉。」男孩說。他很正經的打量她。

「你母親在家嗎？」溫寧太太問。「我過來看看有沒有什麼需要幫忙的。」

「我們都搬好了。」男孩說。他正準備關門，一個女人的聲音從屋裡傳出來，「大衛？你在跟誰說話嗎？」

「那是我媽媽。」小男孩說。那女人走到他身後，把門稍許開大了些。「什麼事？」她說。

溫寧太太說：「我是海倫．溫寧。我住在這條街上，隔三戶人家左右，我想說或許可以幫上一點忙。」

「謝謝你。」那女人有些遲疑的說。她比我年輕，溫寧太太想著，還不到三十吧。而且漂亮。溫寧太太一目了然，為什麼老闆會稱呼她是一位女士了。

「有人來住進這棟屋子真好。」溫寧太太不好意思的說。從那女人的頭上望過去，看得見小小的玄關，然後是稍大的客廳，再遠些，靠左邊那扇門進去就是廚房，樓梯在右手邊，精緻的樓梯欄杆新油漆過，他們把走廊漆成了淺綠色，溫寧太太笑容可掬的向著門口的女人，心裡想著，她做得很好，就該是這個樣子，她懂得美化房子。

那女人很快的也露出笑臉，說：「要不要進來坐坐？」

她稍微退開讓溫寧太太進屋，溫寧太太忽然驚覺她會不會太躁進了，太熱心了……「我真希望自己不要這麼冒失，」她向著那女人衝口而出。「只是長久以來我一直想要住到這裡來。」我幹嘛要說這個啊，她實在想不透。年輕的溫寧太太已經很久沒有出現這種不經大腦就直接把話說出來的情況了。

「來看我的房間。」小男孩熱切的說，溫寧太太笑看著他。

「我有個兒子跟你一樣大，」她說。「你叫什麼名字？」

「大衛，」小男孩挨著他的母親說。「大衛．威廉．麥克連。」

「我的兒子，」溫寧太太一本正經的說。「叫做霍華．塔伯特．溫寧。」

小男孩不知該說什麼的抬頭看著他母親，溫寧太太忽然覺得自己在這棟嚮往已久的小房子裡有些侷促不安起來。她說：「你幾歲了？我兒子五歲。」

「我五歲。」小男孩彷彿第一次才認清了這個事實似的說。他又看了看他母親，她優雅的說：「要不要進來看看我們整修過的樣子？」

溫寧太太把雜貨包裹擱在綠色玄關一張細腳的桌几上，跟隨麥克連太太走進客廳。客廳是L型的，有幾扇窗戶，溫寧太太曾經想要為這些窗子裝上華麗的窗簾，在窗口布置上一些花壇。踏進這間溫寧太太熟悉的房間，她立刻滿意的鬆了口氣，一切都很對。每樣東西，從壁爐裡的柴火架到桌上的書刊，如果年輕個十一歲，溫寧太太肯定也會這樣擺設；雖然有些不太正式，質地或許也不如年輕的溫寧太太想要的選擇，但仍舊很像樣，無可挑剔。壁爐台上有一張大衛的照片，邊上的一張，溫寧太太猜想應該就是大衛的父親；矮几上擺著一只好看的藍碗，在L型角落的一個架子上豎著一排橘色的彩盤。還有一張拋光的淺棕色餐桌和幾把椅子。

「很可愛，」溫寧太太說。這裡本來應該是我的，她想著，她站在門口又再說一次，「非常可愛。」

麥克連太太走向壁爐旁的扶手椅，從把手上拿起一塊藍色的軟布料。「我在做窗簾，」她伸出一根手指，用指尖觸摸著那只藍碗。「我習慣以這只藍碗作為屋子的中心點，」她說。「窗簾也是相同的藍色，還有地毯——就快送過來了！——設計圖案也一樣是藍色。」

「跟大衛的眼睛很搭。」溫寧太太說，麥克連太太又笑了，她這才發現跟麥克連太太的藍眼睛也很搭。太多的吻合令溫寧太太簡直不知如何是好，她忍不住的說：「妳是不是把廚房漆成黃色？」

「是啊，」麥克連太太驚訝的說。「快進來看看吧。」她帶頭穿過了L型的客廳，繞過那一排橘色的彩盤走進廚房，廚房裡亮著上午的陽光和新漆，還有光潔的鋁合金廚具。溫寧太太看著電咖啡壺、威化餅烤模和烤麵包機，想著，總共兩口人，相信她做飯不會太麻煩。

「等我有了花園，」麥克連太太說：「我們幾乎可以從每個窗戶都看見。」她朝那幾扇廚房的大窗戶比個手勢，說：「我很愛花園。只要天氣一放晴，我想我大概會把一大半的時間都花在這上頭。」

「這是很適合有花園的一棟屋子，」溫寧太太說。「我聽說以前這裡的花園是這條街上數一數二的漂亮。」

「我想也是，」麥克連太太說。「我要在屋子四面全部種上花。有了這樣一棟別墅真的是可以的，妳知道。」

我知道，啊，我當然知道，溫寧太太心酸的想著，想著這本應屬於她的一座美麗花園，而不是像現在溫寧大宅周邊的那一整排金蓮花，她也是很仔細的照顧著；溫寧大宅周圍的花就是長不好，因為老人的楓樹林把整個院子的陽光遮蔽了，這片楓林在屋子建造當時就已經長得很高了。

麥克連太太把樓上的浴室也漆成黃色，垂檐下面的兩間小臥室漆成綠色和玫瑰紅。「全部都是花園的顏色。」她開心的對溫寧太太說。溫寧太太想到了溫寧大宅那些臥室裡嚴肅又不搭調的配色，她嘆了口氣，對窗檻底下擺兩張座椅的構想讚賞不已。大衛的臥室是綠色的，他的小床緊貼著窗戶。「今天早上，」他慎重其事地告訴溫寧太太，「我看見窗外有四條冰柱掛在我的床鋪旁邊。」

溫寧太太逗留的時間遠遠超過了她的預期；即便麥克連太太親切又熱誠，她還是覺得她的造訪有些超過，她已經從禮貌變成了好奇。這還是其次，真正迫使她離開的是突發的罪惡感，她包裹裡的三磅漢堡肉，還有溫寧家的男人等著吃的午餐。臨走時，她向站在門口的麥克連太太和大衛揮手道別，並且邀請大衛來家裡跟霍華一起玩，也邀請麥克連太太過來喝茶，歡迎他們找個時間上來一起吃午餐，而所有這些邀請都沒有經過她婆婆的認可。

她很勉勉強強的回到大宅，繞過門緊的前門，從步道走向後門，冬天全家人都習慣從這裡出入。她走進廚房，婆婆抬起頭氣沖沖的說：「我打電話到店裡，湯姆說妳一個鐘頭前就離開了。」

「我在小別墅那兒待了一會。」溫寧太太說。她把包裹擱在桌上，迅速的把包裹裡的東西取出來，甜甜圈放在盤子上，漢堡肉放進鍋子裡。身上仍穿著大衣，頭上還包著絲巾，她用最快的速度忙活著，婆婆在廚房餐桌上一邊切麵包，一邊靜靜的看著她。

「把大衣脫了，」婆婆終於開口。「妳丈夫馬上就到家了。」

十二點，屋子裡人聲吵雜，廚房地板上全是泥腳印。老霍華，溫寧太太的公公，從田裡回來，先在玄關把帽子大衣掛好，再進來跟老婆和媳婦說話；小霍華，溫寧太太的丈夫，從穀倉回來，先把推車收拾好，向太太點個頭，再親親母親；小小霍華，溫寧太太的兒子，從幼稚園回來，一頭衝進廚房，嚷著：「可以吃飯了嗎？」

等著吃飯的小寶寶，巴在高腳椅子上拿著銀碗，這只碗最早是老霍華的母親用過的。溫寧太太和她婆婆快速的把餐盤擺上餐桌，多年的經驗累積，她們對於誰最後一個到，哪時候該上菜，在時間上都能拿捏得恰恰好。在這裡，溫寧家三代就在這一段短暫的時間裡安靜又高效率的吃著，每個人都急於回到自己的工作崗位：農場，磨坊，電動火車；洗碗盤，縫紉，午睡。溫寧太太一面餵著嬰兒，一面留意婆婆的態度，今天的動作好像比平常更強勢，她想，最起碼她又給他們添了一個霍華，有著溫寧家的眼睛和嘴巴，光憑這個就值得換取她的吃和睡了吧。

飯後，男人回去工作，小孩都上了床，寶寶在睡午覺，小小霍華抱著蠟筆和圖畫簿，溫寧太太跟婆婆坐在一起縫縫補補，她提起了那棟別墅。

「真的太完美了，」她說。「樣樣都美。她打算等到全部完工之後，比如窗簾什麼的，再請我們去她家參觀。」

「我跟布萊克太太正在聊，」老溫寧太太說，感覺像是在表示認同。「她說那個丈夫出車禍死了。她名下有一筆錢，我看她是決定要在這裡住下了，為了小孩的健康吧。布萊克太太說他一副營養不良的樣子。」

「她喜歡花園，」溫寧太太說，她手裡仍拿著針線。「她打算屋子周圍都是大花園。」

「那她需要幫手才行，」老婦人不苟言笑的說：「那可是一座大得不得了的花園啊。」

「她有一只好漂亮的藍碗，媽媽。妳一定愛，幾乎就像銀的一樣。」

「有可能，」老溫寧太太頓了一下說：「有可能她的家人過去在這裡待過，所以她會選擇這裡。」

隔天，溫寧太太刻意慢慢的走過別墅，隔天又慢慢的走過，再隔天、再隔天同樣如此。在第二天的時候，她看見麥克連太太在窗口，便向她揮揮手，第三天，她在步道上遇見了大衛。「你什麼時候過來看我兒子啊？」她問他。他正經八百的看著她說：「明天。」

在第三天，住麥克連家隔壁的博登太太跑去了，他們做了蘋果派，事後她向所有的鄰居描述了那個黃色廚房和那些晶亮的電器用品。另外一個鄰居，她的先生去幫忙麥克連太太生火爐，她說麥克連太太是新寡。幾乎每天都有一個當地人過去造訪麥克連太太，小溫寧太太經過的時候，常常會在窗口瞧見一些熟悉的面孔，要不就是向站在門階上跟麥克連太太閒聊的熟人揮手打招呼。麥克連太太搬來大約一個星期的時候，小溫寧太太有天在雜貨店碰見了她，她們一起回山上，聊著大衛要不要上幼稚園的事。麥克連太太想儘量拖延一些時間再說。小溫寧太太問她，「妳不會覺得被綁住了嗎，他這樣成天的跟著妳？」

「我喜歡這樣，」麥克連太太開心的說：「我們彼此作伴。」小溫寧太太這才想起麥克連太太在守寡，她覺得自己真是太莽撞了。

天氣漸漸暖和，新來乍到的綠意出現在樹梢和潮濕的地面，小溫寧太太和麥克連太太成了好友。她們倆幾乎天天在雜貨店碰面再一起上山，大衛來過兩次，跟霍華一起玩電動火車，有一回麥克連太太上來接他，待在大廚房裡喝咖啡，兩個男孩繞著餐桌跑圈圈，溫寧太太的婆婆出去串門子了。

「好老的一棟房子，」麥克連太太抬頭望著暗暗的天花板說。「我愛老房子，安全又溫馨，曾經有那麼多人在裡面心滿意足的生活過，那是多麼驕傲的一種感覺。新房子就不會有這種感覺。」

「這個陰沉的老地方，」溫寧太太說。穿著玫瑰紅毛衣，一頭柔潤亮麗的秀髮，麥克連太太成為了這間廚房裡的一個嬌點，溫寧太太知道這是她無論如何也沒有辦法複製的。「能住到妳那棟屋子裡要我給什麼都願意。」溫寧太太說。

「我也好愛它，」麥克連太太說。「我從來沒這麼快樂過。這裡每個人都那麼好，房子又漂亮，我昨天種了不少花。」她哈哈笑著。「以前我坐在紐約的公寓裡，就老是在作種花種草的夢。」

溫寧太太看著兩個男孩，心想著霍華長得高又壯，比大衛高出半個頭多，大衛那麼的矮小瘦弱，又那麼的黏母親。「這對大衛很有益處的，」她說。「看他臉頰都紅潤起來了。」

「大衛很喜歡。」麥克連太太贊同的說。聽見母親叫自己的名字，大衛立刻跑過來把頭膩在她腿上，她摸著他的頭髮，他的髮色跟她的一樣閃亮。「我們該回家了，乖大衛。」她說。

「說不定我們的花昨天就開始長了。」大衛說。

漸漸的，白天變得愈來愈長愈來愈熱，麥克連太太的花園展現出了繽紛的色彩，開始看得出一些眉目了，現在雖然還很稚嫩，相信到了這個夏末一定會芬芳濃郁，明年的夏天也一樣，就算再十年後的夏天也不會變。

「比我預期的更好呢，」麥克連太太站在花園門口對溫寧太太說。「花草在這裡長得似乎比其他地方都來得好。」

放了暑假，大衛和霍華每天都玩在一起，霍華整天自由自在。有時候霍華會留在大衛家裡吃午餐，再一塊兒到麥克連家的後院種菜。溫寧太太總在上午去雜貨店的路上到麥克連太太家打個轉，大衛和霍華兩個孩子搶在她們前面，邊走邊玩。他們一起拿信，在回程的路上一起讀信，有了麥克連太太作伴，溫寧太太回到溫寧大宅時的心情要比以前快樂多了。

有天下午，溫寧太太把小寶寶放進霍華的推車裡，帶著兩個兒子到鄉間漫步。麥克連太太採了一枝皇后蕾絲，把它放在推車裡；兩個小男孩發現了一條花斑蛇，直想要把牠帶回家。回山上的時候，麥克連太太幫忙拉著載了寶寶和皇后蕾絲花的嬰兒車，半路上他們停下來歇息，麥克連太太說：「妳看，從這裡一路上去都看得見我的花園。」

位在小山頂上的花園還只是一個彩色的斑點，他們站在那兒望了一會兒，小寶寶把皇后蕾絲扔出了推車。麥克連太太說：「我常常想從這裡遠遠的看著它。」她頓了一會，忽然說：「那個漂亮的小孩是誰啊？」

溫寧太太看了一眼，笑起來。「他很迷人對不對？」她說。「那是比利．瓊斯。」她也學麥克連太太那樣仔細的看著他。他是個十二歲左右的男孩，靜靜的坐在對街的一堵牆上，兩手捧著下巴，默默的看著大衛和霍華。

「他好像一尊年輕的雕像啊，」麥克連太太說。「烏溜溜的，我們過去看看他的臉好不好？」她往前走，想把他看得更清楚，溫寧太太跟隨著她。「我認不認識他的父母——？」

「瓊斯家的小孩有一半黑人的血統，」溫寧太太趕緊說。「不過他們個個都長得好漂亮；妳真該看看那個女孩。他們住在城外。」

霍華的聲音在夏日的空氣裡清晰無比。「黑鬼，」他在說：「黑鬼，黑小鬼。」

「黑鬼。」大衛笑呵呵的跟著說。

麥克連太太驚得一喘，說：「大衛！」這語氣令大衛立刻轉過頭來。溫寧太太從來沒聽過她這位朋友出現過這樣的語氣，她也緊盯著麥克連太太。

「大衛，」麥克連太太再說一次，大衛很慢很慢的走過來。「我聽見你在說什麼？」

「霍華，」溫寧太太說：「別去鬧比利了。」

「快去跟人家說對不起，」麥克連太太說。「馬上去跟他說對不起。」

大衛淚眼汪汪的看著他母親，再走到街沿，朝對街喊著：「對不起。」

霍華和溫寧太太渾身不自在的站著，對街的比利．瓊斯抬起了頭，看著大衛，再看麥克連太太，看了很久。然後他兩隻手又捧住了他的下巴。

麥克連太太突然喊著，「年輕人——可以請你過來一下嗎？」溫寧太太嚇住了，她瞪著麥克連太太，對街的男孩沒有動靜，溫寧太太厲聲呼叫，「比利！比利・瓊斯！快過來！」

男孩抬起頭看他們一眼，慢慢從牆上下來，慢慢過街。當他走到離他們五呎的時候，他停下來，等著。

「哈囉，」麥克連太太溫和的說：「你叫什麼名字？」

男孩對著她看了一會，再看溫寧太太。溫寧太太說：「他叫比利・瓊斯。問你話要回答啊，比利。」

「比利。」麥克連太太說：「我很抱歉我的孩子對你說話很不禮貌，他年紀還小，也弄不清楚自己在說些什麼。不過他也覺得很對不起你。」

「沒關係。」比利說，眼睛仍舊盯著溫寧太太。他穿著一條舊牛仔褲、一件破白襯衫，光著腳。他的皮膚和頭髮都是同一個顏色，泛著金光的深咖啡色，他的頭髮微微的自然捲，活脫就像花園裡擺設的一尊雕像。

「比利，」麥克連太太說：「你願不願意來幫我做事？賺些零用錢？」

「當然。」比利說。

「你喜歡園藝嗎？」麥克連太太問。比利認真的點點頭。「因為，」麥克連太太熱誠的繼續往下說：「我很需要有個人來幫忙整理我的花園，你要做的就是這件事。」她停了一下再說：「你知道我住在哪兒嗎？」

「當然。」比利說。他的眼睛離開了溫寧太太，對著麥克連太太看了一會，那對褐色的眼睛毫無表情。他的視線又再回歸到溫寧太太臉上，溫寧太太在看跑開的霍華。

「好，」麥克連太太說：「你明天能來嗎？」

「當然。」比利說。他等了一會兒，看看麥克連太太再看看溫寧太太，然後跑回對街，翻過剛才坐在上面的那一堵牆。麥克連太太讚賞的望著他。她向溫寧太太笑一笑，拽了一把推車，開始往山上走。快到小別墅的時候，麥克連太太才開口說話。「我最受不了的就是，」她說：「聽那些孩子隨便攻擊人家沒有辦法改變的一些事實。」

「他們都很奇怪，瓊斯那一家人，」溫寧太太忙不迭的說。「父親是個打雜工的；說不定妳見過他。妳知道——」她的聲音忽然低了下去——「母親是個白人，是這裡的人。一個本地女孩，」為了讓這位外地來的人聽得更明白，她特別強調的說。「比利兩歲那年她離開了那個家，跟一個白人跑了。」

「可憐的孩子們。」麥克連太太說。

「他們還好，」溫寧太太說。「有教會照顧，這是當然的，大家也經常會給他們一些東西。那女孩子現在長大了也能工作了，她十六歲，只是……」

「只是什麼？」見溫寧太太欲言又止，麥克連太太追問。

「呃，很多人在說她，妳知道的，」溫寧太太說。「總是會想著她母親的事情吧。另外還有個男孩，比比利大兩三歲。」

他們停在麥克連家的門前，麥克連太太摸摸大衛的頭髮。「歹命的孩子。」她說。

「小孩子們都用難聽的話罵他，」溫寧太太說。「沒辦法。」

「唔……」麥克連太太說。「可憐的孩子。」

隔天，洗完碗盤，溫寧太太和婆婆聯手把它們一一收好，老溫寧太太隨興的說：「布萊克太太跟我說，妳的朋友麥克連太太向街坊鄰居打聽怎麼聯繫瓊斯家那個男孩。」

「她大概想找個人幫忙整理她的花園吧，」溫寧太太心虛的說。「那麼大個園子，她需要幫手。」

「這是哪門子的幫忙，」老溫寧太太說。「妳把他們的情形告訴她了？」

「她好像很同情他們。」溫寧太太在餐具間裡面仔細的排著餐具。她藉著排餐盤的時間整理一下自己的思緒。她不應該這麼做，她想，她的心思卻拒絕給她一個正當的理由。無論如何，她最後的想法是，她應該先來問我才對。

第二天，溫寧太太和麥克連太太從雜貨店回山上，順路到別墅小坐一會兒。她們坐在黃色的廚房裡喝著咖啡，兩個小孩在後院玩耍。正在討論可不可以在蘋果樹中間架吊床的時候，有人敲廚房門，麥克連太太開門見一個男人站在那裡。「有什麼事？」她客氣的問，等著對方說話。

「早安，」男人說。他摘下帽子，向麥克連太太點個頭。「比利告訴我，妳在找人到妳花園來打工。」他說。

「啊……」麥克連太太不自在的瞟著溫寧太太。

「我是比利的父親。」男人說。他朝後院點點頭，麥克連太太看見比利．瓊斯坐在一株蘋果樹下，抱著胳臂，兩眼盯著腳邊的青草。

「你好。」麥克連太太不置可否的說。

「比利告訴我，妳說要他來妳花園打工，」男人說。「這個，我想以他的年紀，夏天出來打工好像太吃重了，這麼好的天氣他應該出來多玩玩。這份工作倒是很適合由我來做，所以我過來看看，不知道妳找到人沒有。」

他很高大，非常像比利，除了比利的頭髮只是稍微的捲，他父親的頭髮捲得超厲害，頭上有一圈印子，這是帽子壓出來的痕跡；比利的皮膚是深咖啡色，他父親的皮膚更黑，幾近古銅色。他的動作，跟比利一樣，非常優雅，他的眼睛也是同樣深邃的褐色。「我很願意在這座花園裡工作，」瓊斯先生看著周遭說。「這地方太好了。」

「謝謝你特地過來，」麥克連太太說。「我的確需要幫手。」

溫寧太太不作聲的坐著，她不想在瓊斯先生面前說話。她想，她真該先問過我，這根本不可能……瓊斯先生默默的站著，恭敬的聽著，麥克連太太在說話的時候，他的黑眼睛注視著她。「這些工作讓比利這樣一個小孩子來做確實太重了，」她說。「我一個人實在忙不過來，所以才想找個人來幫忙。」

「那好，」瓊斯先生說。「這個忙我一定幫得上。」他微微笑著說。

「好，」麥克連太太說：「那，就這麼說定了。你想什麼時候開始？」

「馬上就開始行嗎？」他說。

「太棒了，」麥克連太太熱烈的說，接著側過臉對溫寧太太說：「不好意思，失陪一下。」她從門邊的架子上取下園藝手套和大草帽。「天氣太好了，你說是不是？」她隨口問著，踏進了花園，瓊斯先生站開一邊讓她過。

「你回去吧，比利。」瓊斯先生邊走邊喊，他們走向屋子的一側。

「啊，為什麼不讓他留下來？」麥克連太太說。他們走出了視線，溫寧太太能聽見她的聲音。「他可以在花園裡玩，說不定他會喜歡……」

溫寧太太坐在那裡對著花園看了一會兒，瓊斯先生跟隨著麥克連太太走到拐角，這時，霍華的小臉出現在門邊，他說：「嗨，是不是該回去吃飯了？」

「霍華，」溫寧太太輕聲的說，他進來走到她身邊。「你先回去，」溫寧太太說。「我一會兒就回來。」

不等霍華抗議，她又說：「快走吧。你要是提得動，順便幫我把這包東西帶回去。」

霍華被她後面這句話打動了，他立刻提起那包雜貨，包裹的重量使得他的肩膀一緊，以他的年齡來說，他的肩寬已經超出了正常的寬度，這一點完全像他的父親和祖父，他站得穩穩的。「我是不是很強壯？」他得意非凡的問。

「非常強壯，」溫寧太太說。「跟奶奶說我馬上回來。我得跟麥克連太太說聲再見再走。」

霍華離開了，溫寧太太聽著他提了那一大袋雜貨吃重的腳步聲，聽著他穿過前門走下台階。溫寧太太站起來靠門邊站著，麥克連太太回來了。

「妳要走了嗎？」麥克連太太說，她看見溫寧太太穿上了外套。「不把咖啡喝完？」

「我得趕緊去追上霍華，」溫寧太太說。「他先跑走了。」

「真對不起，都是我害的，」麥克連太太說。她站在門口，溫寧太太的身邊，眼睛望著花園。「一切都太美好了。」她快活的笑著。

她們倆一起穿過屋子，藍色的窗簾已經掛上，藍色圖案的地毯也已經鋪在了地板上。

「再見。」溫寧太太在前門的台階上說。

麥克連太太一臉的笑容，順著她的眼光，溫寧太太轉身看見了瓊斯先生，他脫了襯衫，壯碩的背部在太陽下閃閃發亮，他正彎著腰拿著大鐮刀在處理屋旁的野草。比利在附近樹蔭底下躺著，在逗弄一隻灰色的小貓咪。「我不久就會有一座全鎮最美的花園了。」麥克連太太自豪的說。

「今天以後妳不會再找他來打工了吧？」溫寧太太問。「妳頂多只是叫他做今天一天的工吧？」

「可是其實——」麥克連太太露出勉為其難的一個笑容，不再說下去，溫寧太太抱著懷疑的眼光對她注視了一會兒，轉過身，生氣又尷尬的走了。

霍華提著雜貨袋安然無恙的回到家，婆婆已經在排餐具了。

「霍華說妳叫他先回家，」她婆婆說，溫寧太太只簡單的應了一句，「我看時間晚了。」

翌日上午，溫寧太太下山去雜貨店，路過小別墅，她看見瓊斯先生在屋旁熟練的使著鐮刀，比利・瓊斯和大衛坐在前門階上看他幹活。「早啊，大衛。」溫寧太太招呼他，「你媽媽準備好要上街了嗎？」

「霍華呢？」大衛問，他坐著不動。

「他今天跟他奶奶待在家裡。」溫寧太太輕鬆的說。「你媽媽準備好了嗎？」

「她在給我和比利做檸檬汁，」大衛說。「我們要在花園裡喝。」

「那替我告訴她，」溫寧太太立刻說：「就說我趕時間，我要先走了。待會兒再跟她見面。」她急匆匆的下山去了。

在雜貨店裡，她遇見哈瑞斯太太，這個女人的母親之前在溫寧家為老太太工作了將近四十年。「海倫，」哈瑞斯太太說：「妳頭髮愈來愈白了。妳不要再這樣忙東忙西的了。」

幾個星期以來，這是頭一次溫寧太太在店裡沒有麥克連太太作伴，她靦腆的笑笑說她也覺得需要一個假期。

「假期！」哈瑞斯太太說。「換妳先生去做做家事，他反正閒閒沒事。」

她哈哈大笑，搖了搖頭。「閒閒沒事？」她說。「溫寧這一家人！」

溫寧太太正要走開，哈瑞斯太太搶著說，她的笑聲裡突然多了一分尖銳的好奇心。「妳那位打扮光鮮的朋友呢？平常妳們不都是一起上街的嗎？」

溫寧太太禮貌的笑笑。哈瑞斯太太說，邊說又邊笑，「真不敢相信她穿的那種鞋，我真是開了眼界。那雙鞋！」

趁她再次哈哈大笑的時候，溫寧太太立刻逃到肉攤，跟老闆熱烈的討論起豬腿肉的好壞。哈瑞斯太太只是說出了大家在說的話，她想著，難道他們在背後都是這麼說麥克連太太的嗎？他們都這樣嘲笑她嗎？想到麥克連太太，她就想到那安靜的屋子，柔和的色調，在花園裡的母與子；麥克連太太的鞋是黃綠兩色的厚底拖，跟溫寧太太的正統白皮鞋比起來當然很怪異，可是跟麥克連太太的小屋和她的花園在一起，簡直是絕配……哈瑞斯太太來到她身後，又是笑著說：「怎麼搞的，現在那個瓊斯在幫她做工啊？」

溫寧太太匆匆的趕回山上，經過小屋沒看見半個人影，婆婆在家門前等她，看著她走完最後一小段路。「今天回來得真早，」她婆婆說。「麥克連出去了嗎？」

溫寧太太沒好氣的回說：「哈瑞斯太太的那些笑話把我從店裡趕出來了。」

「露西・哈瑞斯離開她那個無藥可救的男人並沒什麼不對。」老溫寧太太說。婆媳倆一起繞過屋子走向後門。溫寧太太發覺樹林底下的小草長得又濃又綠，屋旁的金蓮花也十分亮麗。

「我有件事要跟妳說，海倫。」老溫寧太太說話了。

「是？」她媳婦說。

「是麥克連那孩子，是關於她的事，我的意思是。妳和她很熟，妳應該勸勸她，跟她好好談談那個在她家打工的黑人。」

「我也這樣想。」溫寧太太說。

「妳真的跟她說過嗎？妳跟她說了那家人的事嗎？」

「我說了。」溫寧太太說。

「他天天都在那兒，」她婆婆說。「而且打赤膊幹活，連襯衫也不穿，在屋裡進進出出。」

那天晚上，博登先生來訪，他是住麥克連太太隔壁的鄰居。他來找霍華・溫寧談工廠裡新到的一批瓦片板。溫寧太太在前面房間，坐在婆婆旁邊在桌上做針線，博登先生忽然轉向溫寧太太，略微抬高了聲音說：「海倫，我希望妳告訴妳那位朋友麥克連太太，叫她的孩子別碰我的菜園。」

「大衛嗎？」溫寧太太直覺的說。

「不是，」博登先生說，溫寧一家人全都看著小溫寧太太，「不是，是另外一個，黑皮膚的那個。他老是在我們家後院亂闖。太讓我生氣了，那孩子隨隨便便糟蹋別人的產業。你們知道，」她說著轉向兩位霍華．溫寧先生，「你們知道，那真的會教人抓狂的。」一陣靜默，博登先生沉重的站起來，「我看該向各位說晚安了。」

全家人送他到門口，然後默默無言的回屋。我必須想個辦法才行，溫寧太太想著，要不了多久大家就不會來找我了，他們會派個代表出來跟我說話。她一抬頭，發現婆婆正看著她，兩個人立刻同時垂下了眼光。

結果，第二天上午溫寧太太比平常提早下山採買，她和霍華還沒走到麥克連的小屋就先過馬路，從對街走下山。

「我們不去看大衛嗎？」霍華問。溫寧太太不當回事的說：「今天不了，霍華。今天下午你爸爸也許會帶你去工廠。」

她甚至連看都不看麥克連的小屋，只顧著趕緊跟上霍華。

那以後，溫寧太太偶爾會在雜貨店或是郵局裡碰見麥克連太太，兩個人還是聊得很愉快。經過一兩星期之後，溫寧太太對於走過小屋不再感到尷尬，甚至有一兩次她還能坦然的看著它。花園整治得愈來愈漂亮了；瓊斯先生寬厚的背部經常在樹叢中出現，比利．瓊斯不是坐在台階上，就是跟大衛在草地上躺著。

有天上午在下山的途中，溫寧太太聽見大衛·麥克連和比利·瓊斯這兩個孩子間的一段對話。他們在樹叢裡，她聽見熟悉的大衛的高八度聲音說著，「比利，你今天要不要跟我一起蓋房子？」

「好啊。」比利說。溫寧太太故意稍微的放慢腳步聽著。

「我們用樹枝來蓋一棟大房子，」大衛興奮的說：「等到房子蓋好了，我們去問我媽咪可不可以在那裡吃午飯。」

「單單用樹枝蓋不出房子來的，」比利說。「你還要有木頭和木板。」

「還有椅子桌子碗盤，」大衛贊同的說。「還有牆壁。」

「問你媽咪可不可以搬兩張椅子出來，」比利說。「那我們就可以假裝這整座花園都是我們的家。」

「我再去拿些餅乾過來，」大衛說。「那我們就可以請我媽媽和你爸爸一起來我們的家。」溫寧太太從步道走過去的時候還聽見兩個孩子在大聲嚷嚷。

你不得不承認，她好像在做批判似的對自己說，你不得不承認他確實為這座花園做了很多事；它確實是整條街上最漂亮的一座花園。而比利的表現就好像他跟大衛可以平起平坐似的。

炎炎夏日，每天都是一樣的熱，一樣的漫長，所以，那一陣小雨究竟是下在昨天還是前天，也已經分不清了。晚餐後，溫寧一家人在院子裡納涼，在暖呼呼的黑地裡，溫寧太太才有機會坐在她先生的邊上，摸一下他的胳臂；她絕無可能去教霍華熱情的撲向她，把頭枕在她的腿上，也不可能去鼓勵他踰越溫寧家的敷衍示愛方式，但是她很能安慰自己，至少他們是完整的一家人，這是實在而值得尊重的一件事。

炎熱的天氣持續著，為了延遲在大太陽底下上山的苦行，溫寧太太在雜貨店裡待的時間變長了。她在店裡跟老闆聊天，跟鎮上其他那些年輕的媽媽們，跟她婆婆的老朋友們，聊天氣，聊鎮上不願意興建游泳池的事，聊在秋季開學前必須完成的工作，聊水痘，聊懇親會。一天上午她在店裡遇見博登太太，兩個人談著各自的先生，談著天氣，談著小孩子在熱天裡的活動，博登太太話題一轉。「對了，這個星期六是強尼六歲生日，他要辦一個生日派對。霍華能來嗎？」

「太好了。」溫寧太太說，她立刻想到了他的白短褲、藍襯衫和一件包裝精美的禮物。

「大概有八個小朋友，」博登太太的口吻看似漫不經心，就像那些明明非常用心在為孩子辦派對的愛心媽媽們一樣。「要在我們家吃晚飯，當然——三點半左右把霍華帶過來就可以了。」

「真的很棒，」溫寧太太說。「他聽了一定高興極了。」

「我本來想讓他們都在外面玩，」博登太太說。「可是這種天氣。所以也準備了一些在室內玩的遊戲，還有晚餐。儘量簡單就是了——妳知道的。」她猶豫著，手指一圈又一圈的畫著咖啡罐的邊緣。「呃，」她說：「我希望妳不要介意我這樣問妳，假如我不邀請麥克連家的孩子，妳沒關係吧？」

一時間溫寧太太有些不舒服，她停了一會兒，穩住聲音輕鬆的說：「妳決定就好，我沒關係的。妳何必問我呢？」

博登太太大笑。「我還以為他沒來妳會介意呢。」

溫寧太太起了疑心。事情不對勁了，大家好像知道什麼卻瞞著我，裝出若無其事的樣子，這種情形以前從來沒發生過；我是溫寧家的人，不是嗎？「真的，」她擺出溫寧大宅的氣勢說：「我為什麼要介意呢？」我是不是太小題大作了？她心裡嘀咕著，我是不是太毛躁了？我是不是應該不去理會？

博登太太顯得很尷尬，她把那罐咖啡放回架子上，認真的研究起貨架上其他的東西。「對不起，我不該提這事的。」她說。

溫寧太太覺得她應該再說些什麼，說兩句清楚表明自己立場的話，博登太太下次就再也不敢用這種口氣對待一個溫寧家的人了，至少不會用「我希望妳不要介意我這樣問妳」的問話方式。「畢竟，」溫寧太太字斟句酌的說：「她現在就像比利的第二個媽。」

博登太太不敢置信的轉身看著溫寧太太，表情十足的說：「天哪，海倫！」

溫寧太太聳聳肩膀一笑，博登太太也笑。溫寧太太說：「我真的替那個孩子難過。」

博登太太說：「那麼可愛的一個孩子。」

溫寧太太才說了一句：「現在他和比利一天到晚都在一起。」抬起頭看見麥克連太太就站在貨架間隔道的盡頭望著她；很難判斷她到底有沒有聽見她們的談話。溫寧太太鎮定的對麥克連太太看了一會兒，不慌不忙的說：「早，麥克連太太。妳的孩子今天早上去哪了？」

「早，溫寧太太。」麥克連太太說著就離開了間隔道，博登太太抓著溫寧太太的胳膊，做出一個忍到極限的表情，兩個人再也憋不住，她和溫寧太太同時放聲大笑。

過後不久，溫寧大宅院裡楓林底下的草地依舊一片綠油油，溫寧太太每天經過小屋的路上，她注意到麥克連太太的花園持續受著酷熱的煎熬。花朵在大太陽下枯萎了，不再鮮明亮麗；青草也有些泛黃了，麥克連太太最引以為傲的玫瑰更是明顯的凋謝了。瓊斯先生始終酷酷的幹著他的活；有時彎著腰用手挖著土，有時杵在屋旁架棚子，修剪樹木，藍色的窗簾始終了無生氣的垂著。麥克連太太在雜貨店裡對溫寧太太依舊笑臉相向。有一天，她們倆在麥克連太太的花園門口遇上了，麥克連太太稍微遲疑一下說：「妳可以進來坐一會兒嗎？如果妳有時間，我想跟妳談一談。」

「可以啊。」溫寧太太禮貌的說，她跟著麥克連太太走上步道，步道兩旁仍舊花團錦簇，但不知怎麼的就是少了光彩，好像夏天的酷熱把地上的活力全部烤乾了似的。在熟悉的客廳裡，溫寧太太很有禮貌，很矜持的坐在高背椅子上，麥克連太太照舊坐在她的扶手椅上。

「大衛好嗎？」溫寧太太開口問，因為麥克連太太似乎沒有發話的意願。

「他很好，」麥克連太太說，跟以前一樣，只要提到大衛她就有了笑容。「他跟比利在後面院子裡玩。」

靜默了片刻，麥克連太太看著茶几上的那只藍碗說：「我想要問妳的是，究竟怎麼了？」

溫寧太太矜持了半天，就在等待這個問題出現。「我不明白妳的意思。」話說出口，她想，我的口氣怎麼那麼像我婆婆，同時她也發現，這種感覺很好，她很享受；不管自己到底存了什麼心，她忍不住的又說：「什麼怎麼了？」

「當然，」麥克連太太說。她盯著那只藍碗，悠悠的說：「我剛來的時候，大家都好親切，大家好像都很喜歡我和大衛，都樂意幫助我們。」

錯，溫寧太太想著，妳絕對不可以隨便說人家喜歡妳，太俗氣了。

「花園也整理得愈來愈好，」麥克連太太無助的說。「可是現在，大家連話都不跟我說了——以往我隔著圍籬對博登太太說聲『早』，她就會走近來跟我閒聊花園什麼的，現在她只說一聲『早』就回屋子裡去了——甚至大家見到我連笑都不笑了。」

這真要命，溫寧太太想，這簡直幼稚，這是在發牢騷嘛。妳怎麼對人，人怎麼對妳，她想。她好想走過去握住麥克連太太的手，請她快回頭，再回到她從前的好樣，但她只是坐得更直更挺的說：「妳肯定誤會了。我從來沒聽見人家在說什麼。」

「妳確定？」麥克連太太看著她。「妳確定那不是因為瓊斯先生在這裡工作的緣故？」

溫寧太太把下巴往上微微一抬，說：「誰會因為瓊斯而對妳不禮貌啊？」

麥克連太太送她到門口，兩個人起勁的計畫著下星期找一天一起去游泳，順便野餐，溫寧太太走下山的時候想，臉皮真厚，把過錯怪到那家有色人種身上。

夏末將至，下了陣超大的雷雨，把持續很久的熱魔咒破除了。一整夜的狂風暴雨，在樹林間掃蕩，把幼小的樹叢和花朵連根拔起；小鎮上有座倉庫被擊中了，電線被颳得打了結。早上溫寧太太打開後門，發現院子裡到處是斷裂的楓樹枝，青草幾乎全躺平了。

她的婆婆來到她身後。「風雨真大呀，」她說：「有沒有把妳吵醒？」

「我醒過一次，去看看孩子們，」溫寧太太說。「應該是三點左右吧。」

「我醒得晚一點，」她婆婆說。「我也去看了兩個孩子，都睡得很熟。」

婆媳倆一起轉身，進廚房準備早餐。

稍後溫寧太太照常下山去雜貨店；快走到麥克連的小屋時，看見麥克連太太站在屋子前面的花園裡，瓊斯先生站在她旁邊，比利．瓊斯和大衛在前門的廊簷底下。四個人沉默的看著好大一根樹枝從博登家的院子橫過來倒在花園的正中央，不但砸爛了大半的花叢，還壓垮了一個盛開著的鬱金香花壇。正當溫寧太太停下腳步觀看的時候，博登太太走了出來，她在她家的前門廊查看災情，麥克連太太喚著：「早啊，博登太太，你們家有棵樹好像有一部分倒在我們這裡了。」

「好像是。」博登太太說著就回進屋子，直接把門關上。

溫寧太太看見麥克連太太靜靜的站了一會兒。她抬起頭幾乎用一種很期盼的眼神看著瓊斯先生，她和瓊斯先生就這樣相對看了好久。然後麥克連太太說了，在風雨過後的清新空氣中，她的聲音顯得很輕快：「你看我是不是該放棄了，瓊斯先生？是不是該回到城裡，再不要看什麼花園了？」

瓊斯先生沮喪的搖了搖頭，麥克連太太垮著疲憊的肩膀，慢慢的走過去坐在台階上，大衛挨著她坐下。瓊斯先生氣憤的抓住那根粗大的樹枝，用足力氣又搖又拽，他的肩膀因為出力繃得死緊，但是粗大的樹枝只略微動一下，仍舊牢牢的卡在花園裡。

「算了，瓊斯先生，」麥克連太太說。「留給下一任住進來的人去處理吧！」

瓊斯先生仍舊不肯收手，這時大衛忽然站起來嚷著：「溫寧太太來了！嗨，溫寧太太！」

麥克連太太和瓊斯先生同時回頭，麥克連太太揮手招呼：「哈囉！」

溫寧太太轉過身，一言不發的，非常高姿態的，朝山上走，走向溫寧老宅。

小桃和我奶奶還有水手們

這是舊金山每年都有的一段時間——風輕雲淡，空氣裡瀰漫著新鮮的海味。再過些時候，大風起了，你就可以上市場大道，凡內斯街和卡尼街上逛逛，艦隊進港了。當然，那已經是好久以前的舊事，不過現在可以去金門大橋轉轉，這個時節大橋不設閘門管制，會出現很多戰艦。甚至有過航空母艦和驅逐艦，我記憶中還曾有過一艘潛水艇，在當時對我和小桃來說，它們統統都是戰艦。這些戰艦安安靜靜的浮在水面上，清一色的灰，街上滿滿的都是水手，一波接一波，逛大街看櫥窗。

我從來不知道這些艦隊進來幹什麼，我奶奶非常肯定的說是來加油的；只是每當大風吹起，我和小桃就會變得特別警覺，走路的時候兩個人靠得更緊，說話更加小聲。雖然我們離艦隊少說也有三十哩路，即使背對著大海，也能感受到那些戰艦遠遠的跟在我們後面，尤其當我們瞇起眼睛遠眺的時候，幾乎可以越過這麼大段距離，直接望見某個水手的臉。

都是那些水手惹的禍，當然。我母親跟我們說那些追著水手跑的女孩子，奶奶跟我們說那些追著女孩子跑的水手。我們告訴小桃的媽媽說艦隊進港了，她就會認真的說：「千萬別靠近那些水手啊，妳們兩個。」有一次，我和小桃那年十二歲，艦隊來了，我媽媽叫我們站在她面前，她對我們仔仔細細的看了一會兒，轉過身對我奶奶說：「我不贊成兩個年輕女孩晚上單獨跑去看電影。」我奶奶說：「荒唐，他們不會上岸跑那麼遠的，我很懂那些水手。」

但是她們早答應過的，我和小桃一星期可以看一次電影，她們派了我十歲的弟弟陪著去。這是頭一回，我們三個人一起去看電影，我媽媽再三的看著我和小桃，又很不放心的看著我那一頭紅色捲髮的弟弟，像是要說什麼，瞄了我奶奶一眼又不說了。

我們住在柏林根[12]，離舊金山說近不近，說遠不遠，所以院子裡看不見棕櫚樹，但我和小桃每年的春裝外套卻又都是到舊金山的大商場去買的。小桃的媽媽會把買外套的錢交給小桃，小桃再把錢交給我媽媽，然後在我媽媽的張羅下，我和小桃就有了同色同樣的新外套。因為小桃的媽媽身體不好，沒辦法去舊金山逛街採購，更別提帶著我和小桃了。所以每年，等到颳起大風，艦隊進港之後，我和小桃就會穿上特別為這趟行程準備的耐磨厚絲襪，各自拎著一只硬紙袋，裡頭裝著一面鏡子，一毛錢幸運幣，一條一半握在手裡、一半讓它垂下來的雪紡手帕，坐進我媽媽的車子裡，我們坐後座，媽媽和奶奶坐前面，四人一起駛向舊金山和艦隊。

我們習慣早上出發，在豬哨子餐館午餐，就在我和小桃快要吃完澆了巧克力醬和堅果粒的巧克力冰淇淋的時候，奶奶撥電話給奧立佛叔叔，約他在艦隊停泊的港邊見面。

約我叔叔奧立佛來的原因，一部分因為他是個男人，一部分因為大戰期間他在一艘戰艦上擔任過報務員，還有一部分是因為我另外一個叔叔，保羅叔叔，當時仍在海軍服役（我奶奶認為他跟其中一艘戰艦有密切的關係，那艘戰艦不知道是叫聖塔弗利塔，還是波利塔，或者也可能是卡美利塔），奧立佛叔叔可以就近打聽看有誰剛好認得他。等我們一上了小船，我奶奶就會說——那口氣彷彿她過去從來沒想到過似的：「看，那邊那個人很像一位軍官耶。奧立佛，你過去隨便問問看，看他認不認得保羅。」

奧立佛，他自己曾經也是其中的一分子，倒不覺得我和小桃會有什麼危險，何況還有我媽跟我奶奶跟著，可是他喜歡大船，所以願意陪著我們，等我們一上船他就走開了。我們幾個戰戰兢兢的走在乾淨的甲板上，怯生生的看著那些救生艇，奧立佛叔叔深情款款的摸過救生艇灰色的油漆之後，就自顧自的去找他的無線電發報機了。

每次我們在接駁碼頭跟奧立佛叔叔碰面的時候，他都會給我和小桃一人一支冰棒，他還會指著周圍的船一一把它們的名字告訴我們。他會跟碼頭上的水手聊天，或早或晚會適時的提一句，「我在海上待過，一七年的時候。」那水手就會畢恭畢敬的點點頭。離開接駁碼頭登上戰艦的扶梯時，我媽媽會悄悄的叮嚀我和小桃，「拉住裙子。」我和小桃爬著梯子，一手抓著扶手，一手抓著裙子，把裙襬整個往前攏。我奶奶總是一馬當先走在最前面，我媽媽和奧立佛叔叔殿後。上了船，我媽媽就挽起我或是小桃的手臂，我奶奶則挽住另外那個，大

⑫Burlingame，位在舊金山半島上，早期舊金山的郊區。

夥慢慢的從船頭走到船尾，凡是准我們看的地方我們全看了，除了最底層，我奶奶會害怕。

我們嚴肅的參觀了船艙，甲板（我奶奶說是船尾），信號燈，她說是船舷（對我奶奶來說左右兩邊都是船舷；她相信右舷是上方，所以最高的桅杆永遠都指向北極星）。我們還看了大砲——凡是槍砲都叫大砲——奧立佛叔叔向我奶奶掛保證，這些大砲隨時都上了砲彈的。「防止叛亂。」他這樣跟我奶奶說，算是善意的欺騙吧。

戰艦上總是有很多觀光客，奧立佛叔叔喜歡聚集一小撮年輕人圍著他，聽他解說無線電發報系統作業的過程。每當他說到他在一七年當過報務員，就有人會問：「你有沒有發過求救訊號？」奧立佛叔叔沉重的點點頭，說：「不過，今天我還是好端端的在這裡跟你們說故事。」

有一次，奧立佛叔叔在講他一七年的往事，我媽媽和奶奶還有小桃倚著船欄杆在看海，我看見一位穿著很像我媽媽的女士，就跟著她走了很長一段路，等她轉過身來，我才發現她不是我媽媽。這下我迷路了。心裡記著奶奶說過的，只要腦袋清楚人就安全，我站定一會兒，環顧四周，最後跟我單獨面對面的，是一個制服上有很多穗帶的高個子男人。那一定是船長，我想，他一定會照顧我的。他很有禮貌。我告訴他說我迷了路，我說我媽媽我奶奶我朋友小桃和我叔叔奧立佛都在船上，可是離我有一段距離，我不敢一個人走回去。他說他會幫忙我找到他們，說著他就挽起我的手臂帶我走了。走沒多久，我們就遇到我媽媽和我奶奶急匆匆的在找我，小桃拚命的跟在她們後面。我奶奶一看見我就奔過來，一把拽住我的胳膊，把我從船長身邊拉開，不斷的搖晃著我。「妳簡直把我們給嚇死了。」她說。

「她只是迷路了。」船長說。

「還好我們及時把她找到了。」我奶奶拽著我走向我媽媽。

船長鞠個躬走了，我媽媽拽住我另一隻胳膊，不斷搖晃我。「妳不害臊嗎？」她說。小桃嚴肅的瞪著我。

「可是他是船長——」我才開口。

「那是他說的，」我奶奶說：「他只是一個水兵。」

「一個水兵！」我母親邊說邊東張西望的在找那艘接駁船帶我們回去。「去找奧立佛，告訴他說我們看夠了。」她對我奶奶說。

由於那晚發生的事情，從此去看艦隊就成了絕響。像往常一樣，我們先把奧立佛叔叔送回家，再由我媽媽和我奶奶帶著我和小桃去「旋轉木馬」吃晚餐。每回我們都在參觀完艦隊之後到舊金山晚餐，看一場電影，入夜時分才回柏林根。我們一直都在「旋轉木馬」餐館吃晚飯，那裡的飯菜都放在旋轉台上，轉到你面前的時候就可以隨手拿起來吃。選擇這家餐館是因為我和小桃都愛，它就在艦隊附近，稱得上是舊金山最危險的一個地方，因為每拿一道菜妳就得付一毛五，一道接一道的計算，我和小桃完全抱著豁出去的心態。這最後一晚，我和小桃損失了四毛五，最主要的原因是小桃不知道那份摩卡奶油甜點裡面放了一堆椰子。我和小桃選的電影客滿，電影院外面的查票員卻跟奶奶說有很多空位。我媽媽拒絕排隊等退錢，所以奶奶說那就進去吧，碰碰運氣說不定會有座位。一發現兩個位子空著，奶奶就把我和小桃推上前，我們坐了下來。電影放到一半，小桃旁邊的兩個位子空了，我們趕緊找我奶奶和我媽媽，小桃東張西望的，忽然一把抓住我的胳膊。「妳看。」她的口氣好像在怨嘆，只見兩個水手朝著這兩個空位走了過來。他們到達的時候，正巧我媽媽和我奶奶從另一頭往這邊走，我奶奶像個大聲公似的說：「你們不要騷擾這兩個女孩啊。」隔幾排剛好又空出了兩個位子，她們只好將就著坐了下來。

坐我邊上的小桃挨過來巴著我的手臂。

「他們在做什麼？」我小小聲問。

「他們只是坐著，」小桃說。「妳看我該怎麼辦？」

我小心謹慎的彎著身體偷看。「別理他們，」我說。「說不定他們就會走開了。」

「妳可以說話，」小桃慘兮兮的說：「他們又不坐在妳旁邊。」

「可是我就在妳旁邊，」我理智的說：「那是很近的。」

我又把身體向前傾。「他們在看電影。」我說。

「我受不了了，」小桃說。「我要回家。」

恐慌的感覺壓倒性的漫了上來，所幸媽媽和奶奶看見我們在通道上狂奔，立刻帶我們出了電影院。

「他們說了些什麼？」奶奶嚴厲的問。「我去告訴查票員。」

我媽媽說只要小桃鎮定下來能好好說話，她就帶我們去隔壁的茶店請我們一人喝一杯熱巧克力。進到店裡坐下來之後，我們對我媽和我奶奶說現在覺得好多了，我們把熱巧克力改成了巧克力聖代。小桃甚至又開心起來了，就在這時店門推開，兩名水手走進來。小桃筆直的跳起來，躲到我奶奶的椅子後面，抖索索的緊緊抓著我奶奶的手臂。「不要讓他們看到我，」她哭喊著。

「他們跟蹤過來的，」我媽媽緊張的說。

我奶奶兩手攬著小桃。「可憐的孩子，」她說：「和我們在一起妳很安全。」

那天晚上小桃待在我們家過夜，她不敢回去。我們派我弟弟去小桃家，告訴她母親小桃跟我睡，還告訴小桃的母親她買了一件車了公主線的灰呢大衣，很實穿，襯裡很厚很暖和。那一整年她都穿著。

第三部

沙斯郡奧梭．史都華家的寡婦，瑪格麗特．傑克森出庭應訊，被法官問及施巫術的罪行時，她在供詞中供稱……大約四十年前，她在帕洛克肖農場上揹木柴，一個很黑的男人來找她，她將自己徹底的奉獻給了這個很黑的男人，從頭到腳，徹底的奉獻；這事是在被告放棄施洗之後發生的；妖人的名字，據他所說，叫做路卡斯。隔不久，在一月三日或四日那天，她夜裡醒來，發現有個男人睡在她的床上，當時她認為那是她的丈夫；其實她丈夫已經死了將近二十年，那個男人瞬間消失不見：她供稱，消失不見的男人就是魔鬼。

——**約瑟夫．格蘭威爾**《巫與妖魔的實證》

對談

醫生看起來很專業很體面。阿諾太太稍微放心了，不安的情緒也稍稍緩和了一些。她傾身讓他為她點菸時，她知道他已經注意到她的手在發抖，她帶著歉意的笑笑，他卻一臉嚴肅的看著她。

「妳好像很煩躁。」他嚴肅的說。

「我確實很煩躁。」阿諾太太說。她試著放慢速度，有條有理。「這是我特地來看你的原因，這次我沒去找墨菲大夫——我們常看的那位醫生。」

醫生微微皺了皺眉。「我先生，」阿諾太太繼續。「我不想讓他知道我很擔心，墨菲大夫很可能會認為這事必須告訴他。」醫生點點頭，不置可否，阿諾太太注意到了。

「是什麼問題？」

阿諾太太深呼吸。「醫生，」她說：「怎麼看得出一個人瘋了？」

醫生抬起頭。

「真糟糕，」阿諾太太說。「我其實不是這個意思。不這麼說，我也不知道該怎麼說才好。」

「瘋狂這件事比妳想像的來得複雜。」醫生說。

「我知道很複雜，」阿諾太太說。「這是我唯一可以確定的一件事。我的意思，瘋狂就是。」

「對不起，妳的意思是？」

「這就是我的麻煩事，醫生。」阿諾太太往後靠，從包包底下拿出手套，仔細的把手套放在包包上，然後把手套拿起來，再放回到包包底下。

「妳不妨說出來聽聽。」醫生說。

阿諾太太嘆口氣。「別人好像都明白，」她說：「就我不明白。哪。」她身體向前傾，說話的時候一隻手比劃著。「我不明白人們的生活方式。本來一切都那麼的簡單。在我小的時候，我生活的那個世界裡，好多人也都生活著，大家一起過日子，一切都安安穩穩的。」她看著醫生。他又開始皺眉，阿諾太太繼續，她的聲音略微提高了。「哪。昨天早上我先生在上班的路上買了份報紙。他總是買《時報》，總是在同一個攤位買，昨天那個攤位上《時報》賣完了，晚上他回家吃晚飯，他說魚燒焦了，甜點太甜了，他整晚就坐在那裡自言自語。」

「他可以換個攤位去買買看，」醫生說。「城裡的報攤往往比本地報攤的報紙到得晚些。」

「不是，」阿諾太太說得很慢很清楚，「我想我最好再說一遍。在我小的時候——」

她說，忽然又停下來。「哪，」她說：「有沒有所謂身心失調的藥物？或者國際卡特爾組織？或者官僚集權？」

「這個——」醫生開始說。

「它們究竟是什麼意思？」阿諾太太堅持到底。

「處在國際危機的這段時間裡，」醫生溫和的說：「比方說，妳會發現一些文化模式迅速的崩壞……」

「國際危機，」阿諾太太說。「模式。」她開始默默的哭泣。「他說那個人沒有權力不為他保留一份《時報》，」她歇斯底里的說，一面往口袋裡找手帕。「接著他就開始講地方上的社會計畫和附加稅的徵收，地理政治學概念和緊縮型的通貨膨脹。」

「阿諾太太，」醫生繞過辦公桌，「這個情況我們真的幫不上忙。」

「那什麼才能幫得上忙呢？」阿諾太太說。「是不是除了我，大家都瘋了？」

「阿諾太太，」醫生慎重的說：「我希望妳要自我克制。在現在這樣一個混沌不清的世界，疏離現實經常——」

「混沌不清，」阿諾太太說。她站了起來。「疏離，」她說。「現實。」醫生還來不及阻止，她已經走到門口打開門。「現實。」她說著，走了出去。

伊麗莎白

鬧鐘響的時候，她正躺在陽光熾熱的花園裡，四周的草坪一望無際。鬧鐘的聲音惹人厭，一種不得不理會的警訊；她在豔陽下不自在的動了動身子，知道自己醒了。她睜開眼，在下雨，她看見窗戶白色的輪廓襯著灰色的天空，她翻個身想要把臉埋在那一片青草地裡，但現在是早上，習慣在叫她起床，硬生生的把她拖進這個悶沉沉的下雨天。

肯定已經過了八點。鬧鐘說的，暖爐的葉片開始劈啪作響，兩層樓底下的街道上聽得見吵雜的人聲。她勉強把腳從毛毯裡抽出來踩到地板上，勉強把自己撐在床鋪的邊沿。等到她站起來，穿上浴袍，無聊乏味的一天又這樣開始了，經過第一波與鬧鐘的拉鋸戰之後，她開始做例行事務：淋浴，化妝，穿衣，早餐，這是一天的開始，讓她可以忘掉那一片青草地和熱烘烘的太陽，讓她可以期待晚餐和夜色。

因為下雨，又沒什麼大事，她隨便抓了件衣服穿上；一身灰呢套裝，她知道她太瘦，這套衣服不合身，揹在身上顯得好重，裡面搭了一件怎麼穿都不舒服的藍襯衫。她對自己的臉太熟悉了，也用不著花時間慢慢上妝，每天到下午四點左右，瘦削蒼白的臉頰會發熱，看起來比較飽滿，口紅的顏色配上她的黑髮感覺太紫，穿了藍襯衫，眼睛應該上一些粉彩，可是今天早上她想，其實，幾乎每天早上站在鏡子前面她都會這樣想，但願我是個金髮美女；她從來不肯承認的是，因為她的黑髮裡已經有了幾縷灰色的影子。

她在只有一間房的公寓裡來回穿梭，帶著一份習慣成自然的篤定；在這間小公寓裡住了四年多，對它的一切都已瞭若指掌，她需要一個庇護的時候，它給她想要的溫馨，夜裡突然醒來的時候，它穩穩的站在那裡守護著。它也會放鬆，讓自己變成一派凌亂邋遢的模樣，像今天這樣的早晨，它只想急著把她趕走，繼續去睡它的回籠覺。她昨晚看的書面朝下的趴在茶几上，旁邊的菸灰缸也沒清理；她脫下來的衣服搭在椅背上，等著今天早上送洗。

穿戴起大衣和帽子，她迅速的整理好床鋪，把皺紋拉平，把該洗的衣服塞到櫃子後面，她想，今天晚上我來吸塵、大掃除，順便清理浴室，回家之後我要洗熱水澡、洗頭、修指甲。等她鎖上房門，下樓梯的時候，她又想，或許我可以順便買幾塊鮮豔的布料回來做沙發套和窗簾。可以利用晚上的時間來做，以後早上醒來的時候，這屋子就不會顯得那麼暗沉。黃色，對了，我可以買一些黃色的盤子，沿著牆壁擺成一排。就像《仕女》雜誌上的樣子，她站在前門口自嘲的告訴自己，年輕有為的職業婦女和她的一房豪宅。最適合接待一位年輕有為的職業男士。但願我能夠有一個可以收折的，一邊是書櫃，一邊是書桌，打開就是一張十二人座大餐桌的東西。

她站在門內，正一邊戴手套，一邊希望雨快快停的時候，樓梯口的一扇房門打開了，一個女人說：「誰啊？」

「是我，史泰爾小姐，」她說：「安德森太太嗎？」

門開得更大，一個老女人探出頭來。「我還以為是常去妳那裡的那傢伙，」她說。「我一直想找他，他老是把雪橇擱在門外，害我差點把腿都折斷了。」

「我真希望不必出去。這種壞天氣。」

老女人走出房間走到前門口。她撩開門簾，抱著胳膊往外看。她穿著髒兮兮的家居服，兩相對照，史泰爾小姐的灰呢套裝突然顯得乾淨又暖和。

「我等著逮住那傢伙已經等了整整兩天了，」老女人說。「他神出鬼沒的，進進出出都沒一點聲音。」她吱吱歪歪的笑著，拿斜眼瞟著史泰爾小姐。「前天晚上差一點就給我逮著了，」她說。「他還是那樣悄悄的下樓。給我瞧個正著，」她又是一陣吱吱歪歪的笑聲。「我猜想所有的男人都是悄悄的下樓。好像都在害怕什麼似的。」

「啊，時間差不多了，我看我得走了。」史泰爾小姐說。她仍舊站著不動，在踏出門口走進雨裡，走進人群之前，她還是猶豫著。她住的這條街很安靜，再過一會兒就會有孩子們的嬉鬧聲，好天氣的時候，有一個街頭藝人在這一帶演奏手風琴，今天下雨，所有的一切看起來都髒髒的。她討厭穿雨鞋，因為她的腳纖細好看；下雨天她習慣走得很慢，小心翼翼的走在小水窪之間。

時間很晚了，轉角的藥妝店裡只有幾個人還坐在櫃台邊。她坐上高腳凳，晚就讓它晚吧，她耐心的等候店員把她點的柳橙汁送過來。「哈囉，湯米。」她無精打采的說。

「早，史泰爾小姐，」他說：「天氣真差。」

「可不是，」她說。「不出門的好日子。」

「今天早上我人是來了，」湯米說。「但我心裡只想回家睡大覺。真該有一條下雨不上班的法律。」

湯米矮小醜陋機靈。看著他，史泰爾小姐想著，他跟我一樣，每天早上不得不起床上班，全世界的人都一樣；這陣雨，在起床上班和一大堆的爛事當中，不過是一個點綴而已。

「下雪沒關係，」湯米繼續說著，「天熱也沒關係，我就是討厭下雨。」

他突然回頭，有人在叫他，他立刻手舞足蹈的滑向櫃台另一頭，熱誠的站到那位顧客面前。「天氣有夠差，對吧？」他說。「真希望我現在人在佛羅里達。」

史泰爾小姐啜著橙汁，回憶著夢境。花朵和暖意才上心頭，就被屋外滂沱的冷雨打得無影無蹤。

湯米端著她的咖啡和一盤吐司轉了回來。「早上只有咖啡最能提神。」他說。

「謝謝，湯米，」她無感的說。「對了，你的劇本怎麼樣了？」

湯米熱情有勁的抬起頭。「嘿，」他說：「我完成了，我本來正要告訴妳。已經全部完工，前天寄出去了。」

真有趣，她想，一個藥妝店的店員，早上要起床吃飯走路，還有模有樣的寫著劇本，就跟其他一般人一樣，就跟我一樣。「很好啊。」她說。

「我把它寄給了朋友告訴我的一個經紀人，他說那個經紀人很好。」

「湯米，」她說：「你為什麼不把權利讓給我呢？」

他大笑，垂下眼看著手裡握著的糖缽。「是這樣的，」他說：「我朋友說你們不會要我寫的這些東西，你們要的，喜歡的，都是那些從外地來的人，究竟是好是壞也弄不清楚。哼，」他激動的說：「我才不是隨便相信雜誌廣告的那種人。」

「我明白。」她說。

湯米身體向前傾。「別生氣，」他說：「妳知道我的意思，妳對妳們那行可比我清楚多了。」

「我沒生氣，」她說。湯米又匆匆忙忙的走開了，她心想——等我跟勞勃告狀去。等我去告訴他，這賣汽水的傢伙說他是個白痴。

「啊對了，」湯米從櫃台那頭走了過來，「妳看我得等多久？他們看稿要花多少時間，那些經紀人？」

「兩三個星期吧，」她說。「也許更久。」

「我想也是，」他說。「妳要續杯嗎？」

「不了，謝謝。」她說。她滑下高腳凳，走過去買單。他們說不定真會買那個劇本，她想著，那以後我就到對街的漢堡店去吃早餐吧。

她走進雨裡，看見她那班公車停在對街。她不管號誌燈，衝了過去，擠進那一群等著上車的人。也許因為湯米和他的劇本的關係，她把一肚子的火氣都發洩在推擠上面，一個女的回過頭衝著她說：「妳推什麼推？」她賭氣似的用手肘朝那女的肋骨上一頂，就先上了公車。她投完銅板，搶到最後一個空位，聽見那個女人的聲音。「就有這種人，自以為了不起，可以亂推亂擠。」她看看周遭，看有沒有人知道那女的在說誰：坐她旁邊靠窗的男人兩眼發直的盯著前面，標準一副早起無神的公車乘客模樣；前座兩個女孩望著窗外，那個女人就站在她旁邊的走道上，還在繼續說。「有些人自以為世界上只有她的事才是大事。」公車上沒一個人在聽；每個人都是濕答答的，又擠又不舒服。那女人繼續獨白——「妳以為別人都沒有搭公車的權利啊。」

她隔著那男的望向窗外，湧入公車的人群終於把那女人推離了走道。到站的時候，她反倒有些膽怯起來，她推推擠擠的走到車門口，那女人站在那裡盯著她，好像要把她的臉牢牢記住似的。「乾癟老太婆。」那女人大聲說，周圍的人哈哈大笑。

史泰爾小姐擺出不屑的表情，踩穩步子下了車，她站在街沿抬頭看，公車開走了，那女人的臉仍舊隔著車窗盯著她。她冒雨走向老舊的辦公大樓，心想，那個女人是存心等人找碴，我真該回她幾句。

「早，史泰爾小姐。」電梯服務員說。

「早。」她說。她走進電梯的鐵柵門，就往板壁上一靠。

「壞天氣，」服務員說。他稍候一會，關起了電梯門。「不出門的好日子。」

「是啊。」她說。我真該回嗆那個女的幾句，她還在想。我不該放過她的，一天居然是這樣的開始，真倒楣，我真該回嗆她，至少讓我自己舒服一點。至少讓這一天有個好的開始。

「到了，」服務員說。「妳現在總算有一段時間不必外出了。」

「真好。」她說。她出了電梯，穿過走廊走到辦公室。裡面亮著燈，把門上的「勞勃・謝克斯，文學書籍經紀公司」幾個字凸顯出來。她心情大好，想著，勞勃一定來了。

她為勞勃・謝克斯工作了將近十一年。初來紐約的那個聖誕節她二十歲，一個瘦瘦黑黑的女孩，衣服頭髮都打點得乾淨整齊，懷著適度的企圖心，手裡抓著包包，心裡害怕著地鐵。她憑著一則徵人廣告，還沒找到住的地方就先跟勞勃・謝克斯會了面。隨便看到的一則廣告，一家書籍經紀商徵求一名助理，伊麗莎白・史泰爾身邊沒有人可以商量，不知道這份工作究竟是好是壞，她怯生生的向人問了地址就去應徵了。這家經紀商是勞勃・謝克斯和一個瘦瘦的、腦筋很靈活的男人合開的，瘦子很不喜歡伊麗莎白，兩年後，她慫恿勞勃・謝克斯出來自立門戶，開了家經紀公司。公司的門上支票上全是勞勃・謝克斯的名字，伊麗莎白只管躲在她的辦公室裡，寫信，存檔，偶爾出來跟勞勃・謝克斯討論一些可行的案子。

在這八年裡，他們花費很多的心血，努力把公司打造成一個嚴謹專業的環境——一個完全不講究門面，沒空花時間討好顧客的地方。門一打開是一間很小的接待室，黃黑色的油漆已經兩年沒更新，兩張廉價的咖啡色克魯米椅子，咖啡色的油布地板，牆上有一個畫框，畫著一瓶花，畫框底下的小辦公桌，一週五天都由一位黯淡無光的威爾森小姐占據著，一面吸鼻子一面接聽電話。威爾森小姐的辦公桌之外，是一目了然的兩扇門，沒有任何延伸的效果，十分符合勞勃・謝克斯的要求：左邊的門上寫著「勞勃・謝克斯」，右邊的門上則是「伊麗莎白・史泰爾」，透過碎石玻璃門，隱約看得見緊貼著房門和牆壁的兩扇窄窗，兩間辦公室合併起來，就跟接待室的大小相仿，唯一象徵性的在保護謝克斯先生和史泰爾小姐個人隱私的，就是一塊漆得很像牆壁的人造纖維隔板。

每天上午伊麗莎白・史泰爾總是懷抱著一些想法走進辦公室，或許這個環境可以稍做改善，讓它變得比較像樣，譬如裝個百葉窗或是嵌板，或者添一個功能性的書架，擺上幾套經典文學和勞勃・謝克斯有九成把握可以脫手的一些新書。再或者添一只小茶几，放上幾本昂貴的雜誌也好。威爾森小姐覺得能有一台收音機就會很理想，但是勞勃・謝克斯想要的是有厚厚的地毯、結實的辦公桌，外加一大批祕書的豪華辦公室。

今天早上辦公室顯得比平常愉快舒服，可能因為外面還在下雨，也或者因為已經亮了燈，暖爐也開動了。伊麗莎白・史泰爾走到自己的辦公室，打開門說：「早，勞勃。」反正辦公室沒有其他人，不必假裝把隔板當成牆壁。

「早，麗莎，」勞勃對伊麗莎白說：「妳過來一下，好嗎？」

「讓我把大衣脫了。」她說。辦公室角落有一個迷你衣櫥，她擠到辦公桌後面，把大衣掛進衣櫥裡。她看到桌上有一些信件，四五封信和一只鼓鼓的信封，想必是稿件。她攤開那些信件，確定其中沒有特別重要的訊息之後，走出辦公室，打開了勞勃的那扇門。

他趴在桌上，一副專心的姿態；微禿的頭頂向著她，圓厚的肩膀把窗戶的下半部全遮住了。他的辦公室幾乎跟她的一模一樣：一個很小的檔案櫃，一張作者的簽名照，這是公司少數幾個有名的作家之一。照片上寫著「給勞勃，致上最深的感謝，傑姆。」當勞勃．謝克斯跟那些求好心切的作者會談的時候，最喜歡以它為例子。關上門，伊麗莎白離那張斜放在辦公桌邊的會客椅就只剩一步的距離，她坐下來，兩腳往前一撐。

「今天早上我全身都濕透了。」她說。

「天氣壞透了。」勞勃頭也不抬的說。只有單獨跟她在一起的時候，他才會把平常不輕易流露的真性情釋放出來，讓自己的臉上出現疲憊和愁容。他穿著他那件高級的灰西裝，待會兒，周圍有其他人的時候，他就會像一個標準的高爾夫球手，一個吃上等牛排和愛看美女的男人。「天氣壞透了。」他又重複一遍。他抬頭看著她。「麗莎，」他說：「那個該死的部長又來了。」

「怪不得你愁眉苦臉，」她說。她正準備開始抱怨，告訴他公車上遇見的女人，要求他坐要有坐相，可是現在什麼都不必說了。「可憐的勞勃。」她說。

「他寫了張字條，」勞勃說。「今天上午我就得去一趟。他又是在那間該死的出租套房。」

「你打算怎麼跟他說？」

勞勃站起來轉到窗口。只要離開座位，除了窗口，他也沒處可轉了；要是在開心的好日子，她或許會拿他的體重開個無傷大雅的玩笑。「誰知道該怎麼跟他說，」勞勃說。「我會做一些承諾吧。」

我當然知道你會，她想。苗頭不對的時候勞勃會出什麼招數，她早就摸得一清二楚。她可以想見勞勃會熱情的握著那老頭的手，嘴裡稱呼著「您老」，挺著肩膀，讚揚那老頭寫的詩：「好，您老寫得太好了。」然後什麼都滿口答應，就為了脫身。「你會給自己找來麻煩的。」她婉轉的說。

勞勃忽然快活的笑了起來。「至少有一段時間他不會再來煩我們了。」

「你應該給他打個電話，或是寫封信。」她說。

「為什麼？」她看得出他顯然對於來找麻煩，和他所謂的敷衍、不負責任的想法感到很得意；他決定先搭地鐵進城，剩最後兩條街的時候再派頭十足的叫計程車，然後跟那老頭無趣的枯坐，聊上一個鐘頭，純粹是敷衍，他稱之為假殷勤。

讓他去感覺良好吧，她想。反正去的是他，不是我。「你不應該讓人家以為公司的事由你一人獨當，」她說。「你太天真了。」

他又大笑，繞過辦公桌拍拍她的頭。「我們合作得很好，不是嗎，麗莎？」

「好。」她說。

他現在開始認真想到這一點了；他把頭抬高，聲量放大。「我會告訴他說有人想把他的一首詩蒐進選集裡。」他說。

「千萬別先給他什麼錢，」她說。「他拿得夠多了。」

他從小衣櫥裡取出大衣，特別為今天穿的高級大衣，隨便的往手臂上一搭。戴上帽子，再從桌上拎起公事包。「老頭子的詩全在這裡面，」他說。「在他面前朗讀幾首就可以殺掉不少時間了。」

「祝你旅途愉快。」她說。

他再拍拍她的頭，伸手開門。「這裡交給妳了？」

「我盡力就是了。」她說。

她跟隨他走出門，準備回去自己的辦公室。他走到一半停下來，並不回頭。「麗莎？」他說。

「怎麼？」

他想了一會兒。「好像有件什麼事要告訴妳，」他說。「沒關係。」

「午餐時候見？」她問。

「我大概十二點半回來。」他說。

他關上門，她聽見他的腳步聲強勢的走過走廊走向電梯；忙碌的腳步聲，她想著，唯恐這棟可怕的老建築物裡有人在注意的偷聽。

她在辦公桌前坐了片刻，邊抽菸邊許願，如果能把辦公室的牆面漆成淺綠色該多好。或許晚上加個班，她就可以自己動手了。漆這麼一間辦公室頂多只要一罐油漆，她挖苦的想著，說不定剩餘的油漆還夠漆整棟樓的門面呢。她熄了菸，我在這行做得夠久了，她想著，說不定哪天讓我們簽到了一個百萬金客戶，到時候就能搬進一間真正像樣的，有隔音牆的辦公樓了。

桌上的信件都沒好事。一張她看牙醫的帳單，一個奧勒岡州客戶的來信，幾張廣告，一封她父親的來信，那只鼓鼓的信封想當然是稿件。她把標著「請匯款」的廣告單和牙醫帳單扔了，把稿件和客戶的信擱下，先拆父親的來信。

他一貫的風格開頭是「最親愛的女兒」，結尾是「妳至親至愛的父親」，信中告訴她飼料店的生意不好，她加州的妹妹又懷孕了，老吉爾太太前兩天問起她，向她問好，自從她母親過世之後，他發現自己愈來愈寂寞。最後他祝她一切安好。她把信往字紙簍一扔，扔在牙醫帳單上。

奧勒岡那位客戶的來信，是想知道三個月前寄來的稿件結果如何；那只鼓鼓的信封裡裝著一份手寫稿，來自阿倫登的一個年輕人，他希望稿件立刻脫手，其他費用由稿酬中扣除。她把稿子隨便翻了翻，每翻一頁稍微看幾個字；看到一半停下來，從頭把這一整頁看完，然後又再折回頭再看。她的眼睛盯著稿紙，手伸進辦公桌最底層的抽屜，一陣翻找，從文件底下找到一本十分錢的小記事本，本子一半已經寫滿了筆記。她打開空白頁，從稿件上抄下一段，想著，這裡可以改一下，把男的改成女的；她做了筆記：「用女性，名字隨便，除了海倫。」這是故事中女人的名字。她放下記事本，把稿件推到一邊，搖起放打字機的嵌板。她取出一張紙，上頭印了「勞勃．謝克斯，文學書籍經紀公司／伊麗莎白．史泰爾，小說部門」，塞進打字機裡。她正在打年輕人的姓名和地址——平信，阿倫登這些字的時候，聽見外間的門開了又關。

「哈囉。」她打聲招呼，沒有抬頭。

「早。」

她抬頭看；這個聲音太高太孩子氣了。進來的是個高大的金髮女孩，女孩一副旁若無人的姿態走過小小的接待室。

「妳要找我嗎？」伊麗莎白問，她的手仍停留在打字鍵盤上。假如上帝要把一個客戶送上門，她想，不妨送一個「文學」一點的來。

「我要見謝克斯先生。」女孩說。她等在伊麗莎白辦公室的門口。

「他有要緊事出去了，」伊麗莎白說。「妳有沒有預約？」

女孩遲疑著，好像在懷疑伊麗莎白的職權。「好像沒有，」她終於說。「我是要來這裡工作的。」

看樣子他似乎有些事情瞞著我，伊麗莎白想著，那個沒膽的。「我明白了，」她說。「進來坐下。」

女孩有些靦腆的走進來，可是看不出任何膽怯的樣子。他可能認為這件事應該由他來管，不甘她的事，伊麗莎白想。「是謝克斯先生叫妳來這裡工作嗎？」

「是這樣的，」女孩斷定伊麗莎白是可以信任的，「星期一五點左右我在這棟樓裡每一家公司找工作，到了這裡，謝克斯先生帶我逛了一圈，他認為我滿適合這份工作。」她想了想。「當時妳不在。」她補一句。

「很可能，」伊麗莎白表示贊同。他星期一就知道了，她想，而我到星期三才發現？我是等到人家星期三來上班了才發現。「我還沒問妳的名字。」

「妲芬妮．希爾。」女孩溫順的說。

伊麗莎白在備忘錄上寫下「妲芬妮．希爾」，她看著這幾個字，那神情好像是在做什麼重大的決定，又有點像是在看「妲芬妮．希爾」這幾個字寫出來的效果。

「謝克斯先生說——」女孩才開口又停住了。她的聲音很高，稍微一激動，兩隻褐色的小眼就瞪得好大，而且拚命的眨。她的頭髮倒是不錯，淡金色，捲捲的堆在頭頂上。她看起來很俗氣很笨拙，為了第一天班還盛裝打扮了一番。

「謝克斯先生怎麼說的？」伊麗莎白問她，那女孩似乎已經整個沒了生氣。

「他說他對現在這個女孩不太滿意，他要我接她的位子，他要我今天過來，因為他昨天會跟她說我今天要來。」

「好，」伊麗莎白說。「妳應該會打字吧？」

「會一點。」女孩說。

伊麗莎白看了看打字機裡的那封信，說：「那，妳就去坐外面那張辦公桌，接接電話、看看書什麼的。」

「是，史泰爾小姐。」女孩說。

「請把我的門帶上。」伊麗莎白說。她看著女孩走出去，小心的關上門。她想對這女孩說的話還沒說完，或許等午餐的時候見了勞勃再說。

這意味著什麼呢，她突然慌張起來，威爾森小姐在這裡的時間跟我一樣久。他是不是想用自己的一套方式來整頓這間辦公室？他還不如買一個書櫃。誰來教這個怪女孩寫信接電話，做到像威爾森小姐那樣？就是我，她終於想到。要靠我把勞勃從不切實際的衝動裡拉拔出來，就跟以往一樣；為了這間悲慘的小公司，為了一個賺錢的機會，盡心盡力。而且說不一定哪天五點以後，妲芬妮會幫我油漆牆壁；說不定，妲芬妮最擅長的就是油漆。

她把注意力回到打字機裡的那封信上。給一個新客戶一份鼓勵；她心裡早有一套簡單的公式，她毫不猶豫的開始了，她打字沒有技巧也不夠專業，但是速度很快。「親愛的博登先生，」她寫著。「我們對你的來稿有高度的興趣。你的布局十分細膩，我們相信其中的角色——」她暫停下來看稿件，隨便翻了一頁——「蒙塔格女士，尤其精采。當然，為了吸引廣大的市場，故事本身必須要由一個專業的編輯做一些修潤，這是我們提供給客戶的一項最完整最實際的服務。我們的稿酬——」

「史泰爾小姐？」

伊麗莎白隔著纖維隔板說：「如果有事，希爾小姐，進來說。」

一會兒希爾小姐開門走進來。伊麗莎白可以看見她的包包放在外間的辦公桌上，口紅和粉盒擺在包包旁邊。「謝克斯先生什麼時候回來？」

「大概下午以前。他去跟一個客戶談重要的事情，」伊麗莎白・史泰爾說。「怎麼，有人來電話？」

「沒有，我只是問問。」希爾小姐說。她關上門重重的走回她的辦公桌。伊麗莎白再看了看打字機裡的信，轉過椅子把兩隻濕腳擱到窗子底下的暖爐上。過一會兒，她又拉開桌子最底層的抽屜，這次她拿出一本平裝再版的懸疑小說。兩腳架著暖爐開始閱讀起來。

因為下雨，因為心情不好，因為十二點四十五分勞勃還沒回來，伊麗莎白很不舒服的坐在餐館的窄椅子上，她給自己點了一杯馬丁尼，看著那些無趣的人進進出出。餐館很擠，一雙雙踩著雨水進來的腳把地板都弄濕了，屋子裡又暗又悶。伊麗莎白和勞勃一星期總有兩三次來這裡午餐，從他們在附近這棟大樓裡開始營業起。第一次來的時候是夏天，伊麗莎白穿了一件輕薄的黑洋裝——她到現在還記得；只是現在不能穿了，她太瘦——戴著白色的小帽和白色的手套，面對即將展開的新生涯，既開心又興奮。她和勞勃隔著桌子手握著手，熱烈的談著：他們只打算在這棟老舊的大樓裡待一年，最多兩年，到時候他們就會有足夠的錢搬去上城區；到時候來找勞勃・謝克斯文學書籍經紀公司的客戶都會是有實力有名氣的大作家，帶來的全都是大暢銷的稿件；編輯們會跟他們一起上大館子吃午餐，喝一杯飯前酒那更是稀鬆平常的事。第一批訂購的，印有「勞勃・謝克斯，文學書籍經紀公司／伊麗莎白・史泰爾，小說部門」的公司信箋沒有如期交貨；他們就是在那天午餐的時候設計了信紙上的抬頭。

他到了，背對著餐廳門，一臉倦容。他的聲音很平靜。「總算談成了，」他說。他驚訝的看著那只空的馬丁尼酒杯。「我連早飯都還沒吃。」他說。

「跟部長談得很辛苦嗎？」

「可怕，」他說。「他希望他的詩選在今年出版。」

「你怎麼跟他說？」伊麗莎白儘量把口氣放輕鬆。那件事先擱著，有的是時間，她想著，等他有空再說。

「我不知道，」勞勃說。「我哪記得跟他說了些什麼？」他重重的坐下。「不就是盡力而為之類的。」

這意思就是他搞砸了，伊麗莎白認為。如果幹得好，他就會一五一十的說給我聽。她突然好累，肩膀垮了下來，愣愣的看著那些進進出出的人。我要怎麼說呢，她想，要怎麼說才能讓勞勃聽明白呢？

「什麼事悶悶不樂？」勞勃突然問。「又沒有誰讓妳不吃早餐就趕去該死的上城區。」

「今天早上很不好過，」伊麗莎白說。勞勃抬起頭，等著。「早上蹦進來一個新人。」

勞勃仍舊等著，他的臉有些微泛紅，斜眼瞄著她；他在等，等著看她說些什麼再決定是要道歉，還是生氣，還是當個玩笑一筆帶過。

伊麗莎白看著他；這就是勞勃，她想著。他要做什麼，他要說什麼，一個星期裡每天他會戴哪條領帶，我統統都知道，十一年來這些事我一清二楚，十一年來我一直在想辦法讓他聽懂我說什麼；十一年前我們坐在這裡，手握著手，他說我們一定會成功。「我在想當年創業我們在這裡吃午餐的情形，」她平靜的說，勞勃一臉的迷惑。「我們剛剛開始創業的那一天，」她重複一遍，說得更加明確。「你還記得傑姆・哈瑞斯嗎？」勞勃點點頭，微微張著嘴。「我們應該會賺大錢的，因為傑姆打算把他的朋友全部引介給我們，後來你跟傑姆打了一架，從此就沒再見過他，他的朋友一個也沒上門，現在我們手上的客戶就是你那位部長朋友和你辦公室牆上那幅傑姆的畫。簽了名的，」她說。「簽了名，還寫了『敬贈』，他要是賺錢，我們還可以去跟他周轉一下，甚至是現在。」

「伊麗莎白。」勞勃說。他面有難色，一方面覺得很受傷，一方面又怕別人聽見她說的話。

「甚至連我家轉角藥妝店的那個男孩。」伊麗莎白盯著他看了一會。「妲芬妮・希爾，」她說。「天哪。」

「我明白了，」勞勃意味深長的笑了笑。「妲芬妮・希爾。」看見女服務生過來，他轉身。「小姐，」他大聲說，再轉向伊麗莎白，「我看妳應該再喝一杯，讓心情好一點。」女服務生在看他，「兩杯馬丁尼。」他說完再回頭面對伊麗莎白，臉上堆著笑。「我乾脆喝早餐吧。」他說著把手搆過去碰了碰伊麗莎白的手。「聽我說，」他說：「麗莎，原來妳惱的是這件事。我真是笨，我還以為妳怕我把部長的事搞砸了。聽我說，妲芬妮這件事沒什麼不對，我只是想換個人讓這個地方看起來明亮一些。」

「你可以油漆牆壁。」伊麗莎白毫無表情的說。見勞勃看著她，她又說：「沒事。」他神情嚴肅的傾身向前。

「這樣吧，」他說：「如果妳不喜歡這個妲芬妮，叫她走就是了。一點問題也沒有。我們還是合作無間啊。」他別開視線，若有所思的笑著。「我記得那些日子，沒錯。我們會創造奇蹟的。」他降低了聲音，憐愛的望著伊麗莎白，「我認為我們還是可以的。」

伊麗莎白忽然沒來由的哈哈大笑。「以後你下樓梯必須走得更輕一點，」她說。「大樓管理員的太太以為你就是把雪橇放在走廊上的那個人，害她差一點摔斷腿。」

「別開我玩笑了，」勞勃說。「伊麗莎白，看見妳為了妲芬妮．希爾這樣的人心煩，令我很難過。」

「那可不。」伊麗莎白說。忽然間她把勞勃看成了搞笑的對象。能一直維持這種感覺倒也好，她想，沒事開個玩笑捉弄一下。「哪，你要喝的早餐來啦。」她說。

「小姐，」勞勃對女服務生說。「我們要點午餐。」

他慎重的把菜單遞給伊麗莎白，一面對女服務生說：「雞肉捲和炸薯條。」伊麗莎白說：「一樣，謝謝。」順手遞回了菜單。女服務生走開，勞勃端起一杯馬丁尼交給伊麗莎白。「妳很需要這個，女孩。」他說。他拿起另外一杯，看著她，又再一次降低了聲音，同樣是充滿感情的口氣，說：「敬妳，還有我們成功的未來。」

伊麗莎白露出甜美的笑容，淺嘗一口。她看得出勞勃在做掙扎，他不知道該一口氣喝光，還是假裝沒興趣似的慢慢啜飲。

「喝得太快會不舒服的，親愛的，」她說。「你沒吃早餐。」

他細緻的小啜一口，把酒杯放下。「現在我們來認真的討論一下妲芬妮吧。」他說。

「我認為她還是走的好。」伊麗莎白說。

他似乎很受驚嚇。「當然，如果妳希望那樣，」他硬梆梆的說。「但這好像有點說不過去，同一天叫人家來又叫人家走，就因為妳的妒忌。」

「我沒有妒忌，」伊麗莎白說。「我從來沒說我妒忌。」

「辦公室裡我就不能用一個好看一點的女孩子。」勞勃說。

「你可以，」伊麗莎白說。「我只是要一個會打字的人。」

「妲芬妮做事能力沒問題的。」

「勞勃——」伊麗莎白欲言又止。完了，她想，我不想再跟他開玩笑了；我多希望能回到像一分鐘前那樣的感覺，不要像現在這樣。她仔細的看著他，他的紅臉，稀薄泛灰的頭髮，杵在桌上的厚實肩膀；他把頭往後仰，挺著下巴，他知道她在看他。他覺得我令人生畏，她想，他是個男人，現在他在恫嚇我了。「讓她留下來吧。」伊麗莎白說。

「總算，」勞勃往後靠，服務生把餐盤放在他前面，「總算，」服務生離開，他繼續把話說完，「我在自己的公司畢竟還是有雇用人的決定權。」

「我知道。」伊麗莎白無可奈何的說。

「妳不要老是為一些小事情小題大作。」勞勃說。他嘴角向下垮，拒絕接觸她的眼光。

「我可以自己管理這間公司。」他再重複一遍。

「我哪天真要是離開了，你會怕得要死，」伊麗莎白說。「吃你的午餐吧。」

勞勃拿起叉子。「當然，」他說：「如果只是因為妒忌而破壞了原本愉快的合夥關係，那太可惜了。」

「放心，」伊麗莎白說：「我哪裡都不會去的。」

「希望如此。」勞勃說。他認真的吃了一會兒。「這樣吧，」他忽然放下刀叉說：「我們先試用她一個禮拜，到時候如果妳還是覺得她不比威爾森小姐好，就讓她走。」

「可是我不——」伊麗莎白才起了個頭，隨後又改口說：「好。這樣我們就可以發現她究竟合不合適了。」

「好主意，」勞勃說。「現在我覺得舒服多了。」他又把手搆過桌面，這次只拍拍她的手。「麗莎真是好得沒話說。」

「你知道嗎，」伊麗莎白說：「我覺得好有趣。」她望著店門口。「我好像看到了一個熟人。」

勞勃轉身朝門口看。「誰？」

「你不認得的，」伊麗莎白說。「我家鄉的一個男孩。應該不是同一個人。」

「妳在紐約老是以為碰見了熟人。」勞勃說著回過身拿起叉子。

伊麗莎白想著，八成是因為跟勞勃談起從前，外加喝了兩杯的關係，我已經多少年沒想起法蘭克了。她哈哈大笑，勞勃停下刀叉說：「妳到底怎麼了？人家還以為有什麼問題呢。」

「我只是在想，」伊麗莎白說。一時間她覺得非要向勞勃說出來不可，她已經把他看成最熟稔的老友，幾乎就像是自己的老公。「我已經多少年沒想起這傢伙了，」她說。「一大堆的往事一下子全部回籠了。」

「過去的男朋友？」勞勃毫無興趣的說。

聽到這句話，伊麗莎白心中又興起一陣跟十五年前完全相同的慌亂。「啊，不是不是，」她說。「他帶我去跳過一次舞。是我母親打電話給他的母親，請他帶我去的。」

「加巧克力醬的巧克力冰淇淋。」勞勃對女服務生說。

「咖啡，」伊麗莎白說。「他是一個很棒的男孩。」她對勞勃說。我怎麼停不下來了？她想著，已經多少年沒去想它了。

「對了，」勞勃說：「妳有沒有告訴妲芬妮，她可以外出午餐？」

「我什麼也沒跟她說。」伊麗莎白說。

「那我們得趕快，」勞勃說。「那可憐的孩子八成餓壞了。」

法蘭克，伊麗莎白想著。「說正經的，」她說：「你跟部長做了什麼決定？」

「待會兒再跟妳說，」勞勃說：「等我理好了頭緒。目前我也不確定我們到底做了什麼決定。」

他準備突如其來的告訴我，伊麗莎白想，讓我沒時間思考。其實不就是答應自掏腰包幫部長出版那本詩集；要不就是他跑路，一切由我來收拾；再不然就是有人來告我們。如果純吃飯，法蘭克一定不會來這種地方，他一定會到一個安安靜靜，人家會稱呼他「先生」，周圍都是美女的地方。「反正也無所謂了啦。」

「確實也是，」勞勃說。他顯然覺得，在回去公司面對妲芬妮·希爾之前，有必要再做一次強調。「只要我們並肩作戰，任何事都難不倒我們的，」他說。「我們合作得太好了，麗莎。」他站起來轉身取他的大衣和帽子。他的西裝皺了，他很不自在的晃著肩膀，顯然這套西裝令他很不舒服。

伊麗莎白喝完最後一口咖啡。「你愈來愈胖了。」她說。

他盯著她，眼神惶恐。「妳覺得我又該節食了嗎？」他問。

他們一起走進電梯，各自占著一個角落，怔怔的望著電梯的鐵柵欄，想著各自的心事。

從他們搬進這棟樓起，這座電梯每天上上下下何止六次八次，甚至連十次都有，兩人有時候開心，有時候彼此生悶氣，有時候開懷大笑，有時候吵得不可開交；電梯管理員很可能要比伊麗莎白的女房東或是勞勃辦公室對門的那對年輕夫婦更了解他們，他們每天還是要進這座電梯，電梯管理員還是每天彬彬有禮的跟他們說話，背對著他們站在那裡，跟著上上下下，偶爾稍微介入他們的爭吵，儘量保持微笑。

今天他說：「天氣還是很糟啊？」勞勃說：「糟透了。」管理員說：「應該訂個法律來制止它。」他讓他們出了電梯。

「真不知道他怎麼看我們的，那個管理員。」伊麗莎白跟隨勞勃走進走廊。

「可能他只想能夠有機會離開那座電梯，坐坐辦公室吧。」勞勃說。他打開辦公室的門說：「希爾小姐？」

妲芬妮・希爾坐在接待處的辦公桌前，正在看伊麗莎白外出午餐時留下的懸疑小說。

「哈囉，謝克斯先生。」她說。

「妳從我桌上拿來的嗎？」伊麗莎白太驚訝了，不假思索的說。

「這樣不對嗎？」妲芬妮問。「我實在沒事可做。」

「我們可以找很多事讓妳做，小姐，」勞勃誠心的說，神氣活現的樣子又出來了。「抱歉讓妳等這麼久還沒吃午餐。」

「我已經出去買了些東西吃了。」妲芬妮說。

「太好了，」勞勃說，他朝伊麗莎白瞄了一眼。「這些事我們都需要好好的來安排一下。」

「今後，」伊麗莎白犀利的說：「沒有經過允許不要隨便進我的辦公室。」

「沒問題，」妲芬妮有些吃驚。「妳要把書拿回去嗎？」

「妳留著吧。」伊麗莎白說。她走進了自己的辦公室關上門。她聽見勞勃在說：「史泰爾小姐不喜歡別人動她的東西，希爾小姐，」接著，「請來我辦公室一下。」還真的好像隔開了好幾個房間似的，伊麗莎白想。她聽見勞勃快步走進他的辦公室，妲芬妮咚咚咚的跟在他後面，門關上了。

她嘆著氣想著，只要我假裝真的有隔間，勞勃就會當真。她發現打字機上除了臨走時打了一半的信件之外，還豎著一張字條。她拿起字條用心的看著，暫時不理會隔間那邊那個員工的說話聲。字條是威爾森小姐寫的：

「史泰爾小姐，沒人告訴我有個新來的女孩，因為我已經做了這麼久，我覺得妳應該要知會我一聲。我想她一定可以靠自己學習這些工作。請轉告謝克斯先生，請他把我的薪水寄到我家，地址在檔案裡，他知道的。有一位羅伯．亨特先生來電話找妳，希望妳回他一個電話，他住在旅館裡，愛迪生之家。請轉告謝克斯先生務必要把錢寄過來，這個月算到今天一共是兩個星期，外加臨時通知有一個星期的加發。愛莉絲．威爾森。」

她肯定氣瘋了，伊麗莎白想，等不及的要拿錢，她肯定是氣瘋了，我猜第一個告訴她的人是妲芬妮，她的感覺就跟我一樣；他絕對不會寄錢給她的。她聽見勞勃的聲音在說：「這是一個很可怕的行業，稱得上是最傷心的。」他在談兼職寫作，她想，妲芬妮很可能是在傾訴她的生活史。

她走出自己的辦公室轉到勞勃的門口，敲敲門。如果勞勃問：「哪位？」她想，那我就說：「電梯管理員，我上來坐一會兒。」結果，勞勃說：「進來吧，麗莎，幹嘛那麼見外。」

「勞勃，」她開了門說：「威爾森小姐來過，留了張字條。」

「我忘記告訴妳了，」妲芬妮說：「我還沒來得及說。她說要謝克斯先生把錢寄給她。」

「真是遺憾，」勞勃說。「她應該昨天就告訴我的。她這麼做實在太不應該了。」妲芬妮坐在唯一的另外一張椅子上，他猶豫半天說：「坐這裡吧，麗莎。」

伊麗莎白等他準備要站起來了才說：「沒關係，勞勃，我要去工作了。」

勞勃仔細的讀完威爾森小姐的短信。「希爾小姐，」他說：「記下來，支付威爾森小姐的薪水和她要求加發一個星期的款項。」

「我沒有記事本之類的東西。」妲芬妮說。伊麗莎白從勞勃桌上拿了一本便條紙和鉛筆遞給她，妲芬妮慎重的把這句話記在本子的第一頁上。

「這個亨特是誰？」勞勃問伊麗莎白。「妳以前的男朋友？」

我就知道不該告訴他的，伊麗莎白想。「好像是我父親家鄉的一個老朋友。」

「那最好回個電話。」勞勃把字條遞還給她。

「我會，」伊麗莎白說。「你不覺得也該寫封信給威爾森小姐解釋一下？」

勞勃顯得有些煩躁，他說：「這件事今天下午由希爾小姐來辦吧。」

伊麗莎白儘量不去看妲芬妮，說：「好主意，正好給她一些事情做。」

她走出去輕輕的關上門，為了表面上的隱私，她走進自己的辦公室也順手把門帶上。她知道勞勃一定會聽她講電話；她腦子裡升起一幅奇怪的畫面，勞勃和妲芬妮，兩個人安靜的坐在辦公桌的兩邊，兩張嚴肅的大臉微微轉向隔間板，用心聽著伊麗莎白和她父親的老友通電話。

她查看電話簿裡旅館的號碼，聽著勞勃說：「就告訴她說我們由衷的感到抱歉，但形勢非我所能掌控之類的。口氣儘量輕鬆愉快。記得告訴她日後如有新的職位，我們一定最先考慮到她。」

伊麗莎白撥了電話，同時等待著勞勃那邊突然的靜默。她請旅館職員轉接羅伯・亨特先生，他接起了電話，她把聲音壓低，說：「羅伯叔叔嗎？我是莎莎。」

他熱誠的回應。「莎莎！好高興聽到妳的聲音。媽媽以為妳太忙了不會回電話的。」

「她跟你一起來的？太好了，」伊麗莎白說。「你們兩個都好嗎？爸好嗎？」

「都好，」他說。「妳好嗎，莎莎？」

她繼續壓低音量。「很好，羅伯叔叔，過得滿好的。你到這裡多久了？準備待多久？我什麼時候可以看到你？」

他大笑。「媽媽在那頭跟我說話，妳在這頭跟我說話，」他說。「妳們兩個說的話我一個也聽不清楚。最重要的，妳好不好？」

「我很好。」她再說一遍。

「莎莎，」他說：「我們好想看見妳。有太多話想跟妳說了。」

「我非常忙，」她說：「不過我很想跟你碰個面。你會待到什麼時候？」

「明天，」他說。「只來了一兩天而已。」

她飛快的盤算著，聲音並不中斷，「哎呀，」口氣遺憾又沮喪，「你為什麼不早點讓我知道呢？」她說。

「媽媽要我告訴妳大家都好愛妳想妳，」他說。

「我好難過，」她說。內疚加強了她的語氣。「我不知道怎麼才能跟你見到面。不然明天上午呢？」

「這，」他說得很慢，「媽媽一心想要明天去長島看她姊姊，明天一早就要去車站了。我們在想今天晚上看妳可不可以跟我們見個面。」

「天哪，」伊麗莎白說：「今天晚上我有個飯局，不能取消的。是跟一個客戶，」她說：「你知道的。」

「真是太不巧了，」他說。「我們要去看表演，本來想妳可以一起去。媽媽，」他叫著，「我們去看的表演叫什麼？」他等了一會說：「她也不記得了。是旅館幫我們買的票。」

「我好希望我能去，」她說：「我真的好希望我也能去。」她不去想他們因為她而多買一張票，她只想著兩個老人孤單的在一個陌生的城市裡吃著晚餐假裝歡慶的樣子。他們特別為我保留了今天晚上。「如果今晚約的是別人，我無論如何一定會取消，可是這是我們最好的一個客戶，我真的不敢。」

「當然不要。」電話那頭似乎沉默了好久，伊麗莎白忍不住急切的說：「爸爸還好嗎？」

「很好，」他說。「大家都好。我想他很希望妳可以回家。」

「我猜想他一定很寂寞。」伊麗莎白儘量不讓她的聲音透露出任何訊息。她只想快點結束談話，讓自己脫離亨特兩老和她的父親還有那些絮絮叨叨的，要她回家的各種暗示。現在我住在紐約，她告訴自己，老人家的聲音持續的唱著獨腳戲，訴說著她的父親和很久很久以前她曾經認識的那些人；我現在一個人住在紐約，我用不著再記得那些人；現在我肯跟他說話，羅伯叔叔應該高興了。

「我好高興你來電話，」她突然卡進他的聲音裡說。「我必須回去工作了。」

「當然當然，」他滿懷歉意的說。「好，莎莎，給我們大家寫寫信，好嗎？媽媽要我向妳問好。」

他們抓著我不放，她想；他們還想阻撓我，用那些信件，用「妳至親至愛的」那些字眼，用不斷你來我往的愛。「再見。」她說。

「找時間回老家來看看。」他繼續。

「我會的。再見。」伊麗莎白說。她正準備在他的「再見」聲中掛上電話，不料，

「啊，等等，莎莎——」他忽然又想起了什麼。我真的受不了了，她想。

現在她開始聽見隔壁辦公室勞勃的聲音了，「對於接電話之類的事情我想妳應該都知道了。」

「是的。」妲芬妮說。

伊麗莎白轉向打字機，面對那一封永遠打不完的博登先生的回信，勞勃和妲芬妮・希爾還在談話，提到一些客戶的名字和接待室辦公桌上的兩個分機按鈕，接著她聽見他們一起走到接待室，在試分機，兩個小朋友，她想著，在扮家家酒。偶爾她會聽見勞勃的笑聲，過了一會兒，妲芬妮也在笑，很慢很驚訝的笑聲。儘管她努力集中精神在回覆博登先生關於稿酬的事，耳朵卻忍不住跟著勞勃和妲芬妮遊走在辦公室裡。有一兩次，說話的聲音超出了原來的音量，他聽見勞勃用非常世故的口吻說：「一個安靜的小餐館。」他的音量降回到原來的謹慎，她告訴自己，他在說以後談話的地點。她不作聲，她不要表現得像一個入侵者，她等

著妲芬妮在接待處坐定了，勞勃也開始回自己的辦公室了。她才說：「勞勃？」

沒有聲音，忽然他走了過來打開她辦公室的門。「妳知道我不喜歡妳隔著辦公室吼。」他說。

她停頓一下，轉換語氣。「我們今天晚上要一起吃飯吧？」她問。他們一星期在一起晚餐四到五次，通常就在平時午餐的那間餐館，要不就在勞勃或伊麗莎白的住家附近找個小餐館。當她看見勞勃的嘴角往下垮，不著痕跡的把頭側向外面那間辦公室的時候，她把聲音略微提高了。「我今天晚上特地推掉了一些約會，」她說。「我有很多事要跟你談一談。」

「說實話，麗莎，」勞勃說，聲音很低，速度很快，「今晚恐怕不行。」不知道他是不是在重複幾分鐘前她在電話上講的話，只見他露出一副懊惱的表情，「我今天晚上有個飯局，不能取消的，是跟一個客戶。」伊麗莎白一臉錯愕，他又說：「是部長，今天上午我答應了他，晚上跟他一起吃晚飯。剛才我一直沒機會告訴妳。」

「那當然不能取消，」伊麗莎白輕鬆的說。她等著，望著勞勃。他不自在的坐在她辦公桌的邊角，心不在焉的把玩著一支鉛筆，想離開又怕太突兀。我在幹什麼？伊麗莎白猛的驚覺，在玩捉迷藏嗎？「你為什麼不去看場電影什麼的？」

勞勃苦笑。「但願我能。」他說。

伊麗莎白伸出手把那支鉛筆拿開。「可憐的勞勃，」她說。「你太焦慮了。應該去散散心輕鬆一下。」

勞勃皺起眉頭。「為什麼？」他說。「這不是我的辦公室嗎？」

伊麗莎白儘量放柔了語氣。「你應該走出去，離開這裡幾個小時，勞勃，我是說真的。你今天下午不能再工作了。」她決定讓自己再多耍一點小小的心機。「更何況今天晚上你還得去見那個討厭鬼。」她說。

勞勃的嘴開了又閉，最後他說：「這種壞天氣，我什麼都沒辦法思考了。這雨下得我快要瘋掉。」

「我知道，」伊麗莎白說。她站起來。「去把帽子戴上，穿好大衣，公事包和其他的東西全部留在這裡，」她把他推向門口，「去電影院待一兩個鐘頭再回來，你會感覺超棒，就可以精神百倍的去跟部長談了。」

「這種天氣我不想再出去。」勞勃說。

「別說了，去刮刮鬍子，」伊麗莎白說。她開了門，看見妲芬妮·希爾在盯著她看。「去理個髮，」她邊說邊摸著他的後腦勺。「這裡有我和希爾小姐，沒問題的。對嗎，希爾小姐？」

「當然。」妲芬妮說。

勞勃有些彆扭的走進了辦公室，不一會兒就帶著濕答答的大衣和帽子走出來。

「我不知道妳為什麼一定要我出去。」他說。

「我不知道你為什麼一定要待在這裡，」伊麗莎白護送他到門口。「像你現在這副樣子，做什麼事都做不好的。」她把門打開，他走出去。「待會兒見。」

「待會兒見。」勞勃踏上了走廊。

伊麗莎白一直看著他進了電梯，才把門帶上，轉向妲芬妮・希爾。「給威爾森小姐的信寫好了嗎？」她問。

「我正在寫。」妲芬妮說。

「寫好了拿進來給我。」伊麗莎白走進自己的辦公室關起門，坐下來。法蘭克，她想著，絕對不會是法蘭克。如果是他，他一定會打招呼，我並沒有改變那麼多。如果真是法蘭克，他在這附近做什麼呢？想他有什麼用，她想，反正又找不到他了。

她從辦公桌一角取過電話簿，搜尋法蘭克的名字；沒有，她把範圍擴大一些，查H開頭的，手指順著書頁畫下來，找到了傑姆・哈瑞斯。她拉過電話，撥了號碼，等待。接聽的是一個男人，她說：「是傑姆・哈瑞斯嗎？」

「是的。」他說。

「我是伊麗莎白・史泰爾。」

「哈囉，」他說。「妳好嗎？」

「我一直在等你跟我聯絡，」她說。「好久不見了。」

「確實很久了，」他說。「只是我抽不出空——」

「我是想問你一件事，」她說。「你記不記得法蘭克・戴維斯？」

「我記得，」他說。「他現在做什麼？」

「我正想問你呢。」她說。

「啊。這個……」

她等了一會兒，再繼續，「改天我要你請我吃一直沒兌現的那頓晚餐。」

「沒問題，」他說。「我再給妳電話。」

啊有了，她想。「我們已經太久沒見面了。不如這樣吧，」她讓自己的口氣聽起來像是突發的奇想，像是完全出乎預料的一件事，「乾脆就在今天晚上如何？」他好像要開始說話，她又接著說：「我真的好想看看你。」

「是這樣的，我小妹來了。」他說。

「她不能一起過來嗎？」伊麗莎白問。

「哦，」他說：「應該可以。」

「好啊，」伊麗莎白說。「你們先來我家喝一杯，帶小妹一起，讓我們好好的敘敘舊。」

「我再打給妳？」他問。

「我馬上要出去了，」伊麗莎白直截了當的說。「今天一整個下午我都不在公司。我們就約七點吧？」

「好的。」他說。

「我好高興我們今天晚上就能見面，」伊麗莎白說。「待會兒見啦。」

掛斷電話，她在位子上坐了一會兒，手仍擱在話筒上，心想著，老好人哈瑞斯，只要人家說話一快，他就沒轍；他在這裡八成什麼樣的爛活都幹過了。她忍不住笑開了，笑聲很快中斷，妲芬妮在敲門，伊麗莎白說：「進來。」妲芬妮小心的開了門探頭進來。

「我把信寫好了，史泰爾小姐。」她說。

「拿過來吧，」伊麗莎白說，接著又補上一句，「謝謝。」

妲芬妮走進來，伸長了胳臂把信遞過來。「寫得不太好，」她說。「不過這是我自己寫完的第一封信。」

伊麗莎白對那封信掃了一眼。「沒關係，」她說。「坐，妲芬妮。」

妲芬妮拘謹的坐在椅子的邊緣。「往後靠，」伊麗莎白說。「我只有這一張椅子，我不希望妳把它坐斷了。」

妲芬妮往後靠，兩隻眼睛睜得好大。

伊麗莎白仔細的打開包包，取出一包菸，在找火柴。「等一下，」妲芬妮殷勤的說：「我有。」她衝到外面的辦公室拿了一盒火柴回來。「妳留著用，」她說：「我還有。」

伊麗莎白點了菸，把火柴放在桌子的邊緣。「哪，」她開口了，妲芬妮身體向前傾。

「妳來這裡之前在哪工作？」

「這是我的第一份工作，」妲芬妮說。「我剛來紐約。」

「妳從哪裡過來的？」

「水牛城。」妲芬妮說。

「所以妳來紐約是為了賺錢？」伊麗莎白問。我也是為此而來的呀，親愛的妲芬妮，她想著，而我已經賺到錢了。

「我不知道，」妲芬妮說。「我父親帶我們來的，因為他哥哥需要他幫忙做生意。我們一兩個月前才剛剛搬過來。」

假如我有一個能照應我的家庭，伊麗莎白想，我就不會跟著勞勃·謝克斯工作了。「妳讀到什麼學歷？」

「我在水牛城讀到高中，」妲芬妮說。「在商職也讀過一陣子。」

「妳想當作家嗎？」

「不想，」妲芬妮說：「我想做經紀人，像謝克斯先生那樣。還有妳。」她補上一句。

「這是個很不錯的行業，」伊麗莎白說。「妳可以靠這行賺很多錢。」

「謝克斯先生就是這麼說的。他很內行。」

妲芬妮這會兒膽子大多了。她敢盯著伊麗莎白的香菸看，也能安穩自在的坐在椅子上。伊麗莎白忽然覺得好疲倦；妲芬妮一點也不好玩。「我和謝克斯先生吃午餐的時候談起妳。」她刻意的說。

妲芬妮笑了。在她笑的時候，在她坐著的時候，看不出架在兩隻小腳上的身體有多大的時候，妲芬妮其實是個很吸引人的女孩。儘管褐色的眼睛很小，還有那一頭亂髮，妲芬妮其實非常有吸引力。我太瘦了，伊麗莎白邊想邊說，口氣愉悅，「我想妳最好把威爾森小姐的這封信重寫一遍，妲芬妮。」

「沒問題。」妲芬妮說。

「告訴她，」伊麗莎白繼續往下說：「叫她儘快回來上班。」

「回來這裡？」妲芬妮問，語氣中開始出現驚恐。

「回來這裡，」伊麗莎白說。她微微笑著。「恐怕謝克斯先生沒有勇氣告訴妳，」她說。「我和謝克斯先生，除了是事業上的合夥人，」她說：「也是非常要好的朋友。謝克斯先生經常利用我們的交情，把一些吃力不討好的工作都交給我來辦。」

「謝克斯先生什麼也沒跟我說。」妲芬妮說。

「我想也是，」伊麗莎白說：「尤其在我看到妳好像把這裡當成妳家似的長驅直入的時候。」

妲芬妮害怕了。她蠢到連哭都不會，伊麗莎白想，不過她還是要把話跟她說清楚。「當然，」伊麗莎白繼續，「我很不喜歡做這種事。如果我想辦法幫妳另外再找一份工作，也許妳會覺得好過一點。」

妲芬妮點點頭。

「說得更白一些，」伊麗莎白說：「因為謝克斯先生稍早特別提到這一點，就是男人都很在意的那件事——妳的外表。」

妲芬妮垂眼看著她那件前面鼓得像帳篷似的大洋裝。

「可能，」伊麗莎白說：「妳自己也已經知道了，我這麼直白真的很不禮貌，不過我認為如果不穿這身軟綢洋裝，妳給人家的印象會更好，以後找到工作也會做得更順利。妳現在的穿著，呃，好像妳真的就是從水牛城來的。」

「妳要我穿套裝之類的？」妲芬妮問。她說得很慢，並沒有懷恨的語氣。

「素淨一些，不要太張揚就是了。」伊麗莎白說。

妲芬妮上上下下的端詳著伊麗莎白。「像妳穿的這種套裝？」她問。

「套裝很好。」伊麗莎白說。「還有，試試看把頭髮梳直。」

妲芬妮溫柔的摸著她的頭頂。

「儘量梳得整齊一些，」伊麗莎白說。「妳的頭髮很漂亮，妲芬妮，如果妳把它整理得端莊些，上班看起來就更合適。」

「像妳那樣？」妲芬妮看著伊麗莎白夾著一些灰白的頭髮。

「隨便妳怎麼弄，」伊麗莎白說：「只要別像一支拖把。」她把頭一轉，盯著辦公桌，過了一會妲芬妮站起來。「把這個拿回去，」伊麗莎白舉著威爾森小姐的那封信，「照我剛才交代的重寫。」

「是，史泰爾小姐。」妲芬妮說。

「寫完信妳就可以回家了，」伊麗莎白說。「把信留在辦公桌上，還有妳的姓名地址，謝克斯先生會把妳今天的工資寄給妳。」

「我不在乎他寄不寄這些錢。」妲芬妮突然說。

伊麗莎白抬起頭，穩穩的看著她。「妳認為妳有資格批判謝克斯先生的決定嗎？」她問。

※ ※ ※

伊麗莎白動也不動的坐在位子上等著看妲芬妮的動作；一直到辦公室的門輕輕帶上，妲芬妮走回自己的辦公桌，四周一片凝重的沉默。她現在坐在座位上，伊麗莎白想著，她在考慮。然後，終於，妲芬妮的包包發出一點小小的聲響，按扣打開了，一隻手在一堆鑰匙、證件裡翻找。她在找粉盒，伊麗莎白想，她要看看我對於她外表的說法是不是真的；她在懷疑勞勃到底說了什麼，他是怎麼說的，我有沒有加油添醋或只是輕描淡寫。我應該告訴她，他說她是隻肥豬，或者她是他看到過最醜的醜東西；她可能會當場昏倒。現在她到底在做什麼？

妲芬妮非常清楚的飆了一句「該死」；伊麗莎白在椅子上往前挪，她不想漏掉任何一丁點的動靜。出現平靜的打字聲了；妲芬妮在打威爾森小姐的信。伊麗莎白慢慢的搖了搖頭，笑了起來。她拿妲芬妮給的火柴點起一支菸，火柴盒仍舊留在桌上，她無所謂的看了看回覆博登先生的那封信，信仍舊留在打字機裡。她一隻手臂勾到椅子背後，菸叼在嘴裡，用一根手指，慢條斯理的打著，「去你的，博登。」再從打字機上把這一頁撕下來扔進字紙簍裡。今天我只做了這麼丁點的事，她告訴自己，在看著妲芬妮那張臉說話之後，這些都沒關係了。她看著辦公桌，一堆待回的信，一篇等著回音的專業編輯寫的評論，一些讀者的抱怨，她想著，我要回家。回家洗個澡，打掃一下，為傑姆和他小妹準備些東西；現在就等著妲芬妮離開。

「妲芬妮？」她喊。

稍許的遲疑。「是，史泰爾小姐？」

「妳還沒寫好嗎？」伊麗莎白說，她現在有精神用比較溫和的語氣說話了。「給威爾森小姐的這封信應該很簡單吧。」

「我正準備要走。」妲芬妮說。

「別忘了留下妳的姓名地址啊。」

房間另一邊一陣靜默，伊麗莎白隔著門，提高音量，「妳聽見了嗎？」

「謝克斯先生知道我的姓名和地址，」妲芬妮說。外間的門打開了，妲芬妮說：「再見。」

「再見。」伊麗莎白說。

*

她在家附近的轉角下了計程車，付過車資，包包裡還有一張十塊錢的紙鈔和一點零錢；加上公寓裡的二十多塊，這些，在開口向勞勃要求加薪之前，就是她全部的家當了。她很快盤算一下，決定從家裡拿十塊錢出來打發今天晚上。傑姆．哈瑞斯應該會請她吃晚飯，那麼，十塊錢用來應急和付車資；明天再找勞勃拿錢就是了。包包裡的錢用來買酒和雞尾酒的材料；她在轉角的酒店買了一瓶麥酒，五分之一加侖的，下次勞勃來家裡時還有得喝。她把酒瓶夾在胳臂底下，走進熟食店，買了薑汁汽水，猶猶豫豫的選了一袋薯條、一盒子脆餅乾和鋪在餅乾上的肝泥香腸。

她不習慣招待客人；晚上她和勞勃總是兩個人安安靜靜的在一起，很少跟人接觸，除了偶爾一個客戶或者，也是偶爾，一個邀他們出去的老朋友。因為他們沒有結婚，勞勃不太願意帶她出去，也許他覺得有些尷尬吧。他們都在小飯館進餐，難得在家裡或是轉角的小酒吧喝點小酒，到附近的電影院看場電影。在伊麗莎白必須要邀請朋友來家裡的時候，勞勃都不會在場；他們曾經在勞勃的大公寓裡開過一次盛大的派對，大概是為一個客戶之類的，那個派對辦得很慘，賓主都不歡，從此以後再沒辦過，受邀的機會也只有一兩次。

所以，伊麗莎白雖然把「過來喝一杯」掛在嘴上，等到人家真的來了，結局幾乎都很糟。她爬上樓回到自己的小窩，手裡抱著，下巴抵著，全是採買來的包裹，她反覆再三的擔心著那些流程：喝酒，遞餅乾，拿外套。

屋子裡的狀況令她震驚。今天早上急急忙忙趕著出門，什麼都沒整理。再說，這間公寓是為伊麗莎白量身打造的；也就是說，這裡住的是一個每天早上趕著出門，既不快樂也沒指望的年輕女性，沒什麼能力或者根本就沒有能力表現優雅，每個孤單醜陋的黃昏都是一張椅子一本書一只菸灰缸，每個夜晚都在夢裡見到炙熱的草地和濃豔的陽光。這裡不可能會出現三五個人隨意坐著舉杯暢談的景象。夜幕初升，屋裡只亮起一盞檯燈，四邊角落暗濛濛的，看起來溫暖愜意，但是只要一坐上扶手椅，或是用手摸一摸那看起來像是上過亮漆的灰色茶几，你就會看出那廉價的椅子有多硬，那茶几也落漆了。

伊麗莎白抱著那些包裹在門口站著，用心而仔細的看著她的小窩，彷彿會有一隻愛心手把這裡全部撫平。一陣下樓的腳步聲逼使她趕緊進到屋裡，關上門，一進入屋內，憧憬全沒了。她把腳踩在毫無光澤的地板上；門把上有一個髒污的手指印。勞勃的，伊麗莎白想著。

她推開遮掩小廚房的落地窗門，把包裹放下。小廚房占著一面牆，迷你式的爐灶卡在一只碗櫥底下，冰箱上面是水槽，水槽過去是兩個架子，上面排放著她收藏的瓷器：兩個瓷盤，兩套咖啡杯碟，四只玻璃杯。另外還有一個長柄小鍋、一個煎鍋和一個咖啡壺。所有的家具都是幾年前在廉價商店買的，她規劃了一個小巧完整的廚房，有了這間廚房，她可以下廚為自己和勞勃做一些燒烤，甚至烘焙一些小派和餅乾，她穿起黃色的圍裙，三不五時的犯一點新手的小過錯。剛來紐約的時候，她的廚藝還相當不錯，能夠炸豬排和馬鈴薯，這些年來，除了偶爾犒賞自己做一些富奇軟糖之外，她幾乎沒有再接近過爐灶，那些廚藝也忘光了。烹飪，就像其他那些她所熟知的東西，是一種令她成為幸福女人最實用的知識（「最能抓住男人的心。」她母親經常這麼認真的說），只是在她現在的日常生活裡，這東西早就沒有什麼作用，頂多只是偶爾的點綴罷了。

她必須把那四只玻璃杯拿下來清洗；長久待在沒遮蓋的架子上，杯子沾滿了灰塵。她查看冰箱。牛油和雞蛋已經在冰箱裡放了一段時間，食物櫃裡的麵包和咖啡也是，她連一頓早餐都沒吃成，就已經有霉味了；因為她經常晚起，極少有時間為自己做早餐。

現在才四點半，她有的是時間打掃洗澡更衣。她最在意的是打掃；她抹桌子，清空菸灰缸，放下抹布再整理床鋪，把床單拉平。她很想把三張小地毯拿起來好好的撢一撢，再刷洗地板，可是才看了一眼浴室就令她氣餒了。待會兒他們一定會進出浴室，那地板那浴缸甚至那牆壁都需要刷洗。她打開熱水龍頭，把抹布浸泡在熱水裡，最後總算把地板抹乾淨了。她從小儲藏室裡拿出乾淨的毛巾，趁著放洗澡水的時間去收拾房間。

經過一番折騰之後，屋子看起來仍舊是老樣子；在下著雨的午後光影裡，仍舊灰暗冷淡。她掙扎著想了片刻，奔下樓去買了一些鮮花，忽然又覺得支出可能會超過；反正，他們待在屋裡的時間很短，一間有吃有喝的屋子總該顯得親切溫馨一點吧。

等她洗完澡已經快六點，天色暗得可以亮起茶几上的檯燈了。她赤腳走過房間，感受著那份乾淨清爽，聞得到自己身上的香水味，沾了熱水的頭髮微微的捲著。清爽乾淨的感覺令她興奮；今晚一定會很開心，她一定會很成功，美妙的人生一定會從今夜展開。跟著這份感覺，她從衣櫥裡挑了一件暗紅色的絲質洋裝；式樣很年輕，少了幾絲灰髮，她看上去不過二十來歲。她選了條厚重的金項鍊戴上，心想著，我可以穿那件高級的黑大衣，即使下雨也無妨，穿得好看就有好心情。

穿衣打扮的時候她想到了她的家。說實在的，這間公寓沒救了，就算掛上黃色的窗簾或是圖畫都沒用。她需要一間新的公寓，一個開朗愉快的地方，有著大窗戶和白色的家具，全天都有日照。換新公寓需要錢，她需要一份新的工作，傑姆・哈瑞斯一定會幫這個忙；今晚將會是以後一連串快樂餐會的開始，建立起一份美好的情誼，為她帶來一份新的工作，一間充滿陽光的公寓。她計畫著她的新生活，她完全忘了傑姆・哈瑞斯，忘了他那張陰沉的臉孔，忘了他尖細的聲音；他成了一個陌生人，一個挺拔黝黑的男人，用一對深情的眼睛看著她走過房間，他是一個愛慕她的人，一個深沉內斂的男人，需要陽光，需要溫暖的花園，需要如茵的青草地……

一家老字號

康寇爾太太和她的大女兒海倫坐在客廳裡，做針線聊天取暖。海倫放下手邊縫補的襪子，走向通往花園的落地窗門。「真希望春天快點來。」她正說著，門鈴響了。

「天哪，」康寇爾太太說：「這什麼公司啊！整塊地毯的線頭全鬆散了。」她彎著身子收拾著四周亂七八糟的材料，海倫過去應門。她面帶微笑的開了門，門外的女人手一伸，立刻開口說話。「妳是海倫？我是弗萊曼太太，」她說。「原諒我這個不速之客，我實在太想見妳和妳母親了。」

「妳好？」海倫說。「請進來吧？」她把門開大，弗萊曼太太進了門。她小小的，黑黑的，穿了一件很時髦的豹皮大衣。「妳母親在家嗎？」她問海倫，這時康寇爾太太從客廳走了出來。

「我就是康寇爾太太。」海倫的母親說。

「我是弗萊曼太太。」弗萊曼太太說。「鮑勃．弗萊曼的母親。」

「鮑勃．弗萊曼。」康寇爾太太重複了一遍。

弗萊曼太太帶著歉意的笑著。「我以為妳的孩子一定提起過鮑勃。」她說。

「當然提過，」海倫突然說。「媽媽，就是查理在信上常常提起的那個人。只是一時很難連接起來，」她對弗萊曼太太說：「因為感覺上查理現在好像隔得太遠了。」

康寇爾太太不斷點頭。「當然當然，」她說。「請進來坐吧？」

弗萊曼太太跟隨著康寇爾母女進入客廳，在一張沒有堆著針線活的椅子上坐了下來。康寇爾太太朝著房間揮了揮手。「太亂了，」她說：「我和海倫時常在忙這些事情。這些都是廚房裡的窗簾。」她補充一句，拎起了手邊的布料。

「做得真好。」弗萊曼太太禮貌的說。

「來，說說妳的兒子吧。」康寇爾太太接著說。「真是，我怎麼會沒馬上想起這個名字呢？不知道怎麼的，我一直把鮑勃·弗萊曼和查理還有軍隊連在一起的，突然在這裡見到他母親覺得挺奇怪的。」

弗萊曼太太哈哈大笑。「我也有同感，」她說。「鮑勃信上說他朋友的媽媽就住這附近，離我們才幾條街而已，他說我為什麼不來拜訪一下。」

「我很高興妳來。」康寇爾太太說。

「現在我們對鮑勃的情形知道的大概跟妳不相上下了，」海倫說。「查理在信上經常提到他。」

弗萊曼太太打開小包包。「我這裡甚至還有一封查理寫來的信，」她說。「我想你們一定也想看一看。」

「查理寫信給妳？」康寇爾太太問。

「只是一張紙條。他很喜歡我寄給鮑勃的菸絲，」弗萊曼太太解釋，「上次我寄包裹給鮑勃的時候順便也帶了一罐給他。」她一面把信遞給康寇爾太太，一面對海倫說：「對你們的情形我簡直如數家珍了呢，鮑勃跟我說得太多了。」

「啊，」海倫說：「我知道鮑勃在聖誕節的時候給你們買了一柄日本武士刀。放在聖誕樹底下一定很可愛。那是查理幫他從一個男孩手裡買過來的呢——妳聽說了那件事嗎，當時他們差點跟那個男孩打起來？」

「是鮑勃差點跟人家打起來，」弗萊曼太太說。「查理很聰明，他沒插手。」

「不對吧，我們聽說惹出麻煩的那人是查理。」海倫說。她和弗萊曼太太一起大笑。

「也許我們不該互相交流，」弗萊曼太太說。「他們好像都是各說各話。」她轉向康寇爾太太，康寇爾太太已經看完了信，遞給海倫。「我剛才在跟妳女兒說我聽了好多誇讚妳的話呢。」

「我們也聽說了妳很多。」康寇爾太太說。

「查理還拿妳和妳兩個女兒的照片給鮑勃看。小的那個叫南西，對吧？」

「南西，對。」康寇爾太太說。

「嗯，查理對於他的家人真的很看重，」弗萊曼太太說。「他還給我寫信，這不是太好了嗎？」她問海倫。

「那個菸絲一定非常好。」海倫說。她稍稍猶豫了一會兒才把信遞過去，弗萊曼太太把信收回小包包裡。

「我很想哪天跟查理見見面，」弗萊曼太太說。「感覺上我好像已經跟他熟得不得了了。」

「我相信等他回來的時候也一定很想跟妳見面的。」康寇爾太太說。

「我希望不會太久了，」弗萊曼太太說。三個人沉默了一會，隨後弗萊曼太太又興致勃勃的說：「好奇怪啊，大家住在同一個鎮上，結果卻讓兩個離我們那麼遠的孩子來介紹我們認識。」

「在這個鎮上要彼此認識並不容易。」康寇爾太太說。

「你們住這裡很久了嗎？」弗萊曼太太歉疚的笑笑。「我知道妳先生，」她補上一句。「我姊姊的幾個孩子都在妳先生那所高中就讀，他們都很稱讚他。」

「真的？」康寇爾太太說。「我先生在這裡住了一輩子。我是結婚的時候才從西部過來的。」

「那妳也苦過來了，過日子或是交朋友之類的。」弗萊曼太太說。

「不會，我一點都沒問題，」康寇爾太太說。「當然啦，我們的朋友絕大部分都是跟我先生同一所學校的人。」

「很可惜鮑勃沒機會在康寇爾先生底下受教，」弗萊曼太太說。「那……」她站起來。

「我很開心終於跟妳們見面了。」

「我很高興妳特地過來，」康寇爾太太說。「感覺就像收到查理的信一樣。」

「我知道收到信有多開心，就像我等鮑勃的來信那樣。」弗萊曼太太說。她和康寇爾太太開始朝著門口走，海倫站起來跟著。「我先生對查理超有興趣的，妳知道。自從他發現查理入伍時唸的是法律。」

「妳先生是律師？」康寇爾太太問。

「他就是古倫活、弗萊曼和懷特聯合律師事務所的弗萊曼，」弗萊曼太太說。「查理準備出來工作的時候，說不定我先生能夠給他安插一個位子。」

「你們真是太好了，」康寇爾太太說。「查理要是聽說了一定會感到很可惜。不瞞妳說，事情總是那麼湊巧，我們已經安排他去查爾士．沙特威那裡工作了，他是我先生的一個老朋友。就是『沙特威與哈瑞斯』。」

「我相信弗萊曼先生絕對知道這家公司的。」弗萊曼太太說。

「一家很不錯的老字號，」康寇爾太太說。「康寇爾先生的祖父過去是公司合夥人。」

「您給鮑勃寫信的時候也替我們向他問好。」海倫說。

「我會的，」弗萊曼太太說。「我會告訴他跟妳們見面的事。非常開心。」她向康寇爾太太伸出手。

「我也很開心。」康寇爾太太說。

「告訴查理我還會再寄菸絲給他。」弗萊曼太太對海倫說。

「我一定會。」海倫說。

「好，那就再見了。」弗萊曼太太說。

「再見。」康寇爾太太說。

傀儡

這是一家很體面，料好又實在的餐館，有很棒的大廚和一群自誇為夜總會級的娛樂表演人；來這裡的客人輕言淺笑，細嚼慢嚥，即使帳單稍微高過一般有娛樂表演的餐館，大家也欣然接受。這是一家很體面，很討喜的餐館，單獨兩位女士也可以從容自在的走進來，享用一頓低調的豪華大餐。威爾金太太和史特勞太太輕輕踏上鋪著地毯的樓梯，走進了餐館，沒有一個服務生抬頭多看她們一眼，也沒有幾個客人轉過頭來，領班安靜的走上前，向她們微微一鞠躬，轉身指著最裡面的幾個空位。

「坐得那麼遠妳會介意嗎，愛麗絲？」威爾金太太對著史特勞太太說，顯然今晚是她請客。「妳不喜歡的話，我們可以再等一會兒。要不然就換個地方？」

「當然不會。」史特勞太太塊頭很大，戴著一頂滿是花朵裝飾的帽子，她歡喜地看著鄰近桌位上的佳餚。「我坐哪裡都行。這裡真的好可愛。」

「好吧，」威爾金太太對領班說。「如果方便，儘量不要太後面。」

領班仔細的聽著點點頭，很優雅的穿過一排桌位往最後面走，一直走到靠近表演者們上下場的出入口，靠近老闆娘一個人坐著喝啤酒的位子，靠近廚房的拉門。「沒有再近一點的嗎？」威爾金太太皺著眉對領班說。

領班聳聳肩，朝其他幾個空桌位比了一下手勢。一個是在柱子後面，另外一個是大桌，第三個等於是在樂隊後面。

「這裡就很好，珍，」史特勞太太說。「我們坐下來吧。」

威爾金太太還在猶豫，史特勞太太已經拉開椅子吁一口氣坐了下去，一面把手套皮包放在旁邊多出來的那張椅子上，再動手解開大衣的領口。

「我實在不大喜歡這個位子，」威爾金太太說著滑入了對面的座椅。「我覺得我們好像什麼也看不見。」

「當然看得見，」史特勞太太說。「我們什麼都能看得見，也能聽得見。妳要不要換到我這邊來坐？」最後這句說得很勉強。

「當然不要，愛麗絲，」威爾金太太說。她接過服務生遞上來的菜單，放在桌上快速的掃了一遍。「這裡的東西很好吃。」她說。

「焗蝦煲，」史特勞太太說。「炸子雞。」她嘆息。「我真的餓了。」

威爾金太太毫無異議，迅速的點了菜，再幫忙史特勞太太做了決定。服務生一走，史特勞太太就舒舒服服的往後靠，側轉身望著這一整間餐館。「這地方真不錯。」她說。

「這裡的人都很有水準。」威爾金太太說。「這家店的女老闆就坐在那裡，在妳後面。我始終覺得她又乾淨又正派。」

「她大概連玻璃杯有沒有洗乾淨都要管的，」史特勞太太說。她轉向桌子，拿起皮包，把一包菸和一盒安全火柴掏出來擺在桌上。「我喜歡吃飯的地方乾淨舒服。」她說。

「他們可是賺了不少錢。」威爾金太太說。「好幾年前，在他們擴大門面之前，我和湯姆常來這裡。那時候真好，不過現在吸引了不少上流客層。」

史特勞太太十二萬分滿意的看著送到面前的蟹肉開胃小菜。「的確。」她說。

威爾金太太無動於衷的拿起叉子，看著史特勞太太。「昨天我收到瓦特的來信。」她說。

「他怎麼說？」史特勞太太問。

「他還不錯，」威爾金太太說。「感覺上他好像有很多事都沒告訴我們。」

「瓦特是個好孩子，」史特勞太太說。「妳擔心太多了。」

樂隊突然開始演奏，聲音奇大無比，燈光全暗，一盞聚光燈打在舞台上。

「我討厭在暗的地方吃飯。」威爾金太太說。

「從後面那些門裡透出來的光線夠亮了。」史特勞太太說。她放下叉子轉身望著樂隊。

「他們派瓦特當助教。」威爾金太太說。

「他在班上一定很優秀。」史特勞太太說。「妳看那個女孩的衣服。」

威爾金太太暗暗的轉身，瞧著史特勞太太歪頭指著的那個女孩。女孩從表演者休息室的那扇門走出來；她很高，皮膚很黑，一頭豐厚的黑髮，濃眉，穿著一件閃綠色的緞子服，超低胸，一邊的肩膀上有一朵橘紅色的大花。「我還真沒見過這種衣服，」威爾金太太說。「她八成要上台跳舞。」

「她不算太漂亮，」史特勞太太說。「妳快看跟她一起的那個傢伙！」

威爾金太太再轉頭，很快的又轉回來對史特勞太太微微一笑。「他看起來像隻猴子。」她說。

「個子好小，」史特勞太太說。「我討厭那些弱雞似的金毛小個子。」

「以前這裡的表演秀都很棒，」威爾金太太說。「有音樂，有舞者，有時還會有接受觀眾點唱的年輕帥哥。之前好像還有過一名鋼琴手。」

「我們的餐點來了。」史特勞太太說。音樂聲慢慢停止，樂隊指揮兼司儀開始介紹第一個節目，由一對舞者表演交際舞。掌聲響起，一個高高的年輕男子和一個高挑的年輕女子從表演者的門裡走出來，穿過賓客的桌位走入舞池；兩個人朝著綠衣女孩和她邊上的男人點頭招呼。

「這一對是不是很優雅？」威爾金太太望著翩然起舞的那對男女說。「這才叫賞心悅目。」

「他們得注意體重，」史特勞太太苛求的說。「妳看看穿綠衣服那個女孩的身材。」

威爾金太太再轉過身。「他們不會是丑角吧。」

「看起來不像，也不好笑。」史特勞太太說。她衡量著盤子上的那塊牛油。「每次在吃好料的時候，」她說：「我就會想到瓦特，還有我們以前在學校裡吃的那些東西。」

「瓦特信上說那裡吃得倒很好，」威爾金太太說。「他還因此重了三磅呢。」

史特勞太太兩眼一抬。「我的天哪！」

「怎麼了？」

「他是表演腹語的，」史特勞太太說。「我可以確定他是。」

「腹語表演現在很受歡迎。」威爾金太太說。

「我小的時候看過一次，之後就沒有再看過了，」史特勞太太說。「他有一個小小人——叫他什麼來的？——就在那只盒子裡。」她專注的看著，嘴巴微微的張開。「妳看啊，珍。」

穿綠衣的女孩和那男的坐在一個桌位上，靠近表演者出場的門口。她身體往前傾，看著那個傀儡人，小傀儡人就坐在小個子男的腿上。它就像是小個子男的分身，一個怪異的，木頭做的分身——本尊是金髮，傀儡是誇張的黃頭髮，還帶著光滑的小捲和鬢角；本尊又小又醜，傀儡更小更醜，同樣的大嘴，同樣的凸眼，同樣難看的禮服，連同那雙一模一樣，小到不能再小的黑皮鞋。

「不知道他們怎麼會來了這麼一個表演腹語的人。」威爾金太太說。

綠衣女孩趴過桌子，替傀儡人整整領帶，把鞋綁好，把大衣肩膀拍平。等她靠回座位，那男的跟她說話，她愛理不理的聳了聳肩膀。

「我的眼睛簡直離不開她那件綠衣服。」史特勞太太說。服務生拿著菜單輕輕的走過來，拘謹的等著她們點飯後甜點，他望著台上，這時樂隊奏完了間奏。史特勞太太終於決定點蘋果派和巧克力冰淇淋的時候，司儀開始介紹腹語表演者：「……馬莫杜克，跟他老爸一個模子出來的！」

「我希望別拖得太長，」威爾金太太說。「我們這位子反正是聽不見。」

腹語表演者和傀儡坐在聚光燈裡，兩個人都咧著大嘴笑，話說得都很快；男人的臉緊挨著傀儡的笑臉，兩人肩膀靠著肩膀。他們的對話非常快；觀眾熱烈的笑著，傀儡說的多半是一些老笑話，大家聽不到一分鐘就先笑了。

「我覺得他好可怕，」在一陣爆笑聲中，威爾金太太對史特勞太太說，「好低俗。」

「瞧瞧我們那位穿綠衣裳的朋友，」史特勞太太說。那女孩傾著身，隨著傀儡的每句話，露出緊張又興奮的表情。原先她臉上的陰沉一掃而空；她跟著所有的人一起狂笑，兩眼發亮。「她覺得好笑耶。」史特勞太太說。

威爾金太太縮起肩膀抖了一下。她捅著那盤冰淇淋。

「我始終不明白，」一會兒她說：「像這種地方，妳知道，東西真的是很好吃，可怎麼從來不會注意到甜點呢。永遠就是這些冰淇淋。」

「沒別的東西比冰淇淋更好了。」史特勞太太說。

「總該有些糕餅，或是布丁之類的，」威爾金太太說。「他們好像從來沒花腦筋想過。」

「妳做的無花果蜜棗布丁真是好到沒話說，珍。」史特勞太太說。

「瓦特也說那是最好的——」威爾金太太才開口，就被突如其來的樂聲打斷了。腹語表演者和傀儡正在鞠躬，小個子男一躬倒地，傀儡禮貌的點了點頭；樂隊立刻開始演奏舞曲，男人和傀儡轉身快步走下舞台。

「謝天謝地。」威爾金太太說。

綠衣女孩站起來，等候男人和傀儡回到桌位上。男人重重的坐下來，傀儡仍舊坐在他腿上，女孩再坐下，她挨著椅子的邊邊，急切的在問他什麼。

「妳在說什麼啊？」他非常大聲，也不看她。他朝服務生招手，服務生遲疑著，看了看他後面獨自坐著的女老闆。過一會服務生走向男人，女孩說話了，她的聲音在輕柔的華爾滋樂聲中十分清晰，「不要再喝了，喬伊，我們去別的地方吃東西吧。」

男人對服務生吩咐著，不理會女孩的手按著他的手臂。他轉向傀儡，輕聲輕氣的說著話，傀儡誇張的笑臉朝女孩看著，然後再看男人。女孩往後靠，從眼角瞟著餐館的女老闆。

「我才不要嫁給這種男人。」威爾金太太說。

「他絕對不是一個很好的丑角。」威爾金太太說。

女孩又把身體向前傾，在爭辯，男人繼續對傀儡說話，還讓傀儡點頭表示贊同。女孩一隻手搭上男的肩膀，男人肩膀一聳，頭也不回的把她的手甩掉了。女孩又提高了嗓門。「你給我聽著，喬伊。」她說。

「等一下，」男人說。「我先把這杯喝了。」

「對啊，妳就放他一馬，行嗎？」傀儡說。

「你不需要現在喝，」女孩說。「你可以等會兒再喝。」

男人說：「聽著，親愛的，酒都已經點了。我不能現在就走啊。」

「你幹嘛不叫這個蠢貨閉嘴呢？」傀儡對男人說：「每次人家開開心心的時候就來囉嗦。你幹嘛不叫她閉嘴呢？」

「你不該這麼說話，」男人對傀儡說。「這樣不禮貌。」

「我愛怎麼說就怎麼說，」傀儡說。「她沒辦法叫我住嘴。」

「喬伊，」女孩說：「我有話要跟你說。聽我的，我們去別處說話。」

「閉嘴，」傀儡對女孩說。「看在老天的份上可不可以閉上妳的嘴？」

附近桌子上有些客人開始轉過頭來了，對於傀儡的大嗓門十分感興趣，一面聽著他說話，一面大笑。「拜託別說了。」女孩說。

「對啊，別多事，」男人對傀儡說。「我就只喝這一杯。她不會介意的。」

「他不會給你拿酒來的，」女孩不耐煩的說。「他們交代過了。他們不會讓你在這裡喝酒的，看你這種表現。」

「我的表現好得很。」男人說。

「現在是我在多事，」傀儡說。「該有人出面來告訴妳啦，親愛的，妳一天到晚只會潑冷水。哪個男人都不會永遠忍耐下去的。」

「別說了，」女孩焦慮的看著周遭。「大家都聽見了。」

「有什麼關係？」傀儡說。他把那張開口笑的腦袋轉向觀眾席，聲音抬得更高。「男人只不過想稍微享受一下，她有必要像只冰袋似的掃人家的興嗎？」

「好了，馬莫杜克，」男人對傀儡說：「對你老媽說話客氣點。」

「嘿，跟這個老貨說話還用得著挑時間嗎，」傀儡說。「她要是覺得不爽，就讓她滾回街上去。」

威爾金太太的嘴張開了，又閉上；她把餐巾往桌上一放，站起來。史特勞太太愣愣的看著她走過去，一巴掌摑在那傀儡的臉上。

等到她轉身回自己的座位時，史特勞太太已經穿好大衣站著了。

「我們買單。」威爾金太太簡單的說。

她拿起大衣，兩人端莊無比的走向門口。這時候，男人和女孩坐在那裡看著歪倒的傀儡，它的腦袋歪在一邊。女孩伸出手把那顆木頭腦袋扶正。

七種歧義[13]

書店的地下室感覺好大；一長排一長排的書一路延伸到昏暗的盡頭，沿著牆面都是高聳的書架，地板上都是一摞摞的書堆。小書店乾淨整齊，從樓上盤旋而下的迴旋梯底下，擺著一張書店老闆兼業務的哈瑞斯先生的小辦公桌，桌上堆滿了目錄，桌子上方亮著一盞骯髒的吊燈。這盞燈同時也照亮了哈瑞斯先生辦公桌周邊擁擠不堪的那些書架；再往前，一排排的閱覽桌上方也有許多骯髒的吊燈，開燈關燈只要拉一下燈鍊就好，在準備打包結帳的時候，顧客都會順手先把燈關掉。不管哪個作者或哪本書放在書架上哪個位置，哈瑞斯先生統統知道。這會兒，來了一個顧客，一個十八歲左右的男孩，他遠遠的站在一盞燈下，翻著一本從書架上挑選出來的書。偌大的地下室很冷；哈瑞斯先生和男孩都穿著大衣。偶爾哈瑞斯先生會離開辦公桌，走到樓梯轉彎處的小鐵爐添加些許炭火。除了哈瑞斯先生站起來走動，或是男孩轉身把書放回書架的動作之外，屋子裡非常的安靜，一本本的書沉默的站在昏暗的光線裡。

沉默被樓上書店的開門聲打破了，哈瑞斯先生把一些暢銷書和美術書籍放在樓上店面展示。有幾個人說話的聲音，哈瑞斯先生和男孩注意的聽著，樓上顧店的女孩說：「就在樓下。哈瑞斯先生會幫你找的。」

哈瑞斯先生站起來走到樓梯口，開亮另一盞吊燈，讓新來的顧客看清楚梯階下樓。男孩把書放回書架，背著手，仍舊靜靜聽著。

哈瑞斯看見下來的是一個女人，他禮貌的退後一步，說：「小心最後一階樓梯。大家往往沒注意這多出來的一階。」女人小心翼翼的走下來，站定了看著四周。就在這時候有個男人謹慎的走到迴旋梯的彎口，低下頭免得他的帽子碰上低矮的天花板。「小心最後一階樓梯。」女人用柔和又清脆的聲音說。那男的站到了她的身邊，抬起頭像她一樣朝四周望著。

「這裡的書真多。」他說。

哈瑞斯先生露出職業性的微笑。「能為你效勞嗎？」

女人看著那男的，他遲疑片刻說：「我們想買一些書。數量滿多的。」他比了個手勢。「很多套。」

「啊，如果這樣，」哈瑞斯先生再次露出笑容。「要不要讓女士先過來這裡坐一會兒？」他帶頭走向他的辦公桌，女人跟隨著他，那男的侷促的走在一桌桌的書本中間，兩隻手貼著身體，深怕碰壞了什麼似的。哈瑞斯先生把自己的座位讓給女士，他把桌上的大堆目

⑬*Seven Types of Ambiguity*，一九三〇年出版，二十世紀最有影響力的文學評論。作者是英國詩人燕卜生（William Empson, 1906-1984）。

錄推在一邊，坐上桌沿。

「這地方好有趣。」女士用同樣輕柔的聲音說。她大約三四十歲，裝扮很得體；全身上下的服飾都很新，但並不張揚，跟她的年紀和她的靦腆很合拍。那男的是個壯碩的大個子，冷空氣使得他臉色泛紅，兩隻大手不自在的握著一副羊毛手套。

「我們想買一些書，」那男的說。「一些很好的書。」

「哪一類的？」哈瑞斯先生問。

男人出聲大笑，笑聲中有著尷尬。「說實在，」他說：「很不好意思。對於像書這類的東西我真的不大懂。」在他太太和哈瑞斯先生的輕聲細語之後，他的大嗓門在這個安靜的空間幾乎發出了回聲。「我們希望由你來引薦，」他說。「一些現在已經過氣的東西。」他清清嗓子。「譬如像狄更斯。」他說。

「狄更斯。」哈瑞斯先生說。

「我小時候經常看狄更斯的，」那男的說。「這類的書，好書。」他抬頭，原先站在遠處的那個男孩朝著他們走過來了。「我很想再看看狄更斯的書。」大個子說。

「哈瑞斯先生。」男孩輕輕的喚他。

哈瑞斯先生抬頭。「是，克拉克先生？」他問。

男孩走近辦公桌，似乎很不想打斷哈瑞斯先生和顧客的談話。「我想再看一次燕卜生的作品。」他說。

哈瑞斯先生立刻轉向辦公桌後方有玻璃門的書櫃，取出了一本書。「哪，有了，」他說：「照這樣下去，你還沒買書就已經把它看完了。」他笑笑的對著大個子和他的太太說：「總有一天他會進來買這本書的，到時候，我大概已經關門大吉了。」

男孩抱著書走開了，大個子湊近哈瑞斯先生。「我想要買兩套，很大的兩套，像狄更斯一類的書，」他說。「另外再買幾套小一點的。」

「一本《簡愛》，」他太太輕聲輕氣的說。「我一直很喜歡那本書。」她對哈瑞斯先生說。

「我可以拿全套勃朗特三姊妹⑭的作品給妳，」哈瑞斯先生說。「精裝本。」

「我要它們外觀很漂亮，」那男的說：「但是要結實，禁得起看。我要把狄更斯的書全部再看一遍。」

男孩走回辦公桌，把書交還給哈瑞斯先生。「它看起來還是很好。」他說。

「要看的時候再拿，它就放在這裡，」哈瑞斯先生拿著書轉向書櫃。「稀有的珍本啊，這書。」

「我想它還會在這裡待上好一陣子。」男孩說。

「這本書叫什麼名字？」大個子好奇的問。

⑭英國勃朗特家族三姊妹。代表作包括夏綠蒂的《簡愛》，愛蜜莉的《咆哮山莊》，安妮的《荒野莊園的房客》。

「《七種歧義》，」男孩說。「非常好的一本書。」

「書名不錯，」大個子對哈瑞斯先生說。「年輕人真酷，喜歡看這種書名的書。」

「這是本好書。」男孩重複的說。

「我正想給自己買一些書，」大個子對男孩說。「我想把以前錯過的一些書補回來。像狄更斯，我一直很喜歡他的書。」

「梅瑞狄斯⑮很棒，」男孩說。「你看過梅瑞狄斯的作品嗎？」

「梅瑞狄斯？」大個子說。「我們就先來看看你有些什麼書吧，」他對哈瑞斯先生說。「我想選幾本我想要的。」

「我可以帶這位先生過去看看嗎？」男孩對哈瑞斯先生說。「反正我要過去拿我的帽子。」

「我跟這位年輕人過去看看書，媽媽，」大個子跟他太太說。「妳就坐在這裡取暖吧。」

「很好啊，」哈瑞斯先生說。「那些書放在哪裡他簡直跟我一樣清楚。」他對大個子說。

男孩開始朝書桌中間的通道走去，大個子跟隨著，他走得仍舊非常當心，努力避免東碰西碰。他們走到男孩擱帽子手套的位置，吊燈還亮著，男孩又把另一盞比較遠的燈開亮了。

「大部分的套書，哈瑞斯先生都放在這裡，」男孩說。「我們來看看吧。」他蹲在書櫃前面，用手指輕輕的摸著一排排的書背。「你對價錢有沒有什麼意見？」他說。

「只要價錢合理，我想買的書我都會買，」大個子說。他試探性的摸了摸面前的一本書，只用一根手指。「全部一起一百五，兩百左右吧。」

男孩看著他哈哈大笑。「那好書有得你買了。」他說。

「我這輩子從來沒看過這麼多的書，」大個子說。「我從來沒想過隨便走進一家書店就能把我想看的書一次買齊。」

「這種感覺很棒。」

「我從來沒有機會好好讀書，」大個子說。「我比你還年輕的時候就一頭栽進了我老爸工作的機械廠，就此沒停下來過。現在，我忽然發現我稍微比以前有錢了，我和媽媽決定給我們自己買一些自己想要的東西。」

「你太太對勃朗特三姊妹的書有興趣，」男孩說。「這套就很棒。」

大個子低下身看著男孩指著的幾本書。「我對這些東西不太懂。」他說。「在我看起來全部都挺好的。旁邊這套是什麼？」

「卡萊爾⑯，」男孩說。「你可以略過他。他不太符合你的要求。梅瑞狄斯很棒。還有

⑮George Meredith，1828-1909，英國詩人，小說家。作品有《十字路口的黛安娜》等。

⑯Thomas Carlyle，1795-1881，蘇格蘭哲學家、評論、諷刺作家與歷史學家。

薩克萊⑰。我想你會喜歡薩克萊，他是一位很偉大的作家。」

大個子接過男孩遞給他的一本書，很細心的翻開，只敢用兩根手指。「這本書不錯。」他說。

「我把它們記下來，」男孩從大衣口袋取出一枝鉛筆和一本袖珍記事本。「勃朗特三姊妹，」他說：「狄更斯，梅瑞狄斯，薩克萊。」他一面指著那些書一面記。

大個子瞇起眼睛。「我得再買一套，」他說。「這些還不夠把我的書櫃擺滿。」

「珍・奧斯汀⑱，」男孩說。「你太太一定會喜歡的。」

「這些書你全看過？」大個子問。

「大部分。」男孩說。

大個子靜默了片刻又說：「我從來沒有時間看書，每天一早就要上工。這下可有得我看了。」

「你會看得非常開心的。」男孩說。

「你剛才拿的那本，」大個子說：「那是什麼書？」

「美學，」男孩說。「關於文學方面的。是難得一見的珍本。我一直想把它買下來，可惜沒錢。」

「你唸大學？」大個子問。

「是的。」

「還有一套書我也應該重新再看一遍，」大個子說。「馬克・吐溫。我小時候看過他幾本書。不過我看大概夠了。」他站起來。

男孩也站起來，面帶著微笑。「這些書有得你看了。」

「我喜歡看書，」大個子說。「我真的喜歡看書。」

他順著通道往回走，直接走向哈瑞斯先生的辦公桌。男孩關了燈跟在後面，中途還停下來拿帽子和手套。大個子一走到哈瑞斯先生的辦公桌就對他太太說：「那孩子真了得。那些書他全都知道。」

「你選到你想要的書了嗎？」他妻子問。

「那孩子都幫我記下來了。」他轉向哈瑞斯先生說：「像他這麼愛書的一個孩子真是難得。我在他這個年紀已經幹了四五年的活了。」

男孩手裡握著小紙條走過來。「這些應該夠他撐上好一陣子了。」他對哈瑞斯先生說。

哈瑞斯先生看著單子點點頭。「這個薩克萊是一套好書。」他說。

男孩戴上帽子，站在樓梯口。「希望你看得盡興，」他說。「我會再來看那本燕卜生的，哈瑞斯先生。」

---

⑰William Makepeace Thackeray，1811-1863，與狄更斯齊名的英國小說家，著有《浮華世界》等。

⑱Jane Austen，1775-1817，十九世紀英國文學家，著有《傲慢與偏見》。

「我儘量幫你留著，」哈瑞斯先生說。「不過我不能保證啊，你知道的。」

「只要有指望就好了。」男孩說。

「多謝啦，孩子，」男孩開始往樓上走，大個子大聲的說。「謝謝你幫這麼多忙。」

「沒什麼。」男孩說。

「這孩子真了得，」大個子對哈瑞斯先生說。「大有前途啊，唸大學。」

「很不錯的一個年輕人，」哈瑞斯先生說：「他真的很想要那本書。」

「你看他會來買嗎？」大個子問。

「我懷疑。」哈瑞斯先生說。「方便留下你的大名和住址嗎？我會附上這些書的價錢。」

哈瑞斯先生照著男孩記下的書目開始核算價錢。大個子寫好了姓名和住址，站在那裡用手指敲著桌面，敲了一會兒說：「我可不可以再看看那本書？」

「燕卜生的？」哈瑞斯先生抬起頭。

「就是那孩子特別感興趣的那本。」哈瑞斯先生回轉身從後面的書櫃取出那本書。大個子很秀氣的捧著它，就像對待其他那些書一樣。他皺著眉翻了幾頁，再把書放在哈瑞斯先生的辦公桌上。

「如果他不打算買，方便讓我把它也放進我那些書裡嗎？」

哈瑞斯先生從那些數字上抬起頭往上看了一會，就在清單上加上一筆，寫下總數，把紙條推到大個子面前。大個子開始查看那些數字，哈瑞斯先生轉向那女人說：「妳先生買了許多非常好看的書。」

「我很高興聽你這麼說，」她說。「我們盼這一天已經盼了很久。」

大個子仔細的數了錢，把鈔票交給哈瑞斯先生。哈瑞斯先牛把錢收進桌子最上面的抽屜說：「只要一切正常，這個週末我們一定會把書送到府上。」

「好，」大個子說。「可以走了嗎，媽媽？」

女人站起來，大個子退後一步讓她走在前面。哈瑞斯先生跟隨著，近樓梯口的時候他停下來對女人說：「小心最底下這層階梯。」

他們開始往樓上走，哈瑞斯先生站在樓梯腳看著他們，一直看到他們轉彎上去。然後他關掉那盞骯髒的吊燈，走回自己的辦公桌。

到愛爾蘭與我共舞

年輕的阿契爾太太跟凱西・瓦倫坦和康恩太太一起坐在床上，邊聊天邊逗著小寶寶玩，門鈴響了。阿契爾太太說：「哎呀真是！」走過去按著對講機開了公寓大門。「我們住一樓真是住對了，」她用喊的對凱西和康恩太太說。「有事沒事大家都來按我們家的門鈴。」公寓的內門鈴響的時候，她把門打開，看見一個老人站在走廊上。他穿著一件破舊的黑色長大衣，蓄著白色的落腮鬍。他伸著手，手裡握著一把鞋帶。

「啊，」阿契爾太太說。「啊，很抱歉，我——」

「太太，」老人說：「請妳行個方便吧。一條五分錢。」

阿契爾太太搖搖頭往後退。「我不想要。」她說。

「謝謝妳，太太，」他說：「謝謝妳這麼親切。這條街上妳是第一個對我這個窮老頭這麼客氣親切的人。」

阿契爾太太緊張的把門鈕轉來轉去。「我真的很抱歉。」她說。就在他轉身要走的時候，她說：「等等，」就衝進了臥室。「推銷鞋帶的老頭子，」她小聲的說。她拉開梳妝台的抽屜，取出包包，在零錢包裡摸索。「兩毛五，」她說。「應該夠了吧？」

「當然夠了，」凱西說。「說不定比他一天賺的還多呢。」她跟阿契爾太太同年，沒結婚。康恩太太五十開外，胖胖的。兩個人都住在同一棟樓，因為小寶寶的關係，她們總是來阿契爾太太家消磨時間。

阿契爾太太回到門口。「哪，」她把兩毛五分錢遞過去。「我覺得大家說話那麼不客氣真的很不應該。」

老人開始數鞋帶給她，可是他的手抖得厲害，鞋帶掉到了地上。他重重的靠在牆上。阿契爾太太看著嚇壞了。「天哪！」她伸出手說。當她的手指觸及那件骯髒的破大衣時，她遲疑了一下，接著，她抿著嘴唇，堅決的叉著他的肩膀，試著扶他進門口。「嗨，」她喊著，「妳們快來幫忙，快啊！」

凱西奔出臥室，一面問說：「妳在叫我們嗎，琴？」一到門口立刻停住，呆呆的瞪著。

「我該怎麼辦啊？」阿契爾太太站在那兒，她的手臂撐著老人的胳臂。他的眼睛閉著，似乎連站起來的力氣都沒有，即使有她幫忙。「做做好事，抓牢他另外一邊。」

「把他扶到椅子上吧。」凱西說。走廊太窄，他們三個人並排根本擠不下，凱西只好抓住老人另一隻手臂，半拖半拽的，把阿契爾太太和他拉進了客廳。「別坐這張好椅子，」阿契爾太太說。「扶他到那張舊皮椅上。」她們把老人扶上了皮椅，退開一旁站著。「我們現在究竟該怎麼辦？」阿契爾太太說。

「妳有威士忌嗎？」凱西問。

阿契爾太太搖頭。「只有一點葡萄酒。」她遲疑著說。

康恩太太走進了客廳，手裡抱著小寶寶。「天哪！」她說。「他喝醉了！」

「胡說，」凱西說。「要是他喝醉了，我才不會讓琴把他帶進來呢。」

「幫我顧著寶寶，白蘭琪。」阿契爾太太說。

「當然，」康恩太太說。「我們回臥室去了，寶貝，」她對著嬰兒說：「我們要到小床上睡覺覺去了。」

老人動了動身子睜開眼。他試著站起來。

「你坐著別動，」凱西下命令，「阿契爾太太去給你拿一點葡萄酒。你想要喝一口吧？」

老人抬眼看著凱西。「謝謝妳。」他說。

阿契爾太太走進廚房。稍作考慮，她拿起水槽裡的玻璃杯，沖洗一下，倒了一點雪利酒。她拿著酒回到客廳遞給凱西。

「你要我幫你拿著，還是你自己可以拿著喝？」凱西問老人。

「妳們太好了。」他說著湊近酒杯。他慢慢的喝著，凱西為他穩住杯子，他喝了一些便推開酒杯。

「夠了，謝謝，」他說，「夠讓我清醒了。」他試著起身。「謝謝妳。」他對阿契爾太太說。「謝謝妳，」再對凱西說。「我該走了。」

「等你兩條腿有了力氣再走吧，」凱西說。「冒險划不來的，你知道。」

老人微微笑著。「對我來說划得來。」他說。

康恩太太回到客廳。「寶寶在小床上，」她說：「馬上就睡著了。他現在好些沒？我敢說他不是喝醉了就是餓昏了。」

「對呀，」一語驚醒了凱西。「他餓昏了。所以才會這樣，琴。我們真笨。可憐的老先生！」她對老人說。「阿契爾太太不會讓你餓著肚子走的。」

阿契爾太太面有難色。「我只有幾顆雞蛋。」她說。

「太好了！」凱西說。「要的就是這個。蛋容易消化，」她對老人說：「尤其是如果你都沒吃東西——」她稍微遲疑，又說：「如果一段時間沒吃。」

「黑咖啡，」康恩太太說：「如果你問我的話。看看他那雙手抖的。」

「神經衰弱，」凱西斬釘截鐵的說。「現在來一杯熱熱的牛肉清湯對他最好不過了，要很慢很慢的喝下去，一直到他的胃能夠適應食物為止。這胃，」她向阿契爾太太和康恩太太解釋，「要是空了太久會萎縮。」

「我不好意思再麻煩妳了。」老人對阿契爾太太說。

「瞎說，」凱西說。「我們當然要讓你吃一頓熱呼呼的，你才會有力氣。」她拽著阿契爾太太的手臂往廚房走。「只要有蛋就行了，」她說。「煎個四五顆。待會兒我會買半打給妳。培根大概沒有吧。這樣好了，再炸一些馬鈴薯。就算半生熟我想他也不會在意。這些人多半都吃炸馬鈴薯和雞蛋還有——」

「午餐還剩下一點罐頭的無花果，」阿契爾太太說。「我正想著不知道該拿它怎麼辦。」

「我得回去看著他，」凱西說。「別又昏倒了什麼的。妳只管煎蛋和馬鈴薯。如果可以我會讓白蘭琪過來幫忙。」

阿契爾太太量了夠沖兩杯咖啡的份量，把水壺放上爐子。再拿出煎鍋。「凱西，」她說：「我只是有點擔心。如果他真的是喝醉了，我的意思是，如果傑姆知道了這件事，加上家裡還有個小小孩……」

「哎呀，琴！」凱西說。「我看妳應該到鄉下去住一陣子。在鄉下地方，女人煮東西給餓肚子的男人吃是天經地義的事。妳也用不著告訴傑姆。我和白蘭琪當然不會說。」

「哦，」阿契爾太太說：「妳確定他不是酒醉嗎？」

「是不是挨餓我一看就知道，」凱西說。「一個老頭像這樣站不住又兩手發抖，表情怪怪的，那就表示他餓得快死了。正確的說法就是飢餓。」

「天哪！」阿契爾太太說。她連忙從水槽底下的食物櫃取出兩個馬鈴薯。「兩個應該夠了吧？我覺得我們真的是日行一善耶。」

凱西咯咯的笑著。「只是三個女童子軍罷了。」她說。她出了廚房，忽然又停住轉過身來。「妳有派嗎？他們很喜歡吃派。」

「那是晚餐吃的。」阿契爾太太說。

「哎呀，給他吧，」凱西說。「等他走了，我們跑出去再買就是。」

趁著炸馬鈴薯的時候，阿契爾太太把餐盤、咖啡杯和小碟子，刀叉和湯匙一一的擺上廚房的小餐桌。過後，像是想起什麼，她又把碟子拿起來，從食物櫃裡取出一個紙袋，把它對半撕開攤平在桌上，再把碟子放上去。她拿玻璃杯倒好一杯冰水，切了三片麵包排在盤子上，再切一小塊牛油跟麵包放在一起。她又從食物櫃的盒子裡抽了一張紙巾，擺在盤子旁邊，一會兒又把它拿起來摺成一個三角形，再放回去。最後她把裝胡椒和鹽的小罐子放上餐桌，再拿出一盒雞蛋。她走到廚房門口喊著：「凱西！問他要吃哪種煎蛋？」

客廳裡有細碎的談話聲，凱西回喊著：「只煎一面的太陽蛋！」

阿契爾太太取出四個蛋，之後又加一個，把它們一個一個的放進煎鍋裡。煎好了蛋，她再喊：「好了，妳們兩個！帶他進來吧！」

康恩太太走進廚房，看了一眼盤子裡的馬鈴薯和煎蛋，望著阿契爾太太沒說話。凱西帶著老人進來了，她抓著老人的胳臂，護送他到餐桌旁讓他坐上椅子。「好了，」她說。「哪，阿契爾太太特地為你做了一頓熱騰騰的大餐。」

老人看著阿契爾太太。「太感恩了。」他說。

「看看這多好啊！」凱西說。她讚許的對阿契爾太太點著頭。老人盯著那盤煎蛋和炸馬鈴薯。「還等什麼，」凱西說。「坐下來吧，妳們兩個。我去臥室端一張椅子過來。」

老人拿起鹽罐輕輕的撒了一些在蛋上。「看起來真是美味。」他說。

「你儘管吃，」凱西端著椅子出現了。「我們喜歡看你吃得飽飽的。給他倒一點咖啡吧，珍。」

阿契爾太太走到爐灶前面拎起咖啡壺。

「不用麻煩了。」他說。

「沒關係。」阿契爾太太邊說邊替老人倒咖啡。她在餐桌邊坐下。老人拿起叉子又放下，他把紙餐巾仔細的鋪在腿上。

「你叫什麼名字？」凱西問。

「歐弗拉赫提，夫人。約翰・歐弗拉赫提。」

「約翰，」凱西說：「我是瓦倫坦小姐，這位女士是阿契爾太太，另外這位是康恩太太。」

「各位好。」老人說。

「我猜你是從很老的國度來的。」凱西說。

「對不起，妳的意思是？」

「愛爾蘭，對不對？」凱西說。

「是的，瓦倫坦小姐。」老人把叉子叉進一顆煎蛋裡，看著蛋黃流到了盤子上。「我認識葉慈⑲。」他忽然說。

「真的？」凱西傾身向前。「讓我想想——他是位作家，對吧？」

「『出於寬愛，來愛爾蘭與我共舞』⑳。」老人說。他起身，扶著椅背，鄭重的對阿契爾太太一鞠躬，「再次謝謝妳，夫人，感謝妳的慷慨大方。」他轉身朝門口走去。三個女人站起來跟隨著他。

「你還沒吃完哪。」康恩太太說。

「我這胃，」老人說：「就如這位女士說的，萎縮了。是的，是真的，」他又陷入了回憶，「我認識葉慈。」

到了門邊，他轉身對阿契爾太太說：「妳的仁慈應該有所回報。」他指了指攤在地上的鞋帶。「這些，」他說：「全部都給妳，因為妳的仁慈。請替我分一些給另外兩位女士。」

「可是我並不想——」阿契爾太太還沒把話說完。

「我堅持，」老人說著打開了門。「一點小小的回報，我只能做到這樣。請妳把它們撿起來，」他急速的補上一句。這時他忽然拿鼻子對準了康恩太太。「我討厭老女人。」他說。

「蛤！」康恩太太一頭霧水。

---

⑲William Butler Yeats，1865-1939，愛爾蘭詩人、劇作家，散文作家，榮獲一九二三年諾貝爾文學獎。

⑳葉慈的詩〈I am of Iireland〉中的句子。

「我本想小酌一番，」老人對著阿契爾太太說：「但我從不會拿劣質的雪利酒款待我的客人。我們屬於兩個不同的世界，夫人。」

「我不是說了嗎？」康恩太太說。「我不是一直都這麼跟妳說的嗎？」

阿契爾太太，她的眼睛瞪著凱西，作勢要把老人推出門，但他搶先一步。

「『來愛爾蘭與我共舞』。」他說。他靠著牆，慢慢撐到外面的大門，他把門打開。

「歲月不待人。」他說。

第四部

我們並非天生鍾愛背叛和暴虐，直到，遭受惡質性格和意向的牽引，我們喪失了真摯的關懷，忽視了良善的性靈；這些，原本是我們對抗邪道惡魔的守護神，然而不無可能，他們也有擅離職守的時候，在那一刻恍若被邪惡，忌妒與報復的私慾所吞噬，這些特質大多與他們的生命和本性相違背；導致他們暴露在惡靈的入侵和誘惑之下，而這些可憎的屬性便成了非常的契合。

——約瑟夫．格蘭威爾《巫與妖魔的實證》

當然

泰勒太太早上正忙著，這時候跑去前門廊盯著人家看未免太不禮貌，但是總沒道理避開窗戶吧；所以當她在吸塵，在清洗碗盤，或者甚至上樓整理床鋪，靠近屋子南邊那扇窗戶的時候，總會稍微撩起窗簾，或者躲在一邊稍微動動簾子。其實，她也只能看到屋子前面那輛搬家公司的貨車，還有搬運工人之間來回忙碌幹活的模樣；那些家具，她看得出來，挺不錯的。

泰勒太太整理完床鋪，下樓來準備午餐，就在她從臥室的窗戶轉到廚房窗口這麼短的一個空檔，一輛計程車在隔壁的大門前停下了，一個小男孩在人行道上跳來跳去。泰勒太太打量著他：四歲左右，要不然就是他的個子比實際年齡來得小；應該是跟她最小的女兒同年。她把注意力轉向下車的女人，她要做進一步的確認。很好看的一套淺咖啡色套裝，有點舊，在搬家的日子，這身顏色好像嫌太淡了些，不過剪裁真的好，泰勒太太對著手裡正在去皮的紅蘿蔔讚許的點點頭。好人家，顯然是的。

泰勒太太最小的孩子凱洛，靠在自家門前的圍籬上，看著隔壁的小男孩。小男停下來不跳了。凱洛說：「嗨。」小男孩抬起頭，退後一步，說：「嗨。」他的母親看看凱洛，看看泰勒家的屋子，再低下頭看著她的兒子。然後，她向著凱洛說：「哈囉。」泰勒太太在廚房裡微微笑著。忽然，一個衝動，她拿紙巾擦乾了手，摘下圍裙，走到前門。「凱洛，」她輕快的喚著，「凱洛，寶貝。」凱洛轉過身，仍舊靠著圍籬。「幹嘛？」她很不合作的說。

「啊，哈囉，」泰勒太太對著仍舊站在人行道上陪著小男孩的女士說。「我聽見凱洛好像在跟誰說話……」

「孩子們在互相認識呢。」女士靦腆的說。

泰勒太太走下台階站到凱洛身邊。「你們是我們的新鄰居？」

「等我們搬進來就是了，」女士說。她出聲笑了笑。「喬遷的日子。」她表情豐富的說。

「我明白。我們姓泰勒，」泰勒太太說。「這是凱洛。」

「我們姓哈瑞斯，」女士說。「這是小詹姆士。」

「跟詹姆士打個招呼啊。」泰勒太太說。

「你也跟凱洛打個招呼啊。」哈瑞斯太太說。

凱洛固執的閉緊嘴巴，小男孩縮到他母親身後。兩個大人哈哈大笑。「這兩個孩子！」一個說。另外一個又說：「就是這樣！」

泰勒太太指著搬家公司的卡車，和那兩名忙進忙出搬運桌椅床鋪燈具的工人，說：「天哪，太累人了吧？」

哈瑞斯太太嘆口氣。「我都快抓狂了。」

「有沒有需要我們幫忙的？」泰勒太太問。她笑笑的看著詹姆士。「詹姆士願不願意下午過來我們家玩啊？」

「那真是太好了。」哈瑞斯太太完全贊同。她扭過頭看著躲在她後面的詹姆士。「你願不願意今天下午去跟凱洛一起玩啊，寶貝？」詹姆士不出聲的搖了搖頭，泰勒太太興致勃勃的對他說：「凱洛的兩個姊姊，今天下午很可能，我是說很可能喔，會帶她去看電影，詹姆士。你一定也想去吧，對不對？」

「我看這不好，」哈瑞斯太太一口回絕。「詹姆士不看電影的。」

「啊，那，當然，」泰勒太太說：「很多媽媽們都不准的，當然，不過有兩個大姊姊陪著……」

「不是這樣的，」哈瑞斯太太說。「我們不看電影，全家都不看。」

泰勒太太立刻把「全家」兩個字解讀為其中想必還有一位哈瑞斯先生，一時間她回不過神來，愣愣的說：「不看電影？」

「哈瑞斯先生，」哈瑞斯太太認真的說：「覺得電影是妨礙智商的東西。我們不看電影。」

「當然，」泰勒太太說。「啊，我相信今天下午凱洛不出去也沒關係。她會很高興跟詹姆士一起玩的。哈瑞斯先生，」她謹慎的補上一句，「不會反對玩沙盤吧？」

「我要去看電影。」凱洛說。

泰勒太太連忙制止。「不如妳跟詹姆士來我們家歇會兒吧？妳忙了一上午夠累的。」

哈瑞斯太太猶豫著，不放心的看著兩名搬運工。「謝謝妳，」她終於說。她進了泰勒家的大門，詹姆士在後面跟著。泰勒太太說：「我們坐在後面花園裡，順便可以顧到那幾個搬運的工人。」她推了推凱洛。「帶詹姆士去玩沙盤吧，寶貝。」她說。

凱洛不甘願的牽起詹姆士的手，帶他到沙盤的位置。「看見了嗎？」她說著又走回圍籬，故意踢著上面的木樁。泰勒太太讓哈瑞斯太太坐在涼椅上，再替詹姆士找了把挖沙的鏟子。

「坐下來真舒服，」哈瑞斯太太說。她吁了口氣。「有時候我覺得搬家真是最可怕的一件事了。」

「你們能住進那棟屋子真的很幸運。」泰勒太太說，哈瑞斯太太點點頭。「我們很高興有個好鄰居，」泰勒太太繼續說。「能氣味相投又住那麼近真是太好了。跑過去借兩杯糖也方便。」她最後這句話結束得很無厘頭。

「妳儘管過來啊，」哈瑞斯太太說。「我們以前舊家隔壁住的那些人就很討人嫌。都是小事情，妳知道的，他們就是會把你惹惱了。」泰勒太太深表同情的嘆息。「比方說，收音機，」哈瑞斯太太繼續，「開一整天，聲音超大。」

泰勒太太不禁抽了一口氣。「要是我們家的收音機開得太大聲了，妳可要告訴我啊。」

「哈瑞斯先生最受不了收音機了，」哈瑞斯太太說。「我們家沒有收音機的，當然。」

「當然當然，」泰勒太太說。「沒有收音機。」

哈瑞斯太太看著她，不自在的哈哈一笑。「妳大概以為我先生是個瘋子。」

「當然不會，」泰勒太太說。「其實，很多人都不喜歡收音機。我的大外甥，他恰恰相反——」

「啊，」哈瑞斯太太說：「還有報紙，也是。」

泰勒太太終於發覺有一些模糊的、緊張的感覺逐漸上身了，這是每當她碰到某種危險的、無法掌控的事情時會出現的一種現象：譬如，她的車子行駛在結冰的街道上，或是，在穿上溜冰鞋的時候……哈瑞斯太太一面心不在焉的盯著那幾個進進出出的搬運工人，一面說：「我們並不是沒有看過報紙，不像電影，完全不像；哈瑞斯先生只是覺得報紙是一大堆低級趣味的東西。妳真的不需要看什麼報紙，妳知道吧。」她殷切的望著泰勒太太說。

「我也不大看其他的東西，但是這報——」

「我們過去訂了好幾年的《新共和雜誌》㉑，」哈瑞斯太太說。「在我們剛結婚的時候，當然，在詹姆士出生之前。」

「妳先生是哪個行業的？」泰勒太太膽怯的問。

哈瑞斯太太驕傲的揚起頭。「他是一位學者，」她說。「他寫專題論文。」

泰勒太太正要開口，哈瑞斯太太及時湊過來伸出一隻手說：「想要一般人了解一個真正安詳寧靜的生活真的很難。」

「妳先生，」泰勒太太說：「妳先生平常做什麼消遣？」

「他讀劇本，」哈瑞斯太太說。她有些疑慮的望著詹姆士。「都是伊莉莎白女王時代以前的，當然。」

「當然當然，」泰勒太太說，她緊張的朝詹姆士看了一眼，他正在把沙子鏟進一只桶子裡。

「那些人真的非常不厚道，」哈瑞斯太太說。「我跟妳說的那些人，那些鄰居。不單單是收音機，妳知道吧。有三次他們故意把《紐約時報》留在我們台階上。有一次詹姆士差一點就拿到了。」

「天哪，」泰勒太太說。她站了起來。「凱洛，」她口氣強硬的喊著，「別走開。快要吃中飯了。」

「好了，」哈瑞斯太太說。「我也得過去看看那些工人搬得怎麼樣了。」

泰勒太太感覺自己有些失禮，說：「哈瑞斯先生去哪裡了？」

「在他母親家，」哈瑞斯太太說。「我們每次搬家他總是待在那邊。」

㉑The New Republic，簡稱TNR，一九一四年開始發行的一本美國雜誌。

「當然當然。」泰勒太太說，感覺上她這一個上午好像都沒說過別的話。

「他待在那裡的時候，他們是不開收音機的。」哈瑞斯太太做解釋。

「當然當然。」泰勒太太說。

哈瑞斯太太伸出手，泰勒太太握著她的手。「我真希望我們能成為朋友。」哈瑞斯太太說。「就像妳說的，有個真正的好鄰居比什麼都好。一直以來我們都沒這個好運。」

「當然當然，」泰勒太太說，這時她忽然找回了自己。「或許哪天晚上我們一起來打橋牌？」看見了哈瑞斯太太的表情，她說：「不要了。反正，哪天晚上大家聚一聚就是了。」她們兩個一起大笑。

「真好笑，是吧，」哈瑞斯太太說。「非常謝謝妳，這一上午打擾了。」

「需要幫忙只管說，」泰勒太太說。「下午要不要讓詹姆士過來都隨妳。」

「說不定我會，」哈瑞斯太太說。「如果妳真的不介意。」

「當然不。」泰勒太太說。「凱洛，親愛的。」

她一手攬著凱洛，走到前門，站在屋前看著哈瑞斯太太和詹姆士走進他們的房子。他們在門口停下來揮手，泰勒太太和凱洛也向他們揮手。

「我不能去看電影嗎？」凱洛說：「拜託啦，媽媽？」

「我陪妳一起去，親愛的。」泰勒太太說。

鹽柱[22]

不知道什麼原因有一個曲調不停在她腦袋裡打轉。就在她和丈夫在新罕布夏上了火車以後，他們要去紐約旅行；他們將近一年沒去紐約了，但這個曲子卻是更久以前的。是早在她十五六歲那時候的，當時她從沒見識過紐約，除了在電影裡，而對於當時的她來說，這座城市是由一堆閣樓所組成，閣樓裡住的全是諾埃爾·柯沃德[23]型的人物；這樣一座用高度、速度、奢華度和歡樂度合成的城市，跟單調無趣的十五歲完全搭不上邊，那是一種高不可攀的美麗，一種只存在電影裡的遙不可及。

「這是哪首曲子？」她對丈夫說著哼唱起來。「應該是哪部老電影裡的。」

「我聽過，」他說著也哼唱起來。「就是想不起歌名。」

㉒《舊約》〈創世紀〉19章26節：上帝開始摧毀罪惡之城所多瑪和蛾摩拉時，他派了兩位天使力勸善人羅德和他的家人趕快離開，並警告他們逃跑時千萬不可往回看。但羅德的妻子太好奇，她想知道這座故鄉的城市到底會發生什麼。在她回頭看的時候，她就變成了一支鹽柱。

㉓Noël Peirce Coward，1899-1973，英國演員、劇作家與流行音樂作曲人。

他舒服的往後靠。他把他們的大衣掛好了，行李箱也擺在行李架上了，他的雜誌也已經拿出來了。「遲早會想起來的。」

她望著車窗外，幾乎是在偷偷的品嘗著這一切，享受著這份極致的舒暢，整整六個小時就這樣坐在火車上，除了看書、小睡、去餐車，無所事事，一分一秒的，跟孩子們、廚房，離得愈來愈遠，甚至連那些山丘也被遠遠的拋在後頭，變成了不同於每天在家鄉所看見的田野和樹林。「我好愛火車。」她說，她的丈夫頗有同感的對著雜誌點了點頭。

未來的兩個星期，難以置信的兩個星期，該準備的都安排好了，不必再做任何規劃，頂多是去劇院或上餐館之類的小事。一個住公寓的朋友去外地度假，把屋子空了出來，銀行裡的存款足夠他們玩一趟紐約再加上為孩子們買新的雪衣；一旦克服了最初的一些障礙，接下來的一切都順手得不得了，就好像只要他們拿定了主意，再沒有任何東西敢來阻撓似的。小貝比的喉嚨不痛了。水電工兩天就把工程全部做完。衣服也都及時修改好了。五金行更沒問題。他們找的藉口是去觀摩一下大都市裡的新貨色。紐約沒有大火，沒有隔離管制，朋友的行程也沒改變，公寓鑰匙就在布萊德的口袋裡。每個人都知道自己可以跟哪個人聯繫；一張明細清楚的列著一些必看的劇名，一張明細列著需要採買的東西——尿片、布料、各色罐頭、銀器保鮮盒等等。最後終於火車來了，開始展現它的功能，在這個下午，一步步的載著他們正當而堅定的邁向紐約。

午後，這樣閒散的待在火車裡，瑪格麗特好奇的看著她丈夫，看著其他的乘客，看著窗外陽光璀璨的鄉間，她一看再看，直到確認這一切確實是真的，她才翻開書。腦子裡依然縈繞著那首曲子，她輕輕哼著，聽見丈夫一面翻著雜誌一面輕聲的和著。

在餐車裡她吃了烤牛肉，她習慣在家鄉的餐館用餐，一時之間還難以適應這些屬於度假型的新穎美食。飯後甜點她點的是冰淇淋，但是在喝咖啡的時候她開始不安，因為再一個小時他們就到紐約了，她還得動作優雅的穿戴大衣和帽子，布萊德還得把行李箱取下，把雜誌收好。火車沒完沒了的還在地下奔馳，他們站在車廂盡頭，手裡的行李箱提起又放下，一點一點的，焦躁不安的移動著。

車站只是一個暫時的庇護所，讓遊客們慢慢踏入外面那一個光怪陸離的現實世界。在坐上計程車駛入這個世界之前，她先在人行道上看了一會兒，接著他們糊裡糊塗的就被載到上城區，下了車又站在另外一條人行道上，布萊德付了車資，仰起頭，望著公寓大樓。「是這裡沒錯。」他說，他的口氣似乎在懷疑計程車司機的能力，懷疑他怎麼這麼輕易就找對了門牌號碼。搭電梯上樓，鑰匙果然開得了門。之前他們從沒看過這位朋友住的公寓，但感覺卻很熟悉——一個從新罕布夏搬來紐約的朋友，帶著一些經年累月沒法磨滅的，屬於老家的記憶，這份家的感覺讓布萊德馬上能夠舒坦的坐上椅子，讓她馬上對那些床單和毛毯產生了本能的信賴。

「這才是適合住上兩個星期的家。」布萊德伸著懶腰說。過了新來乍到的幾分鐘之後，他們倆自然而然的走到窗前；千真萬確，紐約就在下方，對街的屋子也都是公寓，那些屋子裡住滿了不知名的陌生人。

「太好了，」她說。窗子底下有車有人有嘈雜的聲音。「我真的好開心。」她親吻她的丈夫。

第一天他們到處去觀光；在自助餐館吃了早餐，再登上帝國大廈的頂樓。「現在全部都修復了，」布萊德說。「不知道當時飛機撞到哪個位置。㉔」

他們很想從頂樓四邊往下俯瞰，可是又不敢開口。「畢竟，」她縮在角落，自圓其說的笑著，「要是我身上有什麼東西摔斷了，我可不想人家圍在旁邊對著那些碎片指指點點。」

「如果帝國大廈是妳的，哪還會在乎這些。」布萊德說。

最初幾天他們都是搭計程車觀光旅遊。有輛計程車的一扇車門居然用繩子綁著；兩人指著那條繩子，不敢出聲的大笑。第三天，他們搭的計程車在百老匯的路上爆胎，他們不得不下來換車。

「我們只剩下十一天了，」有一天她說。過了好幾分鐘之後，她又說：「我們來這裡已經六天了。」

他們想聯絡的一些朋友都聯絡上了。朋友們打算去長島一間避暑別墅度週末。「現在家裡一團亂，」別墅的女主人在電話那頭興高采烈的說：「這個星期我們就要出發，不過你們既然來了，要是不過來看一下我可是會生氣的。」天氣很好，但已明顯有了秋的涼意，櫥窗裡的服飾換成了深色，甚至添了毛皮和天鵝絨的味道。她的大衣天天都穿著，套裝也不離身。帶來的那些輕薄洋裝都掛在公寓的衣櫥裡，她打算到大一點的店裡去買件毛衣，要買那種在新罕布夏不大實用，但卻很適合長島的款式。

「我真的要去買買東西了，至少要花一天的時間。」她對布萊德說，他咳聲嘆氣起來。

「千萬別叫我提大包小包的。」他說。

「你吃不消的，」她說：「更何況走那麼多路。你不如去看場電影吧？」

「我想自己一個人去逛逛買買東西。」他神祕兮兮的說。也許他是在說聖誕禮物吧。她也隱約想到過應該在紐約順便把這些事辦好；孩子們對於大城市裡的那些小玩意，一些在家鄉沒見過的玩具，一定會很喜歡。她說：「你總算也要去大採購了。」

這會兒他們正在前往拜訪另一位友人的途中，這位朋友奇蹟式的找到了一個住處，他不斷的警告他們千萬不要為了那棟建築物的外表，或是那裡的樓層，或是那裡的街坊起爭執。這三樣「東西」都很糟，那裡是三層樓，樓梯又窄又暗，但是頂樓可以住人。這位朋友來紐約不久，他一個人住兩間房，對窄窄的桌子和矮矮的書櫃情有獨鍾，所以讓他的房間在某些位置看起來過大，有些位置又顯得不知該如何是好的擠。

「多可愛的一個地方，」她進門就說。但主人的一番話令她很難過，「總有一天我會終結這個慘況，住到一個真正像樣的地方去。」

㉔一九四五年七月，一架B-25轟炸機因濃霧撞擊大廈北側的第七十和八十層。

屋子裡還有其他人；大家坐著，開懷的聊著一些共同的，跟新罕布夏現況相關的話題，酒也比平常在家裡喝得多。酒精讓人大大的放鬆，嗓門變大了，措辭更誇張；可是另方面，他們的手勢卻變小了，原來在新罕布夏可能要揮出一整條手臂的動作，現在變成了只動一根手指。瑪格麗特一再重複的說：「我們只待幾個禮拜，我們只是來度假的。」她說：「好棒啊，太興奮了。」她說：「我們實在太幸運了；這個朋友剛好出遠門玩去了，剛好就在……」

最後房間裡鬧成一片，她躲到靠窗的一個角落去透透氣。這扇窗子一整個晚上開開又關關，全看站在窗口的那個人兩手是否空著。現在窗子關著，連帶把清朗的天空也關在外面了。有人過來站在她旁邊，她說：「你聽聽外面的聲音。就跟屋子裡一樣吵。」

他說：「住在這附近真的會要人命。」

她皺起眉頭。「這裡好像跟以前不一樣了。我的意思是，有種不一樣的感覺。」

「酗酒，」他說。「街頭醉漢。對面有人在打架。」他拿著酒杯晃開了。

她打開窗戶探出身子，對面有人探出窗口大聲嚷嚷，隔著街她聽得很清楚。「小姐，小姐。」肯定是指我，她想，他們都在向這邊看。她再探出去一些，喊叫的聲音斷斷續續，但還能拼湊出完整的句子，「小姐，妳的房子著火啦，小姐，小姐。」

她用力關上窗，轉身向著屋子裡的人，稍微提高一點聲音。「你們聽著，」她說。「人家說這房子著火了。」她好怕大家會取笑她，好怕自己看起來像個傻瓜，布萊德就站在房間那頭看著她滿臉通紅。她再說一次，「房子著火了，」因為怕這話聽起來太驚悚，她連忙又補了一句，「他們說的。」最靠近她的幾個人轉過身來，有人說：「她說這屋子著火了。」

她想找布萊德，可是看不見了；男主人也不見了，四周圍全部都是陌生人。他們都不聽我的，她想，我不該來的，她走到大門口，把門打開。沒有煙，沒有火焰，她還是不斷的告訴自己，我不該來的，就這樣，她慌張的撇下布萊德，帽子也沒戴大衣也沒穿的跑下樓，一隻手拿著酒杯，一隻手拿著一盒火柴。樓梯變得要命的長，還好很清楚很安全，她打開大門奔出去。一個男的一把抓住她的手臂說：「大家都出來了？」她說：「沒有，布萊德還在裡面。」消防車堵在街角，人們探出窗口看著他們，抓住她手臂的那個男的說：「好了。」就離開了她。起火點距離這裡有兩棟屋子遠；看得見頂樓窗戶後面冒著火焰，煙氣衝上了夜空，可是不到十分鐘就撲滅了，消防車帶著一副捨身成仁的架式開走，為了這一場十分鐘的火災，它出動了它所有的裝備。

她慢慢的、很尷尬的回到樓上，找到布萊德，帶他一起回家。

「我嚇壞了，」平安無事的躺上床之後，她對他說：「我完全昏頭了。」

「妳應該先去找人。」他說。

「他們都不聽我的，」她強調。「我不斷跟他們說，他們就是不聽，後來我以為大概是我弄錯了。我當時只想下去看看究竟怎麼回事。」

「還好沒出大事。」布萊德愛睏的說。

「我覺得好像被困住了。」她說。「待在那棟老房子的頂樓，還有火災；那就像一場噩夢。在一個陌生又奇怪的城市裡。」

「好了，現在都過去了。」布萊德說。

這股莫名的不安全感延續到了第二天；她一個人去逛街買東西，布萊德去看五金器材。她搭公車去市區，到了該下車的時候，車子擠得動彈不得。她擠在通道上不斷的說著，「下車，拜託。」「請讓一讓。」等到她好不容易靠近車門的時候，車子已經開動了，她只得過一站才下車。「沒一個人肯聽我的，」她跟自己說。「也許是因為我太客氣了。」大商店裡所有的價格都太高，而那些毛衣看起來竟然跟新罕布夏的樣式沒差。孩子們的玩具更令她失望：**太紐約了**，都是些拙劣的，模仿大人生活裡的小玩意：小收銀機，載著假水果的小推車，可以撥打的小電話（就好像紐約市的真電話還嫌不夠多似的），裝在手提盒裡的迷你奶瓶。

「我們喝的是從母牛身上擠出來的牛奶，」瑪格麗特對女店員說。「我的孩子根本不知道這些是什麼東西。」一言過其實了，她有一些罪惡感，好在周圍沒有人在注意她。

她腦子裡出現一個畫面，一票穿得跟他們的父母一樣的都市小孩，追隨著一個縮小型的機械化文明，玩具收銀機的尺寸愈來愈大，愈來愈大，方便他們日後使用真正的實體，這些無以計數的小小仿製品，目的是在讓孩子們預做準備，日後好接收他們父母日常生活中那些大而無當的「玩具」。她給兒子買了雪橇，她明知道在新罕布夏的雪地裡並不適用；她也給女兒買了一輛小馬車，其實還不如布萊德在家裡花一個鐘頭做出來的成品。她不再理會那些玩具信箱、小唱片小唱機，和玩具化妝品，就離開商店回家去了。

她說什麼也不敢再搭公車，就站在街角等計程車。一低頭，瞥見腳邊有一毛錢，她想把它撿起來，可是來往的行人太多，她不方便彎腰，也不敢再推擠，怕人家瞪她。她把腳踩在那一毛錢上，竟發現旁邊還有一枚二十五分錢的硬幣和一枚五分錢。一定有人掉過錢包，她想，於是她把另一隻腳踩在二十五分的硬幣上，她的動作很快，很自然；接著她又看到一毛錢，又一個五分錢，第三個一毛錢落在水溝裡。路人不斷的經過她身邊，來來往往，從不間斷，有的衝，有的推，誰也沒在看她，她不敢彎腰收集那些錢。也有人看見這些錢，都直接走了過去，她意識到根本沒人會撿這些錢。大家都不好意思，要不就是太趕時間，要不就是人太擁擠。一輛計程車停下來，有人下車了，她趕緊作勢攔車。她的腳離開了一毛錢和二十五分錢的硬幣，鑽進計程車，讓那些錢繼續待在那裡。計程車走得又慢又顛，她開始注意到這種緩慢的衰敗不單是計程車；公車也是，車身上到處都裂著一些小小的縫隙，皮座椅又髒又破；建築物也是（有一家很高級的商店，大廳休息室的地磚迸開一個大洞，經過那裡得繞道才行）。建築物的各個角落似乎都有碎裂的現象，不斷有粉塵飄落。花崗石也腐蝕了，只是沒人注意而已。回上城區的路上，她發現每一扇窗似乎都是破損的；或許每個街角多少都在變吧。人們的動作也比以前快得太多太多；戴著紅帽的那個女孩剛剛才在計程車窗口出現，還來不及看清楚那頂帽子就已經不見了；櫥窗亮得驚人，因為頂多只有瞄一眼的時間。人人都在趕時間，好像每個小時只有四十五分鐘，每天只有九小時，每年只有十四天似的。食物也是超乎想像的快，吃得又快，以致她一直都覺得好餓，一直都在跟一些不同的人快速的吃著不同的餐。每件事都在不著痕跡的加快速度，每分每秒。她從計程車這一邊上車，到家時再從另外一邊下車；她進電梯才按了五樓的鈕，一會兒又下來，洗過澡換過衣服，又準備跟布萊德出去吃晚飯。兩個人吃過飯又再趕回家，餓著肚子上床睡覺，為了睡醒再吃早餐再吃下一頓的午餐。他們來紐約九天；明天是星期六，他們要去長島，星期天回來，然後星期三他們就要回家了，回真正的家。她在想著這些的時候，他們正在前往長島的火車上；火車也很糟，座位是破的，地板很髒；有一扇門不能打開，窗戶都關不上。穿過城市的外圍，她想，大概是因為所有的事物都跑得太快了，快到令那些所謂的硬體承受不了，在緊張壓力之下全都四分五裂了，屋簷飛了窗戶散了。她不敢直截了當的說出來，她不敢面對這份認知，這樣拚死亡命的速度，這樣處心積慮的快上加快，最後的結局就是毀滅。

到了長島，那位女主人帶領他們進入了一個小紐約，一棟充滿了紐約式家具的屋子，就像是綁在橡皮筋上，拉得這麼遠，繃得這麼緊，隨時可以彈回去，彈回到原來的城市，原來的公寓，只要把門打開，那一紙全數付清的租約就此無效了。「我們一年一租已經好多年了，」女主人說。「否則今年根本租不到的。」

「這地方真是太好了，」布萊德說。「我很驚訝你們為什麼不想一整年都住在這裡。」

「總得回城市裡住一段時間吧。」女主人哈哈笑著說。

「不太像新罕布夏。」布萊德說。他開始有些想家了，瑪格麗特想著，他終於忍不住了。自從那次被火災嚇到之後，她對於一大堆人的聚會變得很敏感。晚餐後朋友陸續到來，她待了一會兒，告訴自己說現在他們是在一樓，她可以立刻跑到門外，所有的窗戶都是開著的；不久她先行告退，回房睡覺。布萊德很晚才上床，她醒了，他火大的說：「我們居然一直在玩字詞重組。這些瘋子。」她帶著睡意說：「你贏了嗎？」他還來不及回答，她已經又睡著了。

第二天早上，趁男女主人在看報紙的時候，她和布萊德出去散步。「出了門朝右轉，」女主人熱誠的建議說：「走過三條街左右，就會到我們的海灘了。」

「他們去海灘幹嘛？」男主人說。「現在太冷了，什麼都不能做。」

「他們可以看海啊。」女主人說。

他們去了海灘；這個時候海灘空蕩蕩的，風很大，但還是看得出一些夏日的風情，彷彿它仍舊以為自己魅力十足。比如說，一些海灘小屋還是有人住著，孤單的餐飲小站也開著，勇敢的打著熱狗和汽水的廣告。小站裡的男人一臉冷漠的看著他們走過。他們走得離他很遠，離那些屋子很遠，走上一條灰色的沙石灘，一邊是灰色的海水，另一邊是灰色的沙丘。

「想想在這裡游泳的感覺。」她打著哆嗦。海灘令她開心；有一種奇妙的、熟悉的、令人安心的感覺，沙丘的出現同時也給她帶來了雙重的回憶。沙灘是她幻想中的一個地方，她曾經以它為背景，為自己寫過許多心碎的愛情小說，小說中的女主角緩緩的走在沙丘上，旁邊是洶湧的海浪；小沙丘是金色世界的象徵，在這個世界裡，可以讓她逃避每天的寂寥，讓她撰寫出屬於沙灘的悲情故事。她大聲笑起來，布萊德說：「這麼一個荒涼的地方有什麼好笑的？」

「我在想現在離都市好遠。」她虛偽的說。

天空海水沙灘全部灰撲撲的，感覺上實在不像近中午，倒像是近黃昏。她累了，很想回去，布萊德忽然說：「妳看。」她轉身看見一個女孩在沙丘上奔跑，手裡拿著帽子，長髮在身後飛揚。

「這種天氣只有靠這樣才暖和得起來。」布萊德下著斷語，瑪格麗特卻說：「她好像受了驚嚇。」

女孩看見了他們，朝著他們跑過來，快接近的時候她放慢了腳步。她很想伸出手，但是近到可以說話的距離時，那種熟悉的尷尬，那種不想讓自己看起來像傻瓜的心理，使得她猶豫了，她很不自在的輪流看著他們倆。

「你們知道哪裡可以找到警察？」她終於發問。

布萊德仔細看了看空曠的沙灘，很嚴肅的說：「附近好像沒有。有什麼需要我們幫忙的嗎？」

「不用了，」女孩說。「我真的需要找警察。」

凡事都找警察，瑪格麗特想著，這些人，這些紐約人，就好像他們選出了一批專門負責解決問題的人，於是不管大事小事，他們只知道找警察。

「如果可以，我們真的很樂意幫忙。」布萊德說。

女孩又在猶豫。「那，如果你們真的想知道，」她有些不耐煩的說：「那邊有一條腿。」

他們很有禮貌的等著下文，但女孩只說：「那就快來吧。」她招手要他們跟著她走。她帶他們翻過幾個沙丘，來到一個小水灣，沙丘到了這裡突然被一道侵入的海水沖散了。一條腿躺在近水的沙岸上，女孩指著它說：「哪，就這個。」彷彿這是她的私有財產，而他們堅持要來分一杯羹。

他們走過去，布萊德很認真的彎下腰。「確實是條腿沒錯，」他說。它看起來很像是從一個蠟偶身上來的，一條慘白的蠟腿，整齊的從大腿切割下來，沒有腳，只切到腳踝的上方，膝蓋自然的彎著，就這樣躺在沙岸上。「是真的腿，」布萊德說，他的聲音稍微有些改變。「妳找警察是對的。」

三個人一起走到餐飲站，布萊德打電話找警察的時候，店員在一旁冷淡的聽著。警察來了，大夥一起再回到躺著斷腿的地方，布萊德給了警察他們的姓名地址，說：「現在可以回家嗎？」

「不然你還想怎麼樣？」警察要幽默的說。「等他身上其他部分出來嗎？」

他們回到男女主人的家，提起那條斷腿的事，男主人直道歉，好像很自責，不該讓他的客人碰上一條人腿，壞了胃口；女主人卻大感興趣，「班森荷斯特[25]也出現過一條沖洗過的手臂，我讀過。」

「這些殺戮事件。」男主人說。

上了樓，瑪格麗特突然說：「我想這在郊區是頭一遭。」布萊德說：「什麼頭一遭？」她歇斯底里的說：「人開始肢解了。」

為了讓男女主人安心，表示他們並不在意那條人腿，他們一直待到傍晚才搭火車返回紐約。再次回到那棟公寓，瑪格麗特覺得門廳的大理石似乎又「老」了一些；才經過兩天，大理石上又出現了新的裂痕。電梯也好像有點生鏽了，公寓裡每一樣東西上面都蒙著一層灰。他們很不舒服的上床睡覺，第二天一早瑪格麗特說：「我今天不出去。」

「妳不會是為了昨天的事不開心吧？」

「一點都不，」瑪格麗特說。「我只想待在家裡休息。」

經過一番討論，布萊德決定自己一個人出去；他還有一些人非看不可，有一些地方也非去不可，因為再過幾天他們就要離開了。在自助餐館用過早餐後，瑪格麗特拿著路上買的推理小說，獨自回到了公寓。她把大衣和帽子掛好，靠窗坐下，窗子底下人聲嘈雜，她望著對街層層屋宇外的天空。

那首小曲又開始在她腦子裡打轉了，帶著它特有的溫柔和馨香。對街那些屋子很安靜，或許這個時間屋子裡都沒人吧。她讓視線隨著曲調遊走，順著一個樓層，滑過一扇一扇的窗戶，快速的滑過了兩扇窗戶，她可以把一小節的曲調跟一層窗戶的數目搭配在一起，然後快速的換一口氣，轉到下一層樓；這層樓的窗戶數目相同，這首曲子的節拍數目也剛好相同，接著再換一層，接著又換一層。忽然她停頓下來，她覺得剛剛看過的那個窗台無聲無息的崩裂了，碎成了細沙；她回頭再看，窗台完好如初，但卻好像換成了上面靠右邊的那個窗台，最後換成了屋頂的一角。

瞎操心，她告訴自己，一面強迫她的眼睛看著底下的街道，不許自己成天想著這些莫名其妙的東西。對著街道看久了頭很暈，她站起來走進小小的臥室。就像一般的家庭主婦，在出去吃早餐前她已經把床鋪整理好了，現在，她又故意把它弄亂，毛毯，被單，一樣一樣的把它們掀開來，再一樣一樣的把它們疊整齊，每個邊角每道皺紋都一一的抹平。「好了。」忙完這些，她再回到窗前。她望著對街，那首曲子又開始了，從一個窗口望到另一個窗口，窗台一個接一個的塌陷，一個接一個的掉下去。她往前趴，看著自家的窗子，這是以前從沒想到過的，她看窗子，看窗台。有一部分腐蝕了；她用手觸碰石頭，有些碎屑脫落下來。

時間是十一點。布萊德現在大概在找瓦斯噴燈，一點鐘以前不會回來。她想給家裡寫封信，紙筆還沒找到，寫信的衝動已經離她而去。她忽然想睡一個回籠覺，這是她這輩子從來沒做過的事，她走進臥室躺上床。就在躺下的時候，她覺得整棟建築在搖晃。

㉕Bensonhurst，屬布魯克林自治區。

瞎操心，她再次告訴自己，彷彿這是一句對抗女巫的魔咒，她起身穿戴起大衣帽子。我只是去買菸和信紙，她想著，只是走到轉角而已。乘電梯下樓時，她又是一陣恐慌；電梯太快了，出了電梯進入大廳，她不能用跑的，因為四周站了很多人。即使如此，她還是三步併兩步的走出大樓。到了街上，她又猶豫著想要回去。疾駛而過的車輛，照常匆忙的行人，但電梯裡的恐慌感終於驅使她繼續向前走。她走向街角，跟隨著健步如飛的人潮，衝到大街上，忽然聽見叭的一聲，幾乎就在她的頭頂，緊跟著，在她後面出現了吼聲和煞車聲。她不顧一切的向前奔，奔到了街道的另一邊，她停下來四處張望。那輛卡車照著原定的路線拐過街角，她站在那裡，經過她身旁的人們，自然的分開了又再會合。

沒有誰在注意她，她安心的想著，看過我的那些人早已不知道去了哪裡。她走進前面的藥妝店，跟店員說要買菸；現在那棟公寓對她來說要比街上安全多了——她可以用走的上樓。出了藥妝店走向轉角的時候，她儘量靠近那些建築物，就算大樓門口有人車出入她也不肯讓開。到了轉角，她仔細謹慎的看了看燈號——是綠燈，但好像就要改變了。多等一會兒總是比較安全，她想，我可不想再撞上一輛卡車。

人群擠過她身邊，有些人馬路過到一半，燈號變了，只得停在路中心。有個女的，顯然比其他人膽子小，轉過身奔回街沿，其他的人就站在路中心，隨著穿梭的車流探頭探腦的挪動著身子。有一個人抓住車流裡的一個空檔衝上了對面的街沿，其他的人稍微遲了一秒鐘只好繼續等待。燈號又變了，車流慢了下來，瑪格麗特一隻腳剛踏上馬路，一輛計程車橫衝直撞的開過來，嚇得她又趕緊退了回去，重新站上街沿。等到計程車開走，燈號又快要變了，她想，我可以再等等，沒必要讓自己卡在路當中。她旁邊一個男的不耐煩的點著腳等著燈號變回綠燈；她身邊兩個女孩走下馬路，走了幾步停下等著，看見車潮太接近時又稍微的退後一些，進進退退的這段時間裡兩個人的話一直說個不停。我應該跟著她們兩個才對，瑪格麗特想著，這時她們卻又退回到她前面，變換燈號了，她旁邊那個男的立刻衝了出去，站她前面的那兩個女孩等了一會兒才慢慢的開步走，兩個人的話仍舊說個不停，瑪格麗特準備跟上去，最後決定再等等。這時她周圍突然多出了一群人；他們從公車下來要過馬路，她忽然有一種被困在中間的感覺，燈號一變她就往前擠，所有的人行動一致，她用手肘開路，拚命的擠出人群，退到一棟大樓前面等著。現在她覺得經過的人開始在看她了。他們會怎麼想我，她狐疑著，於是她抬頭挺胸，擺出一副在等人的模樣。她看看手錶皺起眉頭，想著，我看起來一定很蠢，反正這裡的人從來也沒見過我，而且又都走得那麼快。她再回到街沿，不巧綠燈又剛好轉成紅燈，她想，我去藥妝店喝杯可樂吧，沒必要回去那棟公寓。

藥妝店的店員無所謂的看著她，她坐下來點了杯可樂，就在她喝可樂的時候那種恐慌的感覺又上來了，她想起第一次想要過馬路時跟她站在一起的那些人，現在大概走過好幾條街了，在她猶豫來猶豫去的時候，他們可能已經過了不知道多少號誌燈了；現在那些人至少走了一哩多的路了，因為在她努力給自己壯膽的這段時間裡，他們一直穩穩的走著。她迅速的付了帳，她努力壓制想要說話的衝動，她想要對店員說可樂沒有問題，只是她必須得趕回去，如此而已，她又急急忙忙的回到了轉角。

燈號一變馬上穿過去，她堅定的告訴自己，沒什麼好怕的。燈號變了，她還沒做好準備，她驚魂還未定，轉彎的車陣已經排山倒海的湧了上來，她又縮回到了街邊。她渴切的望著對面街角的菸店，再遠一點就是她那棟公寓大樓；她疑惑著，這裡的人到底是怎麼過馬路的，她不是不知道，她就是疑惑，她整個迷失了。燈號變了，她懷恨的看著它，蠢東西，變來變去，變來變去，既沒目標也沒意義。她畏縮的看了看身邊兩旁，看有沒有誰在注意她，她悄悄的往後退，一步，兩步，直到退離開路邊。又回到了藥妝店，她等著店員露出一些認得她的表情，沒有，一點也看不出來；他看她的眼光就跟第一次招呼時同樣的冷漠。他毫無興趣的指了指電話；他才不會管呢，她想，我打給誰跟他一點關係都沒有。

她沒有時間再胡思亂想，因為他們立刻親切的接起了電話，立刻找到了他。他來接聽的時候，口氣好像很驚訝，又好像是理所當然，她只能無奈的說：「我在街角的藥妝店。過來接我。」

「怎麼了？」他不太想過來。

「拜託來接我，」她對著這一個可能會，也可能不會把話傳過去的黑色話筒說：「拜託來接我，布萊德，拜託。」

穿大鞋的男人們

這是年輕的哈特太太住到鄉下的第一個夏天，也是她結婚後當家庭主婦的第一年，不久她即將生下她的第一個寶寶，也是第一次，她用了一個人，或者說真正想到要用一個人，一個可以被稱之為女傭的人。遵照醫生的指示，年輕的哈特太太幾乎每天都要花上好幾個鐘頭的時間，心平氣和的向自己賀喜。坐在前門廊的搖椅上，她可以看見寧靜的街道，有樹林有花園，有從門前經過向她微笑招呼的人們；或者她也可以轉過頭從寬敞的窗戶望見自家的漂亮客廳，絲光棉的窗簾，十分搭配的沙發椅套和楓木家具；稍微抬起眼睛還可以看見臥室窗子上白色的百褶簾。這是一座真正的房子：送牛奶的人每天早上會把牛奶留在門口，門廊的欄杆上一整排色彩明亮的花盆種著真正的，需要澆水就會生長的植物；廚房裡有真正的，可以在上面烹調的爐灶，還有安德森太太老是愛抱怨地板上的髒腳印，就像一個真正的女傭。

「弄髒地板的都是那些男人。」安德森太太會一面觀察鞋跟印子，一面說。「女人，不相信妳去看好了，腳後跟總是輕輕的放下。那些個愛穿大鞋的男人。」接著她就會拿塊抹布馬馬虎虎的把鞋印抹掉。

哈特太太沒來由的很怕安德森太太，她聽過也讀過太多關於現代家庭主婦經常受幫傭欺負的報導，所以對於自己的怯懦一點也不覺得有什麼奇怪；再說，安德森太太的權威，似乎是建立在製作罐頭、焦糖醬和酵母捲的本事上，也算是天經地義。當初一身瘦骨頭、紅臉、頭髮綁得死緊的安德森太太出現在後門口，主動要求來幫傭的時候，哈特太太正陷在窗戶沒洗，髒亂沒整理的狀況當中，莫名其妙的就答應她了。安德森太太當機立斷，先從廚房開始下手，第一件事就是替哈特太太泡了杯熱茶。「妳不可以太勞累，」她眼睛瞄著哈特太太的腰圍說：「往後妳得特別小心才是。」

等到哈特太太發現安德森太太打掃不夠乾淨，東西也不大歸原位的時候，已經束手無策了。安德森太太的拇指印已經上了所有的窗戶，而哈特太太的早茶成了正規的制度；一吃完早餐，哈特太太先把水煮滾，安德森太太九點上門，立刻就給她們倆各沏一杯茶。「一天的開始就在這杯熱茶，喝了才有精神，」她每天早上都會親切的說：「妳的胃才會舒服。」

哈特太太從來不許自己想太多，她只管眼前的自在，為安德森太太肯幫她做所有的家事而得意（「挖到了一個寶，」她寫信給紐約的一些朋友，「她對我管頭又管腳的，就好像我真的是她的小貝比一樣！」）；直到安德森太太每天早上按時來了一個月之後，哈特太太才忍無可忍的認定，那種隱隱約約的，不舒服的感覺確實有它的道理。

那是一個溫暖晴朗的早晨，接連下了一個星期的雨之後的第一個晴天，哈特太太特別穿上一件漂亮的家居服——這件衣服安德森太太洗過也燙過——為丈夫做了一個很嫩的水煮蛋當早餐，再陪他走到前門外的步道揮手道別，看著他轉到街角搭上了載他去鄰鎮銀行上班的公車。哈特太太沿著步道慢慢的散步回家，她讚嘆著綠色百葉窗上的陽光，開心的跟出來打掃門廊的鄰居閒話家常。很快我就可以帶著小寶寶和他的小圍欄來花園裡了，哈特太太想著，她把前門開著，讓陽光可以曬到地板上。她走進廚房，安德森太太坐在餐桌邊上，茶已經倒好了。

「早啊，」哈特太太說。「天氣真好，對不對？」

「早，」安德森太太說。她朝著茶杯手一揮。「我知道你在外面，我已經把所有的事情都做好了。不喝一杯茶就沒法開始這一天。」

「我還當是太陽永遠都不會再出來了呢，」哈特太太說。她坐下來把茶杯挪到自己面前。「乾燥溫暖的感覺好好。」

「可以暖胃，喝茶的好處，」安德森太太說。「我已經放了糖。這會兒妳的胃一定已經開始不舒服了。」

「妳知道吧，」哈特太太快活的說：「去年夏天這個時候我還在紐約上班，根本沒想到我會跟比爾結婚。現在妳看看我。」她說著，哈哈的笑起來。

「妳永遠不知道將來會發生什麼，」安德森太太說。「一切不順的時候，妳不是死掉就是轉好。過去我一個鄰居常講的一句話。」她嘆口氣站起來，把杯子拿去水槽。「當然有些人就是一輩子都不如意。」她說。

「然後所有的事情就在兩個星期裡面發生了，」哈特太太說。「比爾在這裡有了份工作，公司裡的女同事送了我們一個做鬆餅的模子。」

「就在架子上，」安德森太太說。她伸手去拿哈特太太的杯子。「妳坐著別動，」她說。「以後妳再沒這種享福的機會了。」

「我簡直坐不住，」哈特太太說。「一切都太令人興奮了。」

「這是為妳好，」安德森太太說。「我都是為妳著想。」

「妳真的太好了，」哈特太太真誠的說。「每天都這樣過來幫忙。這樣的照顧我。」

「我不需要感謝，」安德森太太說。「妳沒事就好，我想到的只有這個。」

「可要是沒有妳，我真的不知道該怎麼辦。」哈特太太說。今天說得夠了，她忽然閃過一個念頭，如果自己每天早上都對安德森太太說一份感恩的話，還真像是在給她發放工資以外的獎金呢，想到這裡她放聲大笑。不過，也是實話，她想；遲早，我每天都要說的。

「妳笑什麼？」安德森太太兩隻紅通通又強有力的手腕撐著水槽，半側著身子說。「我說了什麼笑話嗎？」

「我只是在想，」哈特太太趕緊說：「在想我以前辦公室裡的那些女同事。她們要是看到我現在的樣子一定羨慕死了。」

「是福是禍誰會知道。」安德森太太說。

哈特太太伸出手，摸著她身旁的黃色窗簾布，心想著紐約那只有一個房間的小公寓，和那個陰暗的辦公室。「我真希望自己可以過得快活一點。」安德森太太繼續說。

哈特太太立刻垂下手，轉身看著安德森太太，同情的笑著。「我知道。」她低聲的說。「妳不會知道那糟到什麼程度。」安德森太太說。她一扭頭，對著後門。「他又來了，一整夜。」現在哈特太太終於會分辨這個「他」指的是安德森先生還是哈特先生。安德森太太的頭如果是向著後門那條她每天回家必走的小路比劃，這個「他」指的就是安德森先生；同樣的動作，如果是衝著每天晚上哈特太太迎接她丈夫的前門口，那指的就是哈特先生。「連一分鐘都不肯讓我睡。」安德森太太說。

「真是不像話，」哈特太太說。她迅速的站起來走向後門。「洗碗巾在曬衣繩上。」她提醒說。

「待會兒我去收。」安德森太太說。「又是吼又是罵，」她繼續，「我真的快要瘋了。『妳怎麼不滾出去？』他說我。就這麼走過去把門整個敞開，讓街坊鄰居全部聽到他在吼。『妳為什麼不滾出去？』他說。」

「太可怕了。」哈特太太說，她的手扣在後門的門把上。

「三十七年，」安德森太太說。她搖頭。「他現在居然要我滾。」見哈特太太點起了一支菸，她說：「妳不應該抽菸。要是繼續再這樣抽下去妳會後悔的。這就是我沒有小孩的道理。」她再繼續。「我能怎麼辦，他那副德性難道還要叫孩子們在旁邊聽著嗎？」

哈特太太走到爐子邊，往茶壺裡看了看。「我還想再喝杯茶，」她說。「妳要不要再來一杯，安德森太太？」

「多喝了我會燒心。」安德森太太說。她把沖洗過的茶杯放回到桌上。「這是我剛剛才洗的，」她說：「這是妳的杯子。妳的房子。妳愛幹什麼都可以。」

哈特太太大笑，把茶壺提到飯桌上。安德森太太看著她倒完茶，立刻把茶壺收走。「我去把它洗了，」她說：「省得妳又想再喝。」她口氣一沉。「喝太多茶水傷腎。」

「我一直都喝很多的茶和咖啡。」哈特太太說。

安德森太太看一眼排水口上那幾只瀝乾的碟子，伸出大手，一手各拎起三只玻璃杯。「今天早上妳的髒杯子真夠多的。」

「昨晚太累了沒洗。」哈特太太說。再說，她心想，我付她工資不就是為了清潔打掃嗎？她語氣一轉，輕快的說：「所以我全部都交給妳啦。」

「替人收拾善後是我的職責，」安德森太太說。「有的人就得永遠替別人做那些骯髒的工作。你們有很多朋友嗎？」

「我先生在城裡認識的一些人，」哈特太太說。「一共六個。」

「妳現在這個樣子，他不應該帶他那些朋友來家裡。」安德森太太說。

哈特太太想起了昨天的聚會，大夥愉快的閒聊著，紐約的劇院，當地可以跳舞的小客棧，他們稱讚她的房子，她向那兩位年輕太太展示那些嬰兒的用品，想著這些她輕輕的嘆了口氣。她已經完全沒注意安德森太太在說些什麼了。

「——就當著他自己太太的面啊。」安德森太太的話題結束了，她意味深長的把頭轉向前門。「他酒喝得很多？」

「沒有，不多，」哈特太太說。

安德森太太點點頭。「我明白妳的意思，」她說。「妳看著他們一杯接一杯，妳想不出任何辦法制止。然後不知道什麼事情忽然讓他們抓狂了，妳還弄不清是怎麼回事他已經開口叫妳滾蛋了。」她又點頭。「在這種時候無論哪個女人都沒有辦法，除了一件事，到了非滾不可的時候，她必須得有個地方可去。」

哈特太太小心謹慎的說：「安德森太太，我覺得不見得所有的丈夫都——」

「妳才結婚一年，」安德森太太陰沉的說：「這個時候誰會跟妳說這些。」

哈特太太就著菸屁股點上第二支菸。「我對於我先生喝酒的事真的一點都不擔心。」她正經的說。

安德森太太停下工作，手裡捧著一疊乾淨的盤子。「有別的女人？」她問。「是不是為這個？」

「妳怎麼會說這種話呢？」哈特太太質問她。「比爾根本沒——」

「在這個時候，妳最需要有人來照顧妳，」安德森太太說。「別以為我不知道；妳只是還沒找對人說。所有的男人對待自己的老婆都是一個樣，只不過有些男人是酒鬼，有些男人把錢全花在賭博上，還有些看見年輕的小妞就追。」她突兀的哈哈一笑。「其實有些並不年輕，妳去問那些人的老婆就知道。」她說。「如果這些女人知道自己的老公將來會變成這副德性，大概都不會結婚了。」

「我覺得成功的婚姻是女人的責任。」哈特太太說。

「在雜貨店，就前兩天，馬丁太太把她老公還沒死的時候常做的一些事情說給我聽，」安德森太太說。「有些男人的行為妳真是連想都想不到的。」她意有所指的看著後門。「有些男人比其他那些男人更壞。她覺得妳親切又和氣，馬丁太太真的這麼認為。」

「她真好。」哈特太太說。

「我可沒說他什麼，」安德森太太說，她把頭轉向前門。「我可沒提誰的名字，人家還以為是我不認識的人呢。」

哈特太太想到了馬丁太太，兩隻眼睛又尖又利，滴溜溜的老是盯著別人買的雜貨（今天買了兩條全麥麵包啊，哈特太太？今晚有朋友要來，是吧？）「我覺得她人真好。」哈特太太說，但她沒說出口的是：要記得告訴她這話是我說的。

「我沒說她不好，」安德森太太冷冷的說：「妳最好別讓她看出什麼差錯。」

「我相信——」哈特太太才起了個頭。

「我跟她說過了，」安德森太太說：「我說就我所知，我相信哈特先生絕對沒有亂來，也沒有酗酒。我說有時候我簡直把妳當成了我自己的女兒，只要有我在，就沒有哪個男人敢隨便欺負妳。」

「我希望，」哈特太太又開始要說，忽然一陣恐懼感襲上來；那些看似和善的鄰居竟然在和善的面貌底下監看她，甚至悄悄的從窗簾後面在窺伺比爾，有這可能嗎？「我認為人不應該在背後談論別人，」她不顧一切的說：「我的意思是，我認為隨便說一些自己都不確定的事情實在很不公平。」

安德森太太又突然大笑起來，她走過去打開清潔櫃。「妳別讓這些事嚇到了，」她說：「目前不可以的。今天上午我打掃客廳好嗎？我把小地毯拿出去曬曬太陽。都是他——」她腦袋衝著後門，「——把我氣壞了。妳知道的。」

「是啊，」哈特太太說。「真是太不像話了。」

「馬丁太太說我為什麼不乾脆過來跟你們住，」安德森太太邊說邊在清潔櫃裡拚命的翻找，連她的聲音也像是蒙了塵，含含糊糊的。「馬丁太太說妳這麼年輕，一切都剛剛起步，身邊終究需要有個好朋友才行。」

哈特太太低頭看著自己的手指糾纏著茶杯的把手：這茶她只喝了半杯。現在要走去另外一間房間已經來不及了，她想；我只要說比爾絕對不會答應就好了。「前幾天我在鎮上碰見馬丁太太，」她說。「她穿了一件好看得不得了的藍大衣。」她用手順了順身上的家居服，氣惱的說：「真希望我能穿上一件像樣的衣服。」

「『妳為什麼不滾出去？』他居然對我說。」安德森太太退出了清潔櫃，一手拿著畚箕，一手拿著抹布。「一面喝酒一面亂罵人，聲音大到所有的鄰居都聽見了。『妳為什麼不滾出去？』我敢說連你們這邊都聽見了。」

「我相信他不是認真的。」哈特太太用一種決定性的語氣說。

「換了妳絕對受不了的，」安德森太太說。她放下畚箕和抹布，走過來坐到哈特太太的對面。「馬丁太太認為如果妳要我過來住，我可以馬上過來，就住妳那間客房。三餐全部交給我來做。」

「是可以的，」哈特太太親切的說：「只是我打算讓寶寶睡那間房。」

「我們可以讓小寶寶睡你們的房間。」安德森太太說。她笑呵呵的推一把哈特太太的手。「別擔心，」她說：「我不會礙事的。哪，如果妳想讓寶寶跟我睡，那夜裡我就可以起來幫妳餵他。我想照顧一個小貝比我還行的。」

哈特太太笑容可掬的看著安德森太太。「我當然樂意，」她說。「等將來吧。眼前比爾一定不肯讓我這麼做的。」

「當然，」安德森太太說。「男人絕對不會肯的，可不是嗎？我在雜貨店跟馬丁太太說過，她呀真是世上最最好的一個小可愛，我說，可是她先生肯定不會讓個打雜的阿嬤桑過來跟他們一起住的。」

「哎呀，安德森太太，」哈特太太一臉的驚恐，「妳怎麼這麼說自己呢！」

「就只多了個女人，一個老一點懂得稍微多一點的女人，」安德森太太說。「可能見識也稍微多一點，說不定喔。」

哈特太太，她的手指緊緊的扣著茶杯，腦子裡快閃過一幅畫面，馬丁太太舒舒服服的靠在櫃台上（「我看見你們家來了一位明星級的新房客啦，哈特太太。安德森太太一定會把妳照顧得服服貼貼的！」）還有她那些街坊鄰居，她走去公車站接比爾的時候，那一張張盯著她的冰冷面孔；還有，紐約那些女同事，一面讀她的信一面羨慕得要死（「真是挖到了寶啊！——她就要來跟我們一起住了，以後所有的雜事都由她一手包辦了！」）。她抬起頭，看著坐在她對面的安德森太太那副會心的微笑，哈特太太忽然有了一份堅定不移的認知，她迷失了。

牙齒

巴士在候著，氣喘如牛的停在小巴士站前面的街沿，龐大的銀藍色車身在月光下閃閃發光。對巴士感興趣的只有少數幾個人，晚上到了這個時候人行道上根本沒人走動了：鎮上唯一的電影院在一個小時前就打烊了，看完電影的人在藥妝店吃完冰淇淋也都回家了；這會兒連藥妝店也關門熄燈了，午夜的街頭又多了一個安靜無聲的門口。小鎮上的光源只剩下街燈和對街一間通宵營業的小吃店，再就是公車售票口的那盞燈，坐在售票亭裡的女孩已經穿戴好了大衣帽子，只等這輛紐約大巴開走就可以回家睡覺了。

克萊拉·史班瑟站在車門口的人行道上，緊張兮兮的挽著丈夫的手臂。「我覺得好怪哦。」她說。

「妳還好吧？」他問。「妳看要不要我陪妳去？」

「不要，當然不要，」她說，「我還好。」她連說話都有些困難，因為牙床腫脹；她拿手帕按著臉，緊緊的挽著她的先生。「你沒關係嗎？」她問，「我最遲明天晚上就會回來了。不然我會打電話的。」

「放心好了，沒事的，」他由衷的說。「到明天中午就不痛了。記得要跟牙醫說，如果有什麼問題我好立刻趕過來。」

「我覺得好怪哦，」她說。「頭昏昏的，很暈。」

「那是因為藥的作用，」他說。「那些可待因㉖，還有威士忌，加上一整天什麼也沒吃。」

她神經質的笑著。「我沒辦法梳頭，手抖得厲害。好在光線很暗。」

「在車上試著睡一下，」他說。「妳吃了安眠藥嗎？」

「有。」她說。他們等著巴士司機在小吃店裡喝完咖啡；透過玻璃窗他們可以看見他，他坐在櫃台上，不慌不忙的。「我覺得好怪哦。」她說。

「妳知道嗎，克萊拉，」他特別的加重語氣，彷彿如此一來才更有說服力，更能給予安慰。「妳知道嗎，我真的很高興妳肯去紐約看席莫曼。要是病情嚴重起來，我讓妳在這裡隨便找個人看，我不會原諒自己的。」

「只不過是牙疼，」克萊拉不安的說：「牙疼沒那麼嚴重啦。」

「這很難說，」他說。「可能會化膿引起潰瘍什麼的。我相信他一定會把它拔了。」

「千萬別說那個字。」她全身發抖。

「嗯，看樣子真的很嚴重，」他嚴肅的說，跟方才的語氣一樣。「妳的臉好腫，也還好

㉖codeine，麻醉品，用作鎮咳止痛之類的鎮靜劑。

啦。別擔心。」

「我沒在擔心，」她說。「我只是覺得自己全身上下好像就這顆牙齒。沒別的了。」

巴士司機從凳子上站起來，走過去買單。克萊拉慢慢挪向公車，她丈夫說：「慢慢來，不急，妳有的是時間。」

「我只是覺得怪怪的。」克萊拉說。

「聽著，」她丈夫說：「這顆牙好好壞壞已經煩了妳好幾年了；從認識妳到現在，那顆牙至少鬧了六七次了吧。是該好好一次把它解決了。連我們蜜月的時候妳都在牙疼。」他以責備的口吻作為總結。

「有嗎？」克萊拉說。「你知道，」她說著笑了起來，「實在太匆忙了，衣服沒穿對。還穿了雙舊襪子，我把所有的東西都往包包裡扔。」

「錢帶夠了嗎？」他說。

「大概有二十五塊吧，」克萊拉說。「明天我就回來了。」

「如果不夠就拍個電報，」他說。公車司機出現在小吃店門口。「別擔心。」他說。

「你聽我說，」克萊拉忽然說：「你確定你沒關係吧？藍太太早上會準時過來做早餐，如果事情太多就先別讓強尼去上學了。」

「我知道。」他說。

「藍太太，」她檢查著自己的手指。「我給藍太太打過電話，我把購物單放在飯桌上了，午餐你可以吃冷牛舌，萬一我晚上趕不回來，藍太太會來幫你做晚餐。打掃的人下午四點來，我不在，你就把你那套褐色的西裝交給他，忘了也沒關係，不過口袋裡的東西一定要拿出來。」

「錢要是不夠就拍電報，」他說。「或者打電話。我明天會待在家裡，妳就打回家好了。」

「藍太太會照顧小貝比的。」她說。

「或者就拍電報好了。」他說。

巴士司機穿過了馬路，站在車門口。

「好了嗎？」公車司機說。

「再見。」克萊拉對丈夫說。

「明天就沒事了，」她丈夫說。「只是牙疼而已。」

「我沒事的，」克萊拉說。「你不用擔心。」她上車上了一半，又停住，司機在後面等著。「送牛奶的，」她對丈夫說。「留字條給他說我們要雞蛋。」

「我會，」她丈夫說。「再見。」

「再見。」克萊拉說。她上車了，等在她身後的司機也就了位。公車幾乎是空的，她走到最後面坐到靠窗的位子，她丈夫就守候在那個車窗外。「再見，」她隔著玻璃說：「保重哦。」

「再見，」他用力的揮手。

公車動了，哼啊喘的向前推進了。克萊拉轉過頭再揮了一次手，才往後靠上柔軟的厚椅背。天哪，她想，怎麼會這樣啊！外面，熟悉的街道溜走了，陌生又黑暗，誰會料到，在這個孤零零的車站上會看見一個搭公車出遠門的人。她擔心的不是一個人去紐約，她又不是第一次去，克萊拉氣惱的想著，是那些威士忌、鎮痛劑、安眠藥還有牙疼。她連忙查看止痛藥有沒有放進包包；止痛藥片、阿斯匹靈和水杯一直都放在餐廳的餐具櫃上，大概在她衝出家門的時候，隨手一把抓來了，因為現在它們全都待在她的包包裡，伴隨著那二十五塊錢和她的粉盒梳子口紅一起。靠感覺她就知道她帶的是快要擦完的舊口紅，不是那支顏色比較深，價值兩塊五毛的新貨。一只襪子抽絲了，腳趾上有個洞，在家穿著舒服的舊鞋她從來沒注意過，可是在這雙最好的休閒鞋裡，立刻凸顯出來了。沒關係，她想，明天我可以在紐約買一雙新的襪子，等到看完牙，等到一切沒事之後。她小心的拿舌頭頂著那顆牙，回報她的是瞬間的劇痛。

紅燈，巴士停下來，司機離開座位朝著她走過來。「剛才忘了跟妳收票。」他說。

「剛才上車太急了，」她在大衣口袋裡找著了車票交給他。「我們什麼時候到達紐約？」她問。

「五點十五，」他說。「有足夠的時間吃早餐。單程票？」

「我搭火車回去。」她想不通為什麼要告訴他，只能說在這樣的深夜，待在這樣一個與世隔絕的陌生小空間裡，人總是會比平常時間來得友善，愛說話。

「我嘛，我搭公車回去。」他說，兩個人哈哈一笑，她笑得很痛苦，因為臉腫。他回到最前面的司機座，她安詳的靠回椅背。她感覺那顆安眠藥在拉扯她；牙齒的抽痛遙遠了，混合著車子的移動，那節拍穩定得就像她的心跳聲，變得愈來愈大，愈來愈大，在深夜裡持續著。她的頭往後靠，腳往上勾，再用裙子仔細的遮住，沒有對小鎮說一聲再見就睡著了。

她的眼睛睜開過一次，車子幾近無聲的在黑暗中奔馳。她的牙齒穩定的抽痛著，她疲倦又無奈的把臉頰貼向涼涼的椅背。公車頂蓋上有細細的一道燈光，再沒有別的光線。在她前方，她看得見還有一些別的乘客；司機，坐得好遠，感覺上就像望遠鏡最遠端的一個小點，專注的對著方向盤，看上去是清醒著。她再度沉入美妙的睡夢中。

稍後她真的醒了，因為車子停住了，黑暗中安靜無聲的律動突然間終止是個震撼，她錯愕的醒過來，前後不到一分鐘，牙齒又開始大痛。乘客沿著走道向前移動，司機轉過身子說：「十五分鐘。」她起身跟著大家一起下車，只是她的眼睛仍舊愛睏，她的腳也不聽使喚。他們停在一家通宵營業的餐館旁邊，空蕩蕩的馬路上只此一家亮著燈。餐館內，溫暖忙碌，擠滿了人。她看見櫃台盡頭有個位子就坐了下來，完全不知道她自己什麼時候又睡著了，直到坐她邊上的一個人碰了碰她的手臂。她迷迷糊糊的看著周遭，他說：「出遠門？」

「對。」她說。

他穿著藍西裝，看上去很高；她的眼睛沒辦法聚焦，只能看到這些。

「妳要咖啡？」他問。

她點點頭，他指著她面前的櫃台，一杯咖啡在那兒冒著熱氣。

「快喝吧。」他說。

她細細的啜；平常時候她一定把臉整個埋下去，連杯子都不拿起來。陌生男人在說話。

「即使遠過了撒馬爾罕[27]，」他說：「拍岸的海浪有如鐘響。」

「好了，各位。」巴士司機說，她快速的吞著咖啡，喝夠了才有力氣上車。

重新坐回到座位上，陌生男人在她身旁坐下來。車子裡太暗，那餐館的燈光顯得特別刺眼，她閉起了眼睛。在她眼睛閉上，還沒入睡之前，牙痛徹底的把她包圍。

「笛子整夜的吹著，」陌生男子說：「星與明月一致，明月與湖一般。」

當公車再度起動，他們回歸黑暗，只靠著車頂蓋上那一線細細的燈光維繫著彼此，把最後排的座位與最前面的司機和別的乘客連成了一氣。燈光把他們綑綁在一起，鄰座的陌生男人還在說話，「就這樣什麼也不是的躺在樹下。」

坐在車子裡的她什麼也不是；她駛過了樹林，駛過了偶然出現的一些沉睡中的房舍，她是在車子裡，卻又連結著這裡和那裡，靠那一線的燈光與司機脆弱的聯繫著，自己絲毫不出力的被帶著走。

「我叫傑姆。」陌生男子說。

她睡意太重，只是下意識的挪動一下身子，她的前額抵著車窗，黑暗在她身邊移動。

忽然又出現了那種極致的震撼，她驚醒過來，害怕的說：「怎麼了？」

「沒事，」陌生男人——傑姆——立刻回應，「跟我來。」

她跟隨他走下公車，走進相同的餐館，表面看起來是這樣的，她正準備在櫃台盡頭那個相同的座位坐下，他牽起她的手，帶她到一個桌位。「去洗把臉，」他說。「洗完了再回來這裡。」

她走進洗手間，有個女孩站在那裡撲粉。女孩頭也不回的說：「要五分錢。門別關上，下個人就不必付錢了。」

廁所門卡住了關不上，門鎖裡有半只紙火柴盒。她讓它繼續留在那兒，她回到傑姆坐著的桌位。

「你想怎樣？」她說。他指指另一杯咖啡和三明治。「吃吧。」他說。

她吃著三明治聽著他的聲音，悅耳溫柔，「當我們航行過島嶼，我們聽見了召喚的聲音……」

回到車上，傑姆說：「把頭枕在我肩膀上，睡吧。」

「我這樣很好。」她說。

「不，」傑姆說。「之前，妳的頭一直敲著車窗。」

㉗Samarkand，烏茲別克第二大城。

她又睡著了，車子又停下來，她又嚇醒，傑姆又帶她到一間餐館喝了咖啡。她的牙齒也活過來了，她一隻手按著臉頰，一隻手摸索大衣口袋，再翻包包，終於找到了那一小瓶止痛劑，她吞了兩片，傑姆全程看著她。

她喝完咖啡，聽見車子馬達的聲音，她立刻起身，傑姆握著她的手臂，她倉皇的鑽進她黑暗中的庇護座。巴士開動了，她發覺她把那瓶止痛劑留在了餐館的桌位上。她透過車窗回頭對著餐館的燈光看了一會兒，她把頭枕著傑姆的肩膀，在她睡著的時候他說著，「沙子那樣的白，像雪，但是火熱，即使在夜裡，火熱在你的足底。」

然後，最後一次的停頓來臨了，傑姆帶她下了公車，他們在紐約車站站了一會兒。一個女的走過他們，對著跟在後面幫她拿手提箱的男人說：「我們剛好趕上，五點十五分。」

「我要去看牙醫。」她對傑姆說。

「我知道，」他說。「後會有期。」

他走開了，雖然她沒有看見他走。她想要尋覓走出車站的藍色身影，卻什麼也看不見。我應該謝謝他，她呆呆的想著，慢慢走進車站餐廳，她又點了咖啡。櫃台服務生用疲憊同情的眼光看著她，他在這裡已經看了一整夜上車下車的乘客。「很睏？」他問。

「是的。」她說。

不久之後她發現公車站跟賓夕凡尼亞地鐵站是相連的，她可以直接進入候車室，在長椅上找到一個位子坐下來，她又睡著了。

有人粗魯的搖著她的肩膀說：「妳搭哪一班車？小姐，快七點了。」她坐直身子，看見自己的皮包擱在腿上，她的腳齊整的交叉著，面前一座鐘直直逼視著她。說了聲「謝謝」，她站起來跌跌撞撞的走過候車室裡的長椅，走上電扶梯。有個人立刻跟上來，碰碰她的手臂；她回頭，是傑姆。「草那樣的綠那樣的柔，」他帶著笑意說：「河裡的水那樣的涼。」

她疲累的盯著他。電扶梯到頂了，她跨出扶梯本能的向著前方的街道走。傑姆陪在她身旁，他的聲音持續著，「天空是妳不曾見過的藍，歌聲……」

她走快幾步離開他，她以為來往的行人都在看她。她站在街角等候號誌燈，傑姆輕快的趕上來又走開。「妳看。」在擦身而過的時候他說，他手裡握著一把珍珠。

對街有一間餐館，剛開始營業。她走進去找了一個桌位，女服務生皺著眉頭站在她旁邊。「妳還在睡。」女服務生一副斥責的口氣。

「很對不起，」她說。現在是早上了。「荷包蛋和咖啡，謝謝。」

八點差一刻，她離開餐館，她想，現在搭公車，直接進市區，我可以在牙醫對面的藥妝店裡喝咖啡到八點半，等診所開門就進去，讓醫生最先看我。

公車開始擠了；她搭上第一輛開過來的公車，找不到空位。她要到二十三街，車子經過二十六街時有了一個座位；她醒來時離市區已經很遠，她花了將近半個小時才搭上一輛公車折回二十三街。

在二十六街街口，她正等著紅綠燈，忽然一大群人擠過來，就在過了馬路人群各自分散的當口，有個人跟上來走在她旁邊。她忿忿的盯著人行道，頭也不抬的走了一會，她的牙痛得像火燒，抬起頭，兩旁行色匆匆的人群中並沒有藍西裝的蹤影。

走到了牙醫診所的大樓，時間還很早。大樓門房明顯的刮過了鬍子，梳過了頭髮；他動作敏捷的為她撐著門，相信到了五點的時候他就沒那麼精神了，頭髮也沒那麼整齊了。她懷著達成使命的好心情走進大門；她終於成功的從一個地方到達了另一個地方，這裡是旅程的終點，是她的目的地。

白衣護士坐在診所的辦公桌前，眼睛盯著那張腫脹的臉，累垮的肩膀，她說：「好可憐，妳看起來累壞了。」

「我牙痛。」護士半笑不笑的表情，彷彿她還在盼著哪天會有人進來說：「我腳痛。」她站起來展現專業。「快進來吧，」她說。「不用等了。」

陽光在牙醫座椅的頭靠上，在白色的圓桌上，在鑽孔器的鉻合金頭上。牙醫露出跟護士同樣包容的笑容；或許人類的病痛全部包容在牙齒裡，凡是願意即時過來看他的人，他就能夠治好他們。護士流暢的說：「我去拿她的病歷，醫生。我們覺得應該先讓她進來看診。」

照X光的時候，她感覺她腦袋裡竟然沒有任何東西可以制止那個邪惡的攝影鏡頭，好像那鏡頭不但能夠看透她，還能拍到旁邊牆上的釘子，牙醫的袖扣，儀器上的細節。牙醫對護士說：「拔除，」口氣帶著遺憾。護士說：「是，醫生，我立刻打電話。」

這顆牙，確實無誤的把她帶來這裡，現在，它似乎成了她辨識身分的唯一角色了。照片拍的是它，不是她；它成了重要的大人物，必須記錄，檢查，令它滿意；而她只是它不得已的交通工具，唯有靠著這個，牙醫和護士才對她感興趣，唯有讓她成為牙齒的持有人，她才會受到立即的醫療照顧。牙醫遞給她一張紙片，上頭畫著牙齒的全圖；在那顆痛牙的位置有一個黑色的記號，紙片的最上方寫著「下臼齒；拔除」。

「拿著這張紙，」牙醫說：「直接去找名片上的地址，是一位牙醫外科醫生。他們會幫妳處理。」

「他們會怎麼做？」她說。她要問的其實不是這個問題，而是：「那我怎麼辦？或者，那牙根有多深？」

「他們會拔掉那顆牙，」醫生不耐煩的別開臉。「幾年前就該拔了。」

我待得太久了，她想，他對我的牙齒厭煩了。她起身離開看診的座位說：「謝謝你，再見。」

「再見。」牙醫說。最後一分鐘他對她笑了，對她露出整排潔白的牙齒，顆顆晶瑩，管控完美。

「妳還好嗎？有沒有很難受？」護士問。

「我還好。」

「我可以給妳幾顆止痛藥，」護士說。「當然，妳現在最好什麼也別吃，不過我還是給妳幾顆以防萬一。」

「不要，」她想起留在中途餐館桌上的那瓶止痛劑。「不用了，它還好，不會很痛。」

「那好，」護士說：「祝妳一切順利。」

她走下樓，又再走過那個門房。在她上樓的這十五分鐘裡，他已經失去了一些早晨的活力，他的鞠躬似乎比先前小了一號。

「叫車嗎？」他問，她想起了往二十三街的公車，她說：「是的。」

就在門房回上街沿，用發明人的態度對著這輛計程車鞠躬的時候，她好像看見對街人群中有一隻手在向她揮著。

她讀著牙醫給的名片上的地址，再仔細的向計程車司機重複一遍。拿著卡片和寫著「下臼齒」的紙片，這顆牙齒的身分已經非常明確，她動也不動的坐著，兩隻手仍舊護著那兩張紙片，她的眼睛幾乎就要闔上了。她想她肯定又睡著了，計程車忽然停住，司機轉過來替她開了車門，說：「到了，小姐。」他好奇的看著她。

「我要去拔牙。」她說。

「天哪！」計程車司機說。她付完車資，他說：「祝你好運。」大力的關上了車門。

這是一棟很奇怪的大樓，入口處都是石刻的醫療標誌；這裡的門房不太專業，彷彿要等她走不動了他才願意開口似的。她走過他，一路走向電梯，電梯門為她打開來。進了電梯她把名片拿給服務員看，他說：「七樓。」

一個護士推著坐輪椅的老太太進來，她只得往後站。老太太從容平靜的坐著，膝蓋上遮了一條毯子；她對服務員說：「好天氣。」他說：「看到太陽真舒服。」老太太往後靠在椅背上，護士幫她整理一下毯子，說：「現在我們不用擔心了。」老太太不悅的說：「誰擔心了？」

她們在四樓出電梯。電梯繼續向上，一會兒服務員說：「七樓。」電梯停下，門打開。

「走廊直走到底左轉。」服務員說。

走廊兩邊都是關著的門。有的寫著「DDS（口腔外科）」，有的寫著「診療室」，有的寫著「X光檢驗」。其中有一個，看起來最衛生最友善，也最容易懂，寫著「女廁」。她向左轉，看見一扇門上寫著名片上的名字，她打開門走進去。有個護士坐在玻璃窗口後面，幾乎像是在銀行裡，候診室四個角落擺著盆栽的棕櫚、新的雜誌和舒適的座椅。玻璃窗口後面的護士說：「是？」那口氣就像妳是透支戶，有兩顆牙的錢還沒付清似的。

她把那張紙片從窗口遞過去，護士看著它說：「下臼齒，好。他們來過電話了。請妳現在就進去好嗎？從妳左手邊那個門。」

進入墓穴嗎？她幾乎衝口而出，默默的打開門走了進去。另一個護士在那裡等著，護士微笑轉身，等候著跟隨她的人，很明顯是由她負責帶路。

又照了一次X光，這個護士告訴另一個護士：「下臼齒。」另一個護士說：「走這邊，」

請。」

無數的迷宮和通道，似乎已經走入了這棟辦公大樓的心臟，終於，她被帶進一個小房間，裡面有一張沙發、一只枕頭、一個洗臉槽和一把椅子。

「在這裡等著，」護士說。「先休息一下。」

「我可能會睡著。」她說。

「可以，」護士說。「不會等太久的。」

她等了大概超過一小時，大半時間都在半睡眠狀態，只有在有人經過門口的時候才驚醒；護士不時笑嘻嘻的過來探看，有一回她說：「不會再等很久了。」隔不久，很突然的，護士回來了，這次不再有笑容，不再是親切的女主人，這次很急促很有效率。「快來。」她果決的離開小房間走回走廊。

接著，很快，快到她還來不及看清楚，她已經坐上椅子，一條毛巾裹著她的頭，一條毛巾圍在她的下巴底下，護士一隻手搭在她的肩膀上。

「會受傷嗎？」她問。

「不會，」護士帶著微笑說。「妳知道不會受傷的，對不對？」

「對。」她說。

牙醫進來了，居高臨下的對她笑著。「開始吧。」他說。

「會不會受傷？」她說。

「啊，」他輕快地說：「如果會受傷，那我們就不能吃這行飯了。」他一直在說話，他的手也一直不停，忙著處理那些蓋在毛巾底下的金屬器材，大只的儀器安靜無聲的推到了她的身後。「我們就不能吃這行飯了，」他說。「現在妳唯一要擔心的是睡著以後會不會把所有的祕密全部說出來。這一點倒是要注意的，明白吧。下臼齒？」他對護士說。

「下臼齒，醫生。」她說。

他們把有金屬味的橡膠面罩罩在她臉上，牙醫一句「妳明白吧，」心不在焉的連說了兩三次，這期間她隔著面罩還可以看見他。護士說：「兩手放鬆，親愛的。」不知過了多久她覺得她的手指放鬆了。

接著而來的是不斷迴旋的音樂，大到令人困惑的樂聲持續不斷，繞著轉著，她拚了命的奔跑，跑過一條很可怕的長廊，長廊兩邊都是門，長廊的盡頭是傑姆，他伸出手又笑又喊，他在喊什麼她完全聽不見，音樂太大聲了，她繼續奔跑，她說：「我不怕。」她邊上那扇門裡有個人抓住她的手臂拉她，世界愈變愈大，愈變愈大，止都止不住了，然後它停住了，牙醫的頭在俯瞰她，窗戶落在她面前，護士抓著她的手臂。

「妳幹嘛拉著我？」她說，她嘴裡全是血。「我還想繼續。」

「我沒有拉著妳，」護士說。可是牙醫說：「她還沒走出來。」

她動也不動的開始哭，她感覺淚流滿面，護士拿毛巾把淚水擦掉。沒有血，除了她嘴裡，其他任何地方都沒有血；所有的一切都跟原先一樣的乾淨。牙醫突然不見了，護士伸出手臂幫忙她離開座椅。「我有沒有說話？」她急切的問。「我是不是說了什麼？」

「妳說，『我不怕』，」護士柔聲安撫她。「就在妳要醒過來的時候。」

「不是，」她拽著攬住她的那隻手臂。「我有沒有說什麼？我有沒有說他在哪裡？」

「妳什麼也沒說，」護士說。「醫生只是在逗妳玩。」

「我的牙齒呢？」她忽然問，護士哈哈笑著說：「沒啦。再不會煩妳啦。」

她回到小房間，躺在沙發上哭，護士拿紙杯倒了些威士忌，把杯子擱在洗臉槽的邊沿。

「上帝賜血給我喝，」她告訴護士。護士說：「不要漱口，否則不會凝固。」

過了好久護士回來了，在門口笑咪咪的對她說：「妳又醒了。」

「怎麼說？」她問。

「妳一直在睡，」護士說。「我不想吵醒妳。」

她坐起來；頭很暈，感覺上她似乎在這個小房間裡住了一輩子。

「妳現在要不要跟我一起過去？」護士說，那份親切感回籠了。她又伸出那隻強壯有力的手臂，再不穩的腳步它也撐得住；這次她們穿過長廊來到了坐著護士的銀行窗口。

「都好了？」護士爽朗的說。「先坐一會兒。」她朝玻璃窗口邊上的一張椅子指了指，掉過頭忙著去寫什麼東西。「兩個小時不要漱口。」她頭也不回的說。「今天晚上吃一粒瀉藥，如果覺得痛就服兩片阿斯匹靈。如果很痛或是大量出血，立刻通知診所。好嗎？」她又露出了開朗的笑容。

「再見。」護士愉快的說。

「再見。」她說。

她手裡握著那一張小紙片，走出玻璃門，睡意仍舊很濃，她轉個彎沿著走廊走下去。她稍微睜開眼睛看，那是一條兩邊都有門的長廊，她停下來，看見標著「女廁」的那扇門，走了進去。裡面有一個好大的房間，有窗戶、藤椅、光潔的白瓷磚，和銀亮的水龍頭；洗手台那裡站著四五個女人，在那裡梳頭，抹口紅。她筆直朝著三個洗手槽裡最近的一個走過去，抽了一張紙巾，把皮包和紙片放在腳邊的地板上，她笨手笨腳的開了水龍頭，把紙巾淋濕到滴水，再拿它用力的往臉上拍。她的眼睛清楚了，她覺得精神多了，她再把紙巾淋濕，擦了把臉。她胡亂的摸索著想要再抽一張紙巾，旁邊的女人遞了一張給她，她聽見笑聲，但是看不見，因為眼睛裡有水。她聽見有個女人說：「我們去哪吃午餐？」另一個說：「就樓下吧。老傻瓜說要我半個鐘頭就得回家。」

她這才意識到她是夾在一群趕時間的女人堆裡，她趕緊擦乾了臉。就在她稍微移開一步，讓另外一個人上來使用洗手槽的時候，她朝鏡子裡瞥了一眼，就這一眼令她心驚膽顫起來，她竟然分不清究竟哪一張是她的臉！

她看著鏡子裡，彷彿在看一群陌生人，全部的人都在看著她，圍著她；人群裡沒有一個是熟悉的，沒有一個對她笑臉相向，或是對她露出看見熟人的驚喜；我自己的臉總該認識我吧，她想，她喉嚨裡有一股詭異的麻木感。有一張臉是奶油色的，沒下巴，有一頭亮麗的金髮，縮在紅色面紗帽子底下的那張臉很犀利；把一頭棕髮攏在背後的是一張蒼白焦慮的臉，剪著一個四方髮型的是一張玫瑰色的四方臉。至少有兩三張臉貼近鏡子，移來移去的看著鏡中的自己。或許這不是一面鏡子吧，她想，也許是一扇窗，我看到的是那些女人在窗子的另一邊梳洗。但是這些女人明明在梳頭，在照鏡子；這群女人就在她旁邊，她想，我不希望我是那個金髮的女人，她抬起手按著自己的面頰。

她是那一張把頭髮攏在後面，蒼白焦慮的臉。一旦認出了自己，她很生氣，她匆忙的退到那群女人後面，不公平，為什麼我的臉上毫無血色？鏡子裡有好幾張漂亮的臉，為什麼我不是其中之一？我沒有時間，她氣惱的告訴自己，他們沒給我思考的時間，我應該可以擁有其中一張好看的臉，即使那個一頭金髮的也比我好得多。

她退出來，坐在一張藤椅上。太難看了，她想著。她抬起手摸摸頭髮；睡過覺之後頭髮有些鬆散，不過樣子仍舊沒變，整個往後攏，用一支寬髮夾固定在背後。像個女學生，她想，只是——她想起鏡子裡那張蒼白的臉——只是年紀大多了。她費力的解開了髮夾，把它拿到眼前。她的頭髮輕柔的貼著她的臉，暖暖的，垂在肩膀上。髮夾是銀的，上面刻著名字：「克萊拉。」

「克萊拉，」她大聲說。「克萊拉？」兩個女人走出去的時候側過臉來對她一笑；現在所有的女人都要離開了，梳好了頭髮，搽好了口紅，邊聊邊走了出去。轉瞬間，好像小鳥離開樹枝，走得一個不剩，她單獨一個人坐在休息室裡。她把髮夾扔進椅子旁的菸灰桶；菸灰桶很深，金屬的，髮夾落下去發出清脆的鏗啷聲。她的頭髮垂在肩膀上。她打開皮包，把裡面的東西掏出來，一樣一樣的放在腿上。手帕，素面的，純白，沒有任何姓氏的字頭。粉盒，正方形，褐色玳瑁花紋的塑膠品，有兩個小間隔，一格是粉餅一格是胭紅；胭紅那格明顯的從來沒用過，粉餅這邊已經去了一大半。所以我才會那麼蒼白，她想著，放下了粉盒。口紅，玫瑰色，幾乎用完了。一把梳子，一包開過的香菸，一盒火柴，一只零錢包，一個皮夾。零錢包是紅色假皮的，口子上有拉鍊；她打開零錢包，把零錢倒在手心。五分，一毛，一分的硬幣有好幾個，二十五分的只有一個，一共九毛七分。這點錢不夠用，她想，她再打開褐色的皮夾；皮夾裡有錢，她要先找名片和一些資料，結果找不到。皮夾裡只有錢。她數了數，一共十九塊。這些錢應該差不多了，她想。

包包裡再沒別的了。沒鑰匙——我應該要有鑰匙才對嗎？她疑惑著——沒資料，沒電話簿，沒身分證明。包包是假皮，淺灰色，她低頭發現她穿著深灰色的法蘭絨套裝，搭配橙紅色、頸圍有花褶的上衣。她的鞋是黑色的，半高的粗跟鞋，綁著鞋帶，一隻鞋的鞋帶鬆開了。她穿著米黃色的長襪，右膝蓋有一道不規則的裂縫，從腿一路裂到腳趾頭上的破洞為止，這個破洞在鞋子裡就可以感覺到。套裝領子上別著一個別針，她把別針翻轉來看，上面有個藍色的塑膠英文字母C。她把別針摘下來扔進菸灰桶，到達桶底的時候發出一點點碰撞的聲音，最後鏗的落在那支髮夾上。她的手很小，手指粗短，沒擦指甲油；左手戴了一枚黃澄澄的結婚線戒，再沒有其他的珠寶首飾。

一個人坐在女廁休息室的藤椅上，她想著，起碼我現在可以把襪子脫了。四下無人，她脫了鞋，退下絲襪，她覺得一身輕，她的腳趾從破洞裡解放了。襪子得藏起來，她想——扔紙巾的廢紙簍。她站起來再仔細的照了照鏡子——比她想像中更糟：在椅子上坐久了灰色套裝又皺又垮，兩條腿細瘦如柴，肩膀下垂。我看起來像五十歲，她想；再仔細看那張臉，我明明還不到三十啊。她的頭髮散亂的垂在蒼白的臉上，一股莫名火升了上來，她在包包裡一陣亂翻，找到了那支口紅；她在蒼白的臉上畫了一個誇張的玫瑰紅唇，這時候她才發現自己在這方面很不擅長，不過有了紅唇的臉似乎好看多了，她再打開粉盒，在臉頰抹上粉紅色的腮紅。臉頰上的腮紅既不勻稱又很突兀，紅唇鮮豔奪目，起碼這張臉不再蒼白焦慮了。

她把襪子塞進廢紙簍裡，光著兩條腿走回樓梯間，然後果決的走向電梯。服務員說：「下？」他看看她，她走進去，電梯沉默無聲地把她帶到樓下。她又經過那個嚴肅專業的門房，走上人來人往的大街，她站在大樓前面等候。過了一會，傑姆從經過的一群人中走出來，走向她，牽起她的手。

在這裡和那裡中間的某個地方存在著她的那瓶止痛藥，在樓上女廁休息室的地板上留著她那一小張註著「拔除」的紙片；七層樓底下，健忘的人們行色匆匆的走在人行道上，沒有人理會他們偶爾相遇的好奇眼光，她的手在傑姆的手裡，她的髮披在肩膀，她光著腳奔跑在火熱的沙子上。

收到傑米的一封信

有時候我真懷疑，她在廚房邊收拾碗盤邊想著，有時候我真懷疑男人到底講不講道理，任何一個。也許他們本來就是瘋子，別的女人都知道，除了我，我的母親從來不告訴我，我的室友根本不提，別的太太們又都以為我知道……

「今天我收到傑米的一封信。」他說，在抖開餐巾的時候。

你總算收到信了，她想，他終於熬不住寫信來了，也許就此雨過天青，又恢復原來的友好了……「他都說了些什麼？」她隨口問。

「不知道，」他說：「沒拆開。」

天哪，她想，怎麼會有這種事。她等著。

「準備明天原封不動的退回去。」

我簡直沒法想像，她想。換成是我，我連五分鐘都熬不住，非拆不可。我大可以想出一些別的賤招，像是把信撕碎，把碎片給他寄回去，或者找人幫忙，寫一封尖酸刻薄的回信，但是我絕不會讓它原封不動的在我身邊待過五分鐘。

「今天跟湯姆一起吃午飯。」他說，似乎剛才的話題已經結束，她想，好像剛才的話題就此不想再提了。也許他真是這樣，她想，天哪。

「我覺得你應該把傑米的信拆開。」她說。也許就這麼簡單，她想，也許他就會說好吧，就把信拆開了，也許他就會回去跟他母親住一陣子了。

「為什麼？」他說。

問得真順，她想。你要是不拆信你就去死吧。「啊，大概是因為我好奇吧，不讓我看看信上寫了些什麼我會死。」她說。

「妳拆啊。」他說。

原來你在等我動手，她想。「說真的，」她說：「跟一封信過不去也未免太蠢了吧。要跟傑米過不去，可以。可是為了跟他作對連信都不看，那就太蠢了。」天哪，她想，我居然說出「蠢」字，而且說了兩次。完了。他只要聽到我說他蠢我就死定了，我一夜都甭想睡了。

「我幹嘛非看不可？」他說：「不管他寫什麼我都沒有興趣。」

「我有。」

「妳拆啊。」他說。

天哪，她想，天哪天哪，看我從他的公事包裡把那封信偷出來，看我明天把那封信和著蛋一起炒給他吃，只是我當然沒這個膽，他會打斷我的手臂。

「好吧，」她說：「我也沒興趣。」就讓他覺得妳沒轍了吧，就讓他安穩的窩在椅子裡吧，就讓他好好的吃他的檸檬派吧，讓他換個話題吧。

「今天跟湯姆一起吃午飯。」他說。

她在廚房裡邊收拾碗盤邊想，也許他說的是真心話，也許他寧可去死，也許他真的沒有興趣，就算他有，就算他好奇到了歇斯底里的程度，他也要鎖在浴室裡，試著透過信封看個究竟。或者，也許他收到信一看，說，啊，傑米寫來的，就隨手往公事包裡一扔，忘了。如果真是這樣我會殺了他，她想，我會把他埋在地窖裡。

稍後，在他喝咖啡的時候，她說：「要給約翰看嗎？」約翰一定也會受不了的，她想，約翰的想法做法就跟我一樣。

「給約翰看什麼？」他說。

「傑米的信。」

「喔，」他說。「當然。」

超強的勝利感擄獲了她。他是真的想要把信拿給約翰看，她想，所以他還是知道自己還在生氣，他是要約翰出面說，真的嗎？你真的還在生傑米的氣嗎？這樣一來他就可以大聲的說是。她勝利的想著，他到底還是一直在想著這封信。她說了，完全沒經過大腦：

「你剛才想要原封不動的把它退回去？」

他抬起頭。「我忘了，」他說。「應該會吧。」

我真是多嘴，她想。他忘了。這句話完全洩了他的底，他連考慮都沒考慮，如果那是條蛇，肯定會對他一口咬下去。就在地窖的樓梯下，她想著，他的腦袋撞開了花，他那封該死的信就在他交叉握著的雙手底下，很值得，她想著，啊，很值得。

樂透

六月二十七日的早上，晴空朗朗，有著夏天的溫暖氣息；花朵綻放，綠草滋長。村民們開始聚集在郵局和銀行中間的廣場上，時間大約上午十點；有些城鎮因為人太多，摸一次彩得花上兩天的時間，必須在六月二十六日就開始了，可是這個村子，總共只有三百人左右，樂透活動時間要不了兩小時，就算上午十點開始，村民們也還來得及回家吃午飯。

最先到場的當然是孩子們。學校剛放暑假，自由的感覺讓大多數的孩子感到有些不安；孩子們總是先安靜一陣子再開始躁動，現在他們靜靜的聚在一起，話題仍舊離不開課堂和老師，書本和挨訓。鮑比・馬丁的口袋裡已經塞滿了石頭，別的孩子很快的有樣學樣，也在精挑細選的撿一些又圓又光滑的石頭；鮑比和哈利・瓊斯還有迪克・戴拉克羅瓦——村民們都把這個姓唸成「狄拉克羅伊」——已經在廣場一個角落堆起了一堆的石頭，他們小心提防著其他孩子過來偷襲。站在一旁說話的女孩子們，不時的側過臉來瞧著那些男孩，更小的小孩子們在地上打滾，要不就緊緊抓著哥哥姊姊們的手不放。

不久男人聚過來了，一面看看自己的孩子，一面聊著耕作和雨水，拖拉機和稅收。他們站在一起，離開堆石頭的角落，輕聲的開著玩笑，只是聽不見笑聲，臉上僅掛著微微的笑容。女人，一個個穿著褪了色的家居服和毛線衫，在男人後面跟著出現了。她們互相打過招呼，閒聊幾句就走去她們丈夫身邊。不一會兒，這些站在先生身邊的女人開始叫喚各自的孩子，至少要叫上四五次，孩子們才心不甘情不願的走過來。鮑比·馬丁躲開了母親的手，笑哈哈的又跑回石頭堆那裡。他的父親一聲厲吼，鮑比趕緊乖乖站到父親和大哥的中間。

這項活動——就跟廣場舞會、青少年俱樂部或萬聖節的活動一樣——是由撒瑪斯先生主持，他對於鎮民活動不但肯花時間且更有熱誠。他是個圓臉、非常樂天的人，經營煤炭生意，大家很替他難過，因為他沒有小孩，太太又是個潑婦。他帶了黑色的木箱來到廣場，村民們一陣騷動，他揮揮手喊著：「今天稍微晚了一些，鄉親們。」郵政局長格雷弗先生跟著他，手裡拿著一只三腳凳，凳子擺在廣場中間，撒瑪斯先生把黑箱子放在凳子上面。村民們自動保持距離，讓凳子和他們之間留出一個空間。撒瑪斯先生說：「有哪位願意上來幫忙？」大家正猶豫著，有兩個男人，馬丁先生和他的大兒子巴克斯特走了上來，幫忙扶著擱在凳子上的黑箱，撒瑪斯先生動手攪拌箱子裡的籤紙。

原始的樂透道具老早就遺失了，現在這個擱在凳子上的黑箱子是在華納老爹——全鎮最老的老人——出生前就使用了。撒瑪斯先生經常對村民們提起要做一個新的箱子，可是誰也不想換掉這個幾乎等於代表傳統的黑箱子。有此一說，現在的箱子是用它前面那只箱子的碎片製作成的，而那只箱子是第一批來這裡建村的人做出來的。每年，在樂透活動之後，撒瑪斯先生就會再提起換新箱子的事，但是每年這個話題總是不了了之。黑色的箱子一年比一年破舊寒酸；現在甚至不復原來的純黑色了，有一邊開裂得太厲害已經露出了木頭的原色，另外也有好幾個地方斑剝褪色了。

馬丁先生和他的大兒子巴克斯特牢牢的扶著凳子上的黑箱，撒瑪斯先生的手在箱子裡用力攪和著紙籤。因為很多儀式早已被遺忘或棄置，撒瑪斯先生順理成章的就用紙籤替代了沿用許多代的木籤。木籤，撒瑪斯先生辯說，在村子規模很小的時候非常適用，可是現在人口超過了三百，而且還可能繼續增加，就有必要使用一種更容易更適合放入這個黑箱子的東西。樂透活動的前一晚，撒瑪斯先生和格雷弗先生把紙籤做好，投入箱子，再把箱子帶去撒瑪斯先生的煤炭公司，鎖進公司的保險箱，等第二天早上由撒瑪斯先生直接帶到廣場。一年裡其餘的時間，這箱子就被收藏起來，有時藏這裡，有時藏那裡；有一整年是待在格雷弗先生的倉庫裡，還有一年侷促的擠在郵局裡，有的時候甚至就在馬丁雜貨店的貨架上擱著。

在撒瑪斯先生宣布活動開始之前，還有一大堆瑣碎的事要做。整理名單——每個家族的族長，每一戶的戶長，每個家族每一戶的人數。郵局局長要以樂透主持人的身分為撒瑪斯先生宣誓致詞。曾經一度，有些人記得，典禮上樂透主持人還要負責朗誦，不成調的讚美詩每年都要敷衍的唱一遍；有些人認為過去樂透主持人在致詞或唱歌的時候是站著的，又有些人認為他應該走入人群，只是好多好多年以前這部分的儀式已經流於失效了。另外，還有一個致敬的儀式：樂透主持人對每個走上來抽籤的人都要說幾句話，不過這部分也隨著時間慢慢更改了，到現在變成，只有在樂透主持人覺得有必要的時候才會對抽籤的人說話。撒瑪斯先生對這一切非常熟練；他穿著白襯衫藍牛仔褲，一手隨意的搭在黑箱子上，滔滔不絕的向格雷弗先生和馬丁父子講解著，一副專業又權威的樣子。

就在撒瑪斯先生終於講解完畢轉身面對聚集的村民時，賀金森太太披著毛衣急匆匆的沿著小徑趕到廣場，鑽進了後排的人群。「忙著打掃忘記今天是什麼日子了，」她對站在旁邊的戴拉克羅瓦太太說，兩個人輕輕的笑著。「還以為我老公出去堆木頭了呢，」賀金森太太繼續說著，「後來我看窗外，孩子們都不見了，我才想起今天是二十七，趕緊跑了來。」她兩手往圍裙上擦著。戴拉克羅瓦太太說：「妳來得正是時候，他們還在說話呢。」

賀金森太太伸長脖子在人群中張望，發現她丈夫和孩子們站在前排。她拍拍戴拉克羅瓦太太的手臂表示告別，開始往前擠。大家好心的讓她穿過去。有兩三個人，用剛好可以讓大家聽見的音量說：「賀金森太太妳可來啦，」又一句，「比爾，她終於趕到啦。」賀金森太太擠到了丈夫身邊，一直在等候著她的撒瑪斯先生開心的說：「我還以為今天的樂透活動要撇開妳了呢，黛西。」賀金森太太咧開嘴笑著說：「我不能讓那些碗盤留在水槽裡不管啊，你說是不是，喬？」人群裡輕輕的掀起一陣笑聲，賀金森太太到了之後，大家又都站回了原來的位置。

「好了，」撒瑪斯先生正經的說：「我們可以開始了，把這件大事辦完，大家好回去幹活。還有誰沒來？」

「登巴，」有幾個人說。「登巴，登巴。」

撒瑪斯先生察看名單。「克萊德．登巴，」他說。「對。他摔斷了腿不是嗎？誰來替他抽籤？」

「我來吧。」一個女人說，撒瑪斯先生轉身看著她。「太太替丈夫抽籤，」撒瑪斯先生說。「妳沒有一個成年的兒子來代勞嗎，珍妮？」撒瑪斯先生和村民們都知道答案是什麼，但這是樂透活動的規定，這類的問題例行要經過正式的提問。撒瑪斯先生帶著禮貌性的關注聽候登巴太太的回答。

「赫拉斯還不到十六歲，」登巴太太懊惱的說。「看樣子今年只好由我代替老頭子了。」

「好。」撒瑪斯先生說。他在名單上做了記號，再問，「華生家的小伙子今年要抽籤了嗎？」

人群裡一個高個子男孩舉起手。「有，」他說。「我替我媽媽還有我自己抽。」他緊張的眨著眼，低著頭，人群中出現了好些聲音，有的說：「好樣的，傑克，」有的說：「你媽媽有了你這麼個大男人出來幫忙真教人高興。」

「好，」撒瑪斯先生說：「應該都到齊了。華納老爹來了嗎？」

「有。」一個聲音說，撒瑪斯先生點點頭。

全場突然鴉雀無聲。撒瑪斯先生清了清喉嚨，看著名單。「都準備好了嗎？」他喊。

「現在，我要報名字了——從家族族長先——凡是叫到名字的人就上來在箱子裡抽一張紙籤。把摺好的紙籤握在手裡不許看，等大家輪完之後才能打開。聽明白了嗎？」

抽籤的事已經做過太多次了，大家並不很專心在聽這些說明；大多數人很安靜，只是舔著嘴唇，也不東張西望。忽然撒瑪斯先生高高的舉起一隻手說：「亞當斯。」一個男人脫離人群走了上來。「嗨，史提。」撒瑪斯先生說，史提・亞當斯先生也回應他說：「嗨，喬。」兩人咧開嘴相對笑了笑，笑容牽強而緊繃。亞當斯先生把手探入黑箱子抽出一張摺起的紙籤。他捏住紙籤的一角，轉身急促的回到原先站的位置，他跟他的家人稍微站開一些，並沒有低下頭去看他的手。

「艾倫，」撒瑪斯先生說。「安德生……賓瑟姆。」

「兩次樂透活動的時間好像沒有半點間隔，」站在後排的戴拉克羅瓦太太對格雷弗太太說。「好像上個星期我們才來過。」

「時間確實過得太快了。」格雷弗太太說。

「克拉克……戴拉克羅瓦。」

「該我老公了。」戴拉克羅瓦太太說。她丈夫走了上去，她屏住呼吸，連大氣都不敢出。

「登巴，」撒瑪斯先生說，登巴太太鎮定的朝樂透箱走去。有個女人說：「去吧，珍妮，」另一個女的說：「她不是去了嗎。」

「下一個輪到我們了。」格雷弗太太說。她看著格雷弗先生繞過箱子，慎重的跟撒瑪斯先生打招呼，再從箱子裡挑出一張紙籤。現在，只要是大手裡捏著摺紙的男人，都緊張兮兮的把紙籤不停的翻過來轉過去。登巴太太和她兩個兒子站在一起，登巴太太捏著那張紙籤。

「哈伯……賀金森。」

「還不快上去，比爾。」賀金森太太說，她鄰近的人都笑開了。

「瓊斯。」

「聽說，」亞當斯先生對著身邊的華納老爹說：「北村那邊正在討論要放棄樂透活動了。」

華納老爹不屑的嗤一聲。「一票發瘋的白痴，」他說。「專門聽那些年輕人的，能搞出什麼好事。接下來，他們就要回去過住山洞的日子了，沒有人再想要工作，就那樣混日子吧。古話說得好，『六月摸個彩，穀子熟得快。』別忘了，到時候我們都得吃燉繁縷和橡實子了。樂透活動永遠都要的，」他氣呼呼的補上一句。「看著年輕的喬·撒瑪斯站在上頭跟大夥說笑實在糟糕。」

「有些地方已經停辦樂透了。」亞當斯太太說。

「那樣只會製造麻煩，」華納老爹武斷的說。「一票不懂事的小白痴。」

「馬丁。」鮑比·馬丁看著他父親走上去。「歐佛代克……波西。」

「我希望他們快一點，」登巴太太對大兒子說。「我希望他們快一點。」

「就快結束了。」她兒子說。

「你該準備跑去告訴你阿爸了。」登巴太太說。

撒瑪斯先生喊出了自己的名字，他一絲不苟的上前一步，從箱子裡抽出一張籤。接著他喊，「華納。」

「我參加這個樂透活動已經是第七十七年了，」華納老爹在穿過人群時說。「第七十七次了。」

「華生。」高個子男孩彆彆扭扭的穿過人群。有人說：「別緊張啊，傑克。」撒瑪斯先生說：「慢慢來，孩子。」

「查尼尼。」

抽完籤之後，是一段很長的暫停時間，令人喘不過氣來的暫停，直到撒瑪斯先生把自己的紙籤舉到半空中，說：「好了，鄉親們。」這一刻，誰也不動，忽然，所有的紙籤全部打開了。立刻，所有的女人搶著說：「是誰？」「是誰抽到了？」「是不是登巴他們？」「是不是華生家？」然後這些聲音說出了，「是賀金森。是比爾，」「比爾・賀金森抽到了。」

「快去告訴你爸爸。」登巴太太對大兒子說。

人們開始東張西望的找賀金森家的人。比爾・賀金森靜靜的站著，低頭看著手裡的紙籤。突然間，黛西・賀金森對著撒瑪斯先生大聲嚷嚷：「你沒給他挑選紙籤的時間，我看見的。不公平！」

「願賭服輸啊，黛西！」戴拉克羅瓦太太喊著。格雷弗太太說：「我們大家機會都均等的呀。」

「閉嘴，黛西。」比爾・賀金森說。

「好，各位，」撒瑪斯先生說：「剛才進行得很快，現在我們必須再加把勁，讓這件事按時完成。」他翻看下一張名單。「比爾，」他說：「你是替賀金森家族抽的籤。賀金森家族還有其他的戶口嗎？」

「還有同恩和伊娃，」賀金森太太大吼。「讓他們也來試試運氣吧！」

「女兒是跟著夫家抽的籤，黛西，」撒瑪斯先生溫和的說。「這點妳和大家都很清楚的。」

「不公平。」黛西・賀金森說。

「我不這麼認為，喬，」比爾・賀金森有些過意不去。「我女兒跟著她夫家抽的籤，很公平。我除了幾個孩子沒有其他親屬了。」

「所以，為家族抽籤的，是你，」撒瑪斯先生做說明。「為家人抽籤的，也是你。對不對？」

「對。」比爾・賀金森說。

「幾個孩子，比爾？」撒瑪斯先生慎重其事的問。

「三個，」比爾．賀金森說。「小比爾、南西和最小的戴維。再就是我和黛西。」

「好，」撒瑪斯先生說。「哈里，你把他們的紙籤都收回來了嗎？」

哈里．格雷弗先生點點頭，舉起那些紙籤。「把它們放進箱子裡，」撒瑪斯先生下指示。「把比爾的那張也放進去。」

「我認為我們應該重新來過，」賀金森太太儘量以最平靜的語氣說。「我就告訴你這不公平。你沒給他足夠的時間挑選，大家都看見的。」

格雷弗先生挑出那五張紙籤放進箱子裡，其餘的全都扔在了地上，陣陣吹拂的微風，帶走了這些小紙片。

「聽我說，你們——」賀金森太太對著周圍的人在說。

「準備好了嗎，比爾？」撒瑪斯先生問，比爾．賀金森朝他太太和孩子們飛快的瞄了一眼，點點頭。

「記住，」撒瑪斯先生說：「拿著紙籤，先別打開，等每一個人都拿到了之後才能打開看。哈里，你幫忙小戴維。」哈里．格雷弗先生牽起小男孩的手，男孩心甘情願的跟著他走向箱子。「從箱子裡抽一張紙籤出來，戴維，」撒瑪斯先生說。「哈里，你幫他拿著。」哈里．格雷弗先生拉起孩子的手，從緊握的小拳頭裡把那張摺攏的紙籤取走，代他拿著，小戴維站在他旁邊，疑惑的看著他。

「下一個該南西。」撒瑪斯先生說。南西十二歲，她整理一下裙子，走上去，優雅的從箱子裡抽出紙籤的時候，她幾個要好同學的呼吸聲變得沉重起來。「小比爾。」撒瑪斯先生說。小比爾，一張紅臉，腳特別大，他上來抽籤的時候差一點把箱子踢翻。「黛西。」撒瑪斯先生說。她遲疑片刻，不服氣的朝四周掃了一圈，抿著嘴唇走到箱子跟前。她抓起一張紙籤，把它握在背後。

「比爾。」撒瑪斯先生說，比爾．賀金森把手伸進箱子裡，四面摸了一下，最後，那張紙籤跟著他的手一起出來了。

人群靜悄悄的。一個女孩很小聲的說：「希望不要是南西。」這小小的聲音竟然連最外圍的人都聽見了。

「以前沒有這樣的，」華納老爹擺明著說。「以前的人沒有這個搞法的。」

「好了，」撒瑪斯先生說。「現在打開紙籤。哈里，小戴維的由你打開。」

哈里．格雷弗先生打開紙籤，他把籤紙舉高，一看到那張紙是空白的，人群裡響起一片嘆息聲。南西和小比爾，兩個人同時打開紙籤，兩個人都笑了，他們轉身面對群眾，把紙籤舉到頭頂上。

「黛西。」撒瑪斯先生說。停頓了一會兒，撒瑪斯先生看看比爾．賀金森，比爾打開他的紙籤，出示給大家看。它是空白的。

「是黛西，」撒瑪斯先生說，他的聲音很平靜。「把她的籤亮給我們看一下吧，比爾。」

比爾・賀金森走到他太太面前，硬奪過她手裡的紙籤。紙籤上有一個黑點，這個黑點，是撒瑪斯先生前一晚在煤炭公司的辦公室裡用粗鉛筆畫上去的。比爾・賀金森舉起紙籤，人群開始騷動。

「好了，鄉親們，」撒瑪斯先生說。「我們趕快結束了吧。」

村民們早已忘記了原來的儀式，也遺失了原來的黑箱子，但是大家仍舊記得要用石頭。先前那些男孩子堆起的石堆已經準備好了；地上有石頭，還有那些從箱子裡抽出來，隨風四散的碎紙片。戴拉克羅瓦太太撿起一塊大到必須兩隻手才拿得動的石頭，轉向登巴太太。「來吧，」她說。「快點。」

登巴太太兩隻手上捧的全是小石頭，她喘著大氣說：「我跑不動。妳先過去，我會跟上來的。」

孩子們都已經備好了石頭，有人給了戴維・賀金森幾顆小石子。

黛西・賀金森現在站在一塊空地的中央，村民們一步步的向她逼近，她絕望的伸出手。「不公平啊。」她說。一塊石頭擊中了她半邊腦袋。

華納老爹說：「上啊，上啊，大家。」史提・亞當斯在一群村民的最前面，格雷弗太太在他旁邊。

「這樣不公平啊，這樣不對啊！」賀金森太太尖叫著，於是他們撲了上來。

第五部　尾聲

……她登上了大船，
船上看不見一個水手，
但船帆都是花樣的縐紗，
船桅鑲著純金的金箔。

她出海還不到一里格，一里格㉘，
還不到一里格的時候，
他的面容變得陰沉了，
他的眼睛變得混濁了。

他們出海還不到一里格，一里格，
還不到一里格的時候，
她看到他現出了原形，
她悲泣到不能自己。

「啊，請忍住妳的悲泣，」他說，
「把妳的悲泣留給我，
讓我帶妳去看盛開的百合花
在義大利的河堤。」

「啊，那是什麼小山，那可愛的小山，
陽光那樣甜美的照耀著？」
「啊，那是天堂山，」他說。
「妳永遠上不去的。」

「啊，那又是什麼高山，」她說，
「怎麼都被冰雪覆蓋著？」
「啊，那是地獄山，」他叫喊。
「那就是你我要去的地方。」

他用手拽住中桅，
用膝蓋頂住前桅，
他將大船折成兩半，
將她沉入了大海。

——摘自〈傑姆士．哈瑞斯，魔鬼情人〉（童謠 第二四三首）

㉘league，西班牙古長度單位，一里格約等於三哩。

國家圖書館預行編目資料

雪莉・傑克森經典短篇小說選集——樂透／
雪莉・傑克森（Shirley Jackson）著. 余國芳
譯. --初版. --臺北市:寶瓶文化, 2014. 08
面；　公分. --(Island；228)
譯自：*The lottery and other stories*
ISBN 978-986-5896-82-9(平裝)

874.57　　　　　　103015846

island 228

雪莉・傑克森經典短篇小說選集——樂透

作者／雪莉・傑克森（Shirley Jackson）　譯者／余國芳
外文主編／簡伊玲

發行人／張寶琴
社長兼總編輯／朱亞君
主編／簡伊玲・張純玲
編輯／賴逸娟・丁慧瑋
美術主編／林慧雯
校對／賴逸娟・陳佩伶・丁慧瑋
企劃副理／蘇靜玲
業務經理／李婉婷
財務主任／歐素琪　業務專員／林裕翔
出版者／寶瓶文化事業股份有限公司
地址／台北市110信義區基隆路一段180號8樓
電話／(02)27494988　傳真／(02)27495072
郵政劃撥／19446403　寶瓶文化事業股份有限公司
印刷廠／世和印製企業有限公司
總經銷／大和書報圖書股份有限公司　電話／(02)89902588
地址／新北市五股工業區五工五路2號　傳真／(02)22997900
E-mail／aquarius@udngroup.com

法律顧問／理律法律事務所陳長文律師、蔣大中律師
如有破損或裝訂錯誤，請寄回本公司更換
著作完成日期／一九四九年
初版一刷日期／二〇一四年八月
初版二刷日期／二〇一四年八月二十七日
ISBN／978-986-5896-82-9
定價／三五〇元

寶瓶文化事業

愛書人卡

感謝您熱心的為我們填寫，
對您的意見，我們會認真的加以參考，
希望寶瓶文化推出的每一本書，都能得到您的肯定與永遠的支持。

系列：Island228　書名：雪莉．傑克森經典短篇小說選集——樂透

1. 姓名：＿＿＿＿＿＿＿＿　性別：□男　□女
2. 生日：＿＿年＿＿月＿＿日
3. 教育程度：□大學以上　□大學　□專科　□高中、高職　□高中職以下
4. 職業：＿＿＿＿＿＿＿＿
5. 聯絡地址：＿＿＿＿＿＿＿＿＿＿＿＿＿＿＿＿＿＿＿＿

   聯絡電話：＿＿＿＿＿＿＿＿　手機：＿＿＿＿＿＿＿＿
6. E-mail信箱：＿＿＿＿＿＿＿＿＿＿＿＿＿＿＿＿

   □同意　□不同意　免費獲得寶瓶文化叢書訊息
7. 購買日期：＿＿年＿＿月＿＿日
8. 您得知本書的管道：□報紙／雜誌　□電視／電台　□親友介紹　□逛書店　□網路　□傳單／海報　□廣告　□其他
9. 您在哪裡買到本書：□書店，店名＿＿＿＿＿＿　□劃撥　□現場活動　□贈書

   □網路購書，網站名稱：＿＿＿＿＿＿　□其他＿＿＿＿＿＿
10. 對本書的建議：（請填代號　1. 滿意　2. 尚可　3. 再改進，請提供意見）

    內容：＿＿＿＿＿＿＿＿＿＿＿＿

    封面：＿＿＿＿＿＿＿＿＿＿＿＿

    編排：＿＿＿＿＿＿＿＿＿＿＿＿

    其他：＿＿＿＿＿＿＿＿＿＿＿＿

    綜合意見：＿＿＿＿＿＿＿＿＿＿＿＿＿＿＿＿＿＿＿＿＿＿＿＿
11. 希望我們未來出版哪一類的書籍：＿＿＿＿＿＿＿＿＿＿＿＿＿＿＿＿

讓文字與書寫的聲音大鳴大放

寶瓶文化事業股份有限公司

（請沿此虛線剪下）

廣　告　回　函
北區郵政管理局登記
證北台字15345號
免貼郵票

寶瓶文化事業股份有限公司　收

110台北市信義區基隆路一段180號8樓

8F,180 KEELUNG RD.,SEC.1,

TAIPEI.(110)TAIWAN R.O.C.

（請沿虛線對折後寄回，謝謝）